Edward T. Fisher, Charles J. Delille

Easy French Reading

Edward T. Fisher, Charles J. Delille

Easy French Reading

ISBN/EAN: 9783337390457

Printed in Europe, USA, Canada, Australia, Japan

Cover: Foto ©Andreas Hilbeck / pixelio.de

More available books at **www.hansebooks.com**

EASY FRENCH READING:

BEING SELECTIONS OF

Historical Tales and Anecdotes,

ARRANGED WITH COPIOUS FOOT-NOTES,

CONTAINING

TRANSLATIONS OF THE PRINCIPAL WORDS, A PROGRESSIVE DE-
VELOPEMENT OF THE FORM OF THE VERB, DESIGNATIONS
OF THE USE OF PREPOSITIONS AND PARTICLES,
AND THE IDIOMS OF THE LANGUAGE.

By Prof. EDWARD T. FISHER.

TO WHICH IS ADDED

A BRIEF FRENCH GRAMMAR,

By C. J. DELILLE.

NEW YORK:
LEYPOLDT & HOLT.
F. W. CHRISTERN.
1868.

STEREOTYPED BY MACKELLAR, SMITHS & JORDAN,
PHILADELPHIA.
JOHN F. TROW, PRINTER, NEW YORK.

PREFACE.

PUPILS, as soon as they have learned the verb and the rest of the accidence of a modern language, invariably ask for some easy reading to test their new grammatical weapon. The text-books of the analytical method generally in use give only tedious lists of disconnected sentences. The design of this book is to interest the pupil in the task of acquiring a vocabulary by short historical anecdotes, whose point shall lure the pupil forward in what must always be a distasteful labor, and relieve him by disclosing itself before he gets tired. The stories, although selected mainly with reference to their illustration of idioms and coincidence of verbal roots with similar English words, will be found to be chiefly drawn from noted modern writers of French.

The use of a dictionary is avoided by the complete glossary running through the foot-notes; but a good grammar should be used in connection with them. The author most emphatically recommends the grammar of Dr. Emil Otto as being the clearest and most comprehensive of which he has knowledge.

The notes give grammatical principles whenever such can be briefly stated, and purposely avoid giving rules for gender **as** being best learned by observation alone. For those whose general knowledge of grammar enables them to dispense with any synthetic study, Delille's little compendium, at the end of the volume, will make the book all that is necessary as reader, dictionary, and grammar.

The stories should be pronounced with the teacher, learned, one or two at a time, with the aid of the notes, carefully written out, and then recited from memory, the teacher calling for French and English alternately. In proceeding slowly in this way, the grammar is acquired by degrees and is kept subservient to the acquirement of a vocabulary. This is its proper place in the study of all languages which, like the French, abound in idioms rather than constructions.

The text will be found progressive in plan; for instance, no example of the subjunctive mood occurs sooner than the 40th article, and particular articles will be found to illustrate certain grammatical principles in due order. E. T. F.

Classon Avenue, Brooklyn,
    Nov. 16, 1867.

ABBREVIATIONS.

Act.—Active.
adj.—adjective, -ly.
adv.—adverb, -ially.
art.—article.
cf.—*confer*, compare.
collec.—collective.
comp.—comparative.
Cond.—Conditional.
conj.—conjunction.
dir.—direct.
disj.—disjunctive.
Eng.—English.
e. g.—*exempli gratiâ*, for example.
fem.—feminine.
fig.—figurative.
foll.—follow, -ing.
Fr.—French.
Fut.—Future.
Fut. Per.—Future Perfect.
gen.—gender.
idiom.—idiomatic, -ally.
Imp.—Imperative.
Impf.—Imperfect.
impers.—impersonal.
Ind.—Indicative.
ind.—indirect.
Inf.—Infinitive.

interr.—interrogatory.
lit.—literal.
Lat.—Latin.
masc.—masculine.
narr.—narrative.
neg.—negative, -ly.
nom.—nominative.
num.—number, numeral.
obj.—objective.
Part.—Participle.
Pass.—Passive.
Per. Def.—Perfect Definite.
Per. Indef.—Perfect Indefinite.
pers.—person, personal.
Plup.—Pluperfect.
pl.—plural.
poss.—possessive.
Pr.—Present.
prep.—preposition, -al.
pron.—pronoun.
refer.—reference.
rel.—relative.
respect.—respectively.
sing.—singular.
Subj.—Subjunctive.
sup.—superlative.
trans.—translate.
unipers.—unipersonal.

N.B.—The tenses designated in the Notes as 2d *Pluperfect* and *Future Perfect* correspond respectively to the *Past Anterior* and *Future Anterior* of Delille's Grammar.

EASY FRENCH READING.

1. La¹ Grammaire².

Deux³ personnes⁴ avaient⁵ une⁶ discussion grammaticale⁷. ⁸L'une⁹ prétendait¹⁰ dire¹¹: Versez¹²-moi¹³ à¹⁴ boire¹⁵; l'autre¹⁶: Donnez¹⁷-moi à boire.

---

1. ¹ *The.* def. art. fem.; masc. *le.* ²*grammar;* the grammar, *i.e. grammar;* the Fr. def. art. is used much more freely than the Eng.; before abstract nouns, and words used in a general sense, it is always employed. ³*two.* ⁴*persons.* sing. *personne.* The *s*, as in Eng., is a sign of the pl. ⁵to have, avoir, ayant, eu, j'ai, j'avais; Ind. Impf. *were having.* ⁶*a.* indef. art. fem.; masc., *un.* ⁷*grammatical.* final *e* is a sign of the fem. The place of the Fr. adj. is *after* the noun. ⁸le, *the;* before a vowel, the final vowel of *le, la,* is elided for euphony. ⁹*one;* fem. of *un* (num. adj.). ¹⁰to claim, prétendre, prétendant, prétendu; Ind. Impf. *was claiming.* ¹¹to say, dire, disant, dit; Inf. Pr. ¹²to pour (to overturn), verser, versant, versé; Imp. 2d pers. pl. ¹³*me.* disj. per. pro. used for subject, *je* (I), or object, *me* (me), when the verb is not expressed; after a prep., always *moi.* ¹⁴*to* (prep.). ¹⁵to drink, boire, buvant, bu.. Inf. Pr. ¹⁶*other* (indef. pro.). ¹⁷to give, donner, donnant, donné; Imp. 2d pers. pl.

5

"Qu'[18] en [19] pensez[20]-vous[21]?" dirent[22]-elles[23] à un académicien[24] ; "jugez[25]-nous[26]."—"Vous avez[27] tort[28] tous[29] les deux, car[30] vous devriez[31] dire: Menez[32]-nous boire."

2. Sans[1] Chapeau[2].

Un évêque[3] avait été[4] inutilement[5] à[6] Rome chercher[7] un chapeau de cardinal. En[8] étant re-

---

[18] *que* (*e* elided), *what* (interrog. pro.). [19] *of it;* the pro. of 3d pers. (sing. both gends.) with *of*, is *en*. [20] to think, penser, pensant, pensé ; Ind. Pr. [21] *you.* pers. pro. 2d pers. pl., as in Eng., instead of sing. [22] Ind. Per. Def. 3d pers. pl. of *dire*, to say. [23] *they*, fem. (masc. *il*) to agree with *personnes.* [24] *i.e.* member of the Fr. Academy. [25] to judge, juger, jugeant, jugé, Imp. [26] *us*, pers. pro. 1st pers. pl. [27] Ind. Pr. 2d pers. pl. of *avoir*, to have. [28] *wrong* (Lat. *torquere*, to twist); *have wrong*, i.e. *are wrong.* [29] *all*, pl. of *tout*. This adj. is much used idiom., to emphasize an expression ; all *the two*, i.e. *both one and the other, one and all; tout en* (in) *donnant*, in the very act of giving, &c. [30] *for* (conj.). [31] ought to, devoir, devant, du; Cond. Pr. 2d pers. pl., *you would ought*, i.e. *you ought.* [32] to lead, mener, menant, mené ; Imp. *lead us;* which would be said of *donkeys*, grammatical or otherwise.

2. [1] *without* (prep.). [2] *hat.* [3] *bishop.* [4] to be, être, étant, été ; avait été, Ind. Plup. 3d pers. sing. *had been.* [5] uselessly, *i.e. fruitlessly.* -*ment* is the English -*ly*. Nearly all adj. roots become advs. by adding this syllable. [6] *to.* [7] to seek, chercher, cherchant, cherché. [8] *in.* idiom. use of prep.

venu[9] fort[10] enrhumé[11], quelqu'un[12] dit[13] qu'il[14] ne fallait[15] pas[16] s'en[17] étonner[18], puisqu'[19]il[20] était venu[21] de[22] si[23] loin[24] sans chapeau.

3. La[1] Distraction[2].

On[3] dit[4] que[5] le[1] Professeur Lessing, qui[6] était[7] singulièrement[8] distrait[9], frappa[10] à sa propre[11]

---

[9]to return, revenir, revenant, revenu—aux., être. Per. Part.; étant revenu, having returned. [10]strongly. [11]to give one a cold, enrhumer, enrhumant, enrhumé; fort enrhumé, with a bad cold. [12]euphonic for quelque (indef. pro.) un, some one. [13]Ind. Per. Def. of dire, to say; said. [14]que il, that (conj.) it. [15]to be necessary, falloir, fallant, fallu; no present; il ne-pas, one ought not. [16]ne-pas, not. With some exceptions, the Fr. neg. requires both these words, the one before, the other after the verb. [17]at it (pron.). [18]s'étonner, to astonish one's self, i.e. to be astonished; s'étonnant, s'étonné. [19]since. [20]he. [21]to come, venir, venant, venu — aux., être. Ind. Plup. 3d pers. sing. had come. [22]from. [23]so. [24]far.

3. [1]The. The Fr. def. art. is used more freely than the English; before abstract nouns, and words taken in a general sense, it is always employed. [2]Absence of mind. [3]one, indef. pro., used only with the 3d pers. sing. of verbs; trans. they, people. [4]to say, dire, disant, dit; on dit, they say. [5]that (conj.). [6]who. [7]to be, être, étant, été, suis, était, fus. Ind. Impf. 3d pers. sing. [8]singularly. [9]absent-minded; the root is the verb distraire, to draw in different directions, e.g. distract the mind. [10]to knock, frapper, frappant, frappé. [11]own. A secondary meaning is proper, in the sense of correct.

porte[12] un[13] soir[14]. Le domestique[15] regarda[16] par[17] la fenêtre[18], et sans[19] observer[20] que[5] c'[21]était[7] son maître, lui[22] dit, " Le Professeur n'[21]est[7] pas[23] à la maison[24]." " Ah ! très-bien[25]," répliqua[26] Lessing, en[27] s'éloignant[28] tranquillement; "je reviendrai[29] une[30] autre[31] fois[32]."

4. Une Nouvelle[1] Décoration[2].

M. de[3] Brissac, chambellan[4] de l'impératrice[5] Marie-Louise, se présenta[6] un jour[7] devant[8] elle[9] avec[10] les[11] insignes[12] d'un ordre de nouvelle création, où[13]

---

[12]portal, i.e. *door*. [13]*one*. [14]*evening*. [15]domestic, i.e. *servant*. [16]to look, regarder, regardant, regardé. [17]*through*. [18]*window*. [19]*without* (prep.). [20]to notice, observer, observant, observé. [21]euphonic for *ce, it*. [22]*to him*. [23]*ne ... pas, not*. [24]*à — maison, at the house*, i.e. *at home*. [25]*very well*. [26]to reply, répliquer, répliquant, répliqué. [27]*in*. [28]to put one's self farther away, s'éloigner, s'éloignant, s'éloigné—aux., *être; going off*. [29]to come again, revenir, revenant, revenu; fut. reviendrai—aux., *être*. [30]fem. of *un (an)*. [31]*other*. [32]*time*, if repetition of time is meant; *time* (in general), *temps*.

4. [1]*new*. masc., *nouvel, nouveau*. Here, with the slightly satirical sense of the Eng. adj. *novel*. [2]*decoration*. [3]*of*. [4]*chamberlain*. [5]*empress*. masc., *empereur*. [6]to present one's self, to appear, se présenter, se présentant, se présenté—aux., *être*, as with all other reflexive verbs; Ind. Per. Def., *appeared*. [7]*day*. [8]*before* (prep.). [9]*her* (pers. pron.). [10]*with*. [11]*the*, pl. of *le*. [12]*insignia*, pl. of insigne, *badge*. [13]*where*.

étaient figurés[14] le lion de Cassel, le cheval[15] de Brunswick, le dragon de Danemark, et d'autres[16] emblèmes empruntés[17] au[18] règne[19] animal. " Bon Dieu[20]!" s'écria[21] naïvement[22] l'impératrice, "il n'[23] y[24] a[25] donc[26] que[27] des[28] bêtes[29] dans[30] cet[31] ordre-là[32]?"

---

[14] *to represent,* figurer, figurant, figuré; Pass. Ind. Impf. 3d pers. pl., *were represented.* The pass. verb is formed, like the Eng., with the past Part. and the verb *être,* to be, the Part. being inflected in numb. and pers.; figur*és* (pl.). [15] *horse.* [16] *other,* from *autre,* pl. *d'autres,* or *autres. de* is not the prep., but a sort of partitive word, like our article. [17] *to borrow,* emprunter, empruntant, emprunté; Part. past. [18] = *à le,* used when the substantive begins with a consonant. *à,* prep. expressing relation of *belonging,* either *motion towards* (*to*), or *derivation from;* as here, *from the.* [19] *reign,* i.e. *kingdom.* [20] *good God!* A more common exclamation in Fr. than in Eng. [21] *to cry one's self,* i.e. *to exclaim,* s'écrier, s'écriant, s'écrié—aux., *être.* [22] *naïveté* means *simplicity,* either natural, that of a child, or artificial, as here; *with charming simplicity.* [23] *ne* is used without *pas* before *que* (adv.), in the sense of *only.* [24] *there,* a relative adv., in such phrases almost expletive. [25] *to have,* avoir, ayant, eu, j'ai, j'avais, Ind. Pr. 3d pers sing., *it has,* i.e. *there are.* [26] *then,* in sense of *therefore;* conjunc. of inference. [27] *ne-que,* only. In this sense, it is an adverb and always with *ne:* il--que, *it has, then, there only,* i.e. *there are, then, only.* [28] partitive art., pl. of *de.* [29] *beasts.* [30] *in.* [31] *that.* [32] *there;* often expletive, as here, to emphasize the thing indicated.

5. Cromwell.

Cromwell, près[1] d'entrer[2] dans[3] l'agonie[4], après[5] avoir assuré[6] hautement[7] qu'il[8] n'en[9] mourrait[10] pas, et que Dieu lui faisait[11] connaître[12] l'avenir[13], avouait[14] son[15] imposture à ses[16] amis[17] particuliers, et leur[18] disait[19] : " Si[20] je guéris[21], me voilà[22] pro-phète; et si je meurs, que[23] m'importe[24] qu'[25] ils[26] me croient[27] un fourbe[28] ?"

---

5. [1]prep. usually followed by the prep. *de. près de, near of,* i.e. *near.* [2]to enter, entrer, entrant, entré—aux., *être* or *avoir.* [3]*into* or *in.* [4]*the agony,* i.e. the *last* agony. [5]*after.* [6]to make sure, i.e. *to assert,* assurer, assurant, assuré, Inf. past. [7]*highly,* i.e. *boldly.* Its literal meaning is rarely employed. [8]*that he.* [9]*of it,* a very common particle, generally *relating* to some preceding word; sometimes expletive. [10]to die, mourir, mourant, mort, je meurs, je mourus—aux., *être.* Pr. Cond. 3d pers. sing. [11]to make, faire, faisant, fait, je fais, je fis. Ind. Impf. [12]to be acquainted with, connaître, connaissant, connu. [13]*the future.* [14]to avow, *to confess,* avouer, avouant, avoué, Ind. Impf., *confessed.* [15]poss. pro. *his,* fem. *sa.* [16]pl. of *son.* [17]*friends.* [18]*to them.* a pl. dative of pro. of 3d pers. [19]*said,* Ind. Impf. 3d pers. sing. of *dire.* [20]*if.* [21]to get well, guérir, guérissant, guéri. also act., to cure. Ind. Pres. [22]*behold* (adv.). imperative of *voir, to look,* and là, *there. behold me there a prophet,* i.e. *I am a prophet.* [23]*what,* relat. pro. both gends. [24]to be important, used only impers., or in the third person, e.g. *n'importe, no matter. que me importe, what matters it.* [25]*that ;* a connective with a va-riety of meanings, *than, as,* &c. [26]*they,* pl. of *il* (he, it). [27]to think, croire, croyant, cru. Ind. Pr. 3d pers. pl. [28]*cheat.* fourber, to cheat (*fourbir,* to polish. a polisher, *i.e.* a cheat).

6. L'Arbitre[1].

Un jour Louis XIV. jouant[2] au[3] tric-trac[4], il y[5] eut[6] un coup[7] douteux[8]. On[9] disputait[10]; les[11] courtisans[12] demeuraient[13] dans[14] le silence. Le comte de Grammont arrive[15]. " Jugez[16]-nous[17]," lui[18] dit le roi[19]. " Sire[20], [21]c'est[22] vous[23] qui[24]

---

6. [1]Le Arbitre, the arbiter, i.e. *referee.* [2]to play, jouer, jouant, joué. Part. Pres. *playing.* [3]$= à\ le$, *at the.* [4]*back-gammon.* [5]*there*, expletive; *it there had,* i.e. *there was.* [6]to have, avoir, ayant, eu, j'ai, j'avais, j'eus. Per. Def. 3d pers. sing. *had.* impersonally, *avoir* is uniformly used for *être,* to be. [7]*stroke;* (*couper*, to cut;) a cut, *i.e.* a stroke, *i.e.* a *move.* [8]*doubtful.* *x* forms, with substantive roots, an adjective. [9]indef. pron., used only with 3d pers. sing. of verbs; *one, they, people.* [10]to dispute, disputer, disputant, disputé. Ind. Impf. 3d pers. sing. *there was a dispute.* [11]*the;* *s* forms the pl.; *le, les.* [12]*courtiers.* [13]to pause, to remain, demeurer, demeurant, demeuré—aux., *être* (in the sense of to dwell; to lodge (at a house)—aux., *avoir*); Ind. Impf. *remained.* [14]*in;* *in the silence,* i.e. *silent.* [15]to arrive, arriver, arrivant, arrivé—aux., *être;* Ind. Pres. 3d pers. sing. The Pr. tense of lively narration is a constant Fr. idiom. [16]to judge, juger, jugeant, jugé; Imp. [17]*us;* per. pro. pl.; the same in all cases. [18]*to him;* a dative sing. pers. pro. [19]*king.* [20]a title of the emperor; more formal than *Sir—Your Excellency. Seigneur, sieur*, the feudal lord, Mon sieur, *my lord,* i.e. *Sir, Mr.* [21]*this*, dem. adj. (before a vowel, *cet*), fem. *cette*, pl., *ces;* *ce est, this is,* i.e. *it is.* [22]Ind. Pr. 3d pers. sing. of *être.* [23]*you*, per. pro. pl., sing. *tu,* thou. The pl. is used for the sing. as in Eng., but *tu* (thou) is used in familiar address. [24]*who,* rel. pro.

2

avez[25] tort[26]," dit[27] le comte. "Et comment[28] pouvez[29]-vous me donner[30] tort avant[31] de savoir[32] ce[33] dont[34] il s'agit[35]?" "Eh[36], Sire, ne voyez[37]-vous pas[38], que[39] pour[40] peu[41] que[42] la chose[43] eût été[44] seulement[45] douteuse[46], tous[47] ces messieurs[48] vous auraient donné[49] gain[50] de cause[51]?"

---

[25] Ind. Pr. 2d pers. pl. of *avoir*, to have.   [26] *the wrong*, noun (Lat. *torquere*, to twist); *who have the wrong*, i.e. *who are wrong.*   [27] Ind. Pr. 3d pers. sing. of *dire*, to say.   [28] *how.*   [29] to be able, pouvoir, pouvant, pu, je puis, pouvais, pus. Ind. Pr. 2d pers. pl.   [30] to give, donner, donnant, donné. Inf. Pr. *give me the wrong*, i.e. *pronounce me wrong.*   [31] *before* (prep.).   [32] to know, savoir, sachant, su, je sais, savais, sus. *before of to know*, i.e. *before knowing.*   [33] *that* (dem. adj.). [34] *of which*, rel. pro.; the same in both gends. and both numbs., used constantly instead of the relat. pro. *qui* with *de.*   [35] to be a question, s'agir, s'agissant, s'agi—aux., *être; agir*, to move, *s'agir*, to move itself, *i.e.* to be in dispute. Impers. 3d pers. sing. Pr. Ind. *that of which it is a question*, i.e. *what the point is.*   [36] *Eh !* the same in Eng.   [37] to see, voir, voyant, vu, je vois, voyais, verrai; Ind. Pr. 2d pers. pl.   [38] *ne-pas, not.*   [39] *that* (conj.).   [40] *for* (prep.).   [41] *little* (adv.).   [42] *that* (conj.); *for little that*, i.e. *if ever so little;* this phrase requires the subj.   [43] *thing.*   [44] to be, être, étant, été, je suis, étais, fus; Subj. Plup. 3d pers. sing. *had been.* [45] *only.*   [46] *doubtful*, masc. *douteux.*   [47] *all;* pl. of *tout.* [48] *gentlemen;* Monsieur, Mon Sieur, *Sir;* pl. Mes Sieurs. [49] Cond. Per. 3d pers. pl. *would have given.*   [50] *profit*, i.e. *victory.*   [51] *cause;* also, in law, *a case. victory of the case,* i.e. *decision in your favor.*

7. Un Parvenu[1].

Le[2] général P. parvint[3], du[4] rang[5] de simple soldat[6], à celui[7] de commandant en[8] chef. Un matin[9]
qu'[10]il passait[11] en revue les troupes de la garnison[12], il aperçut[13] un soldat dont[14] l'habit[15] était[16]
fort[17] sale[18]. Le colonel s'avança[19] vers[20] lui, et lui
dit avec[21] hauteur[22]: "Comment[23] osez[24]-vous[25]
vous tenir[26] aussi[27] malproprement[28] que[29] vous
êtes[30]? m'[31]avez-vous jamais[32] vu[33] dans un état[34]

---

7. [1]to succeed, parvenir, Part. past; i.e. *one who has succeeded;* generally in a bad sense; *upstart.* [2]the Fr. def. art.
is used before all nouns taken in a general sense; *the General,* i.e. *General.* [3]to come through, venir, to come, *par,*
through; parvenir, parvenant, parvenu—aux., *être;* Ind.
Per. Def. 3d pers. sing. *attained.* [4]= de le, *from the.* [5]*rank.*
[6]*soldier.* [7]*that* (pro.); ce, that, *lui,* him. [8]*in.* [9]*morning.*
[10]*as* (rel. adv.). [11]to pass, passer, passant, passé—aux., *être*
or *avoir;* Ind. Impf. 3d pers. sing. *was passing in review,*
i.e. *was reviewing.* [12]*garrison.* [13]to perceive, apercevoir,
apercevant, aperçu; Ind. Per. Def. [14]*whose.* [15]*clothing,*
i.e. *coat.* [16]Ind. Impf. of *être.* [17]*strongly,* i.e. *very.* [18]*dirty.*
[19]to advance one's self, *i.e.* to advance, s'avancer, s'avançant,
s'avancé—aux., *être;* Ind. Per. Def. [20]*toward.* [21]*with.*
[22]*haughtiness.* [23]*how.* [24]to dare, oser, osant, osé; Ind. Pr.
2d pers. pl. [25]in questions, the pro. comes after the verb.
[26]to keep one's self, se tenir, se tenant, se tenu; Inf. Pr.,
keep yourself. [27]*so.* [28]*untidily;* mal, bad, *proprement,* cleanly,
i.e. not cleanly. [29]*as.* [30]Ind. Pr. 2d pers. pl. of *être.* [31]*me.*
[32]*ever.* [33]to see, voir, voyant, vu; Ind. Per. Indef. 2d pers.
pl. [34]*condition.*

comme[35] celui-là[36] quand[37] j'étais[38] simple cava-
lier[39]?"—"Non, mon[40] commandant," reprit[41] le
coupable[42] en tremblant[43], "mais[44] alors[45] votre[46]
mère[47] était blanchisseuse[48]."

8. La[1] Passion[2] Dominante[3].

Le mathématicien Maupertuis[4] étant[5] à l'[6]ex-
trémité[7], sa famille[8] l'[9]entourait[10] et lui disait[11]
les[12] choses[13] les plus[14] touchantes[15], mais[16] il ne
donnait[17] plus[18] aucune[19] marque[20] de connais-

---

[35]*like* (adv.). [36]*there;* translatable by a gesture. [37]*when.*
[38]Ind. Imp. of *être.* [39]*cavalryman.* [40]*my.* [41]to take again,
prendre, take, affix *re*, again; i.e. *to reply*, reprendre, reprenant, repris; Ind. Per. 3d pers. sing. [42]*culpable;* the
culpable, i.e. *culprit.* [43]idiom; in trembling, i.e. *trembling;*
to tremble, trembler, tremblant, tremblé. [44]*but.* [45]*then.*
[46]*your* (poss. pro.). [47]*mother.* [48]*washerwoman* (*blanchir*, to
make white).

8. [1]*The.* fem. def. art. [2]*passion.* [3]*dominant*, i.e. *ruling.*
[4]died 1759. [5]Part. Pr. of *être.* [6]*the.* [7]*extremity* of life, i.e.
the point of death. [8]*family.* [9]= *le*, *him.* [10]to surround,
entourer, entourant, entouré; Ind. Impf. [11]Ind. Impf. of
dire, to say. [12]pl. of *le*, the. [13]*things.* [14]*more* (adv.); with
def. art. it becomes a superlative; *the most.* [15]*touching;*
masc. *touchant.* [16]*but.* [17]to give, donner, donnant, donné,
Ind. Impf. [18]with the neg. *plus* gives the idea of cessation.
not more, i.e. *no longer; pas* in such cases is omitted.
[19]fem. of *aucun*, *not one;* rarely without neg. [20]*mark*, i.e.
sign.

sance[21]. Bossut[22] entra[23] et dit: "Attendez[24], je vais[25] le faire[26] parler[27]. Le carré[28] de douze[29]?"— "Cent quarante-quatre[30]," répondit[31] Maupertuis. Ce[32] furent[33] ses[34] dernières[35] paroles[36].

9. Cimarosa[1].

Un[2] peintre[3], voulant[4] flatter[5] Cimarosa, lui[6] dit un jour[7] qu'[8]il[9] le[10] regardait[11] comme[12] supérieur à Mozart[13]. "Moi[14]! monsieur," répli-

---

[21]*consciousness.* [22]a mathematician (1730-1814). [23]to enter, entrer, entrant, entré—aux., *être* and *avoir;* Ind. Per. Def. [24]to wait, attendre, attendant, attendu; Imp. 2d per. pl. *wait!* i.e. *stop! hold!.* [25]to go, aller, allant, allé, je vais, j'allais, j'irai—aux., *être.* Ind. Pr.; *I am going,* i.e. *I will;* before another verb, idiom. to express *intention.* [26]*to make,* faire, faisant, fait, je fais, fis, ferai. [27]to speak, parler, parlant, parlé. [28]*square* (adj.), and, so, of a number. [29]*twelve.* [30]*hundred-forty-four.* [31]to answer, répondre, répondant, répondu, Ind. Per. Def. [32]*this,* idiom. for *ces, these.* [33]Ind. Per. Def. 3d pers. pl. of *être.* [34]pl. of *son, his.* [35]fem. of *dernier, last.* [36]*words;* (*parler,* to talk).

9. [1]an Italian composer, died 1801. [2]indef. art., *a.* [3]*painter.* [4]to wish, vouler, voulant, voulu, je veux, voulais, voulus, voudrai, Part. Pr. [5]*to flatter,* flatter, flattant, flatté. [6]*to him;* lui is also nom. case, *he;* fem. rarely, and only in sense of *to her.* [7]*day.* [8]*that* (conj.). [9]*he;* pro. of 3d pers. [10]*him;* obj. case (direct) of *il;* lui is also used for its obj. case (indirect). [11]to regard (look), regarder, regardant, regardé; Ind. Impf. 3d pers. sing. [12]*as* (adv.). [13]a German composer (1756-91). [14]*me;* disj. pers. pron., used for subject, *je* (I), or for object, *me* (me), when no verb is expressed.

qua[15]-t-il vivement[16]; "que[17] diriez[18]-vous à un homme[19] qui[20] viendrait[21] vous[22] assurer[23] que[24] vous êtes[25] supérieur à Raphaël[26]?"

10. Le Prisonnier[1].

"À moi[2], à moi, mon capitaine[3]," s'écriait[4] un soldat; "à moi, je tiens[5] un prisonnier."—"Eh bien[6]," lui dit le capitaine, "amène[7]-le[8]."—"Je ne[9] demande[10] pas mieux[11]; mais[12] il ne veut[13] pas me lâcher[14]."

---

[15]to reply, répliquer, répliquant, répliqué, Ind. Per. Def.; *t* is euphonic merely; *replied he*, as in Eng., for *he replied.* [16]*sharply* (lively (*vivre*, to live)). [17]*what* (interrog. pron.). [18]to say, dire, disant, dit; Cond. Pr. 2d pers. pl.; *would you say.* [19]*man.* [20]*who.* [21]to come, venir, venant, venu—aux., *être;* Cond. Pr. *should come.* [22]the pers. prons. (as objects) precede their verb. [23]to assure, assurer, assurant, assuré. [24]*that* (conj.). [25]Ind. Pr. 2d pers. pl. of *être.* [26]an Italian painter (1483–1520).

10. [1]*prisoner.* [2]*to me*, i.e. *help! here!* disj. per. pron., used for *je* (I) and *me* (me), when the verb is not expressed. [3]*captain.* [4]*cried, s'écrier*, to cry one's self; Ind. Impf. [5]to hold, tenir, tenant, tenu, Ind. Pr. [6]*well; eh bien, well, then;* a familiar exclamation. [7]to lead to (*mener*, to lead, *à*, to), i.e. to conduct, amener, amenant, amené, Imp. Pr. 2d pers. sing. [8]*him.* The place of the pron., with Imp. affirmative, is after the verb. [9]*ne-pas, not.* [10]to ask, demander, demandant, demandé, Ind. Pr. [11]*better* (adv. comp. of *bien*), *I ask nothing better*, i.e. *that's just what I want.* [12]*but.* [13]to be willing, vouloir, voulant, voulu, je veux, voulais, voudrai, Ind. Pr. 3d pers. sing. = Eng. *will.* [14]to let go, lâcher, lâchant, lâché.

11. Mieux[1] Que[2] Ça[3].

L'empereur Joseph II.[4] n'aimait[5] ni[6] le faste[7] ni le luxe[8] de l'appareil[9]. Un jour qu'[10]il était allé[11] dans une[12] calèche[13] à[14] deux[15] places faire[16] une promenade[17] aux[18] environs[19] de Vienne, il fut surpris[20] par[21] la pluie[22]. Un piéton[23], qui regagnait[24] aussi[25] la capitale, fait[26] signe au[27] conducteur[28] d'arrêter[29], ce qu'il fait[30] aussitôt[31].

---

11. [1]*better.* [2]*than;* *que* is pron. (rel. and interrog.), *what*, conj., *that*, adv., *as*, and sometimes expletive. [3]familiar for *cela, that; better than that,* i.e. *Still Better.* [4]Emperor of Germany (1765–90). [5]to love, aimer, aimant, aimé, Ind. Impf.; the Impf. is used for customary past action. [6]*ni-ni, neither-nor; n'aimait-ni, used to love not neither,* i.e. *u. to l. neither.* The Fr. neg. is often repeated, and sometimes used even where there is none in Eng. [7]*pomp.* [8]*luxury.* [9]*apparel.* [10]*as* (rel. adv.). [11]to go, aller, allant, allé—aux., *être,* Ind. Plup., *had gone.* [12]fem. of *un* (a). [13]*calash* (hood), a low-wheeled carriage with a hood. [14]*with,* lit. *to;* e.g. cornet-à-piston, cornet *with* a piston. [15]*two.* [16]to make, faire, faisant, fait. [17]a going back and forth, on foot, or by conveyance (*mener,* to conduct); *to make a p.,* i.e. *to take a drive.* [18]= *à les.* [19]*neighborhood.* [20]to overtake (surprise), surprendre, surprenant, surpris, Pass. Ind. Per.; the Pass. verb is formed by the past Part. with the tenses of *être.* [21]*by.* [22]*rain.* [23]*pedestrian* (*pied,* foot). [24]to regain, regagner, regagnant, regagné, Ind. Impf. [25]*also.* [26]Ind. Pr. of *faire,* to make; Pr. of lively narration. [27]= *à le.* [28]*driver.* [29]to stop, arrêter, arrêtant, arrêté; de arrêter, *of stopping,* i.e. *to stop.* [30]*ce-fait, that which* (i.e. *which*) *he does.* [31]*immediately;* lit. *as soon* (aussi tôt).

"Monsieur," lui dit le militaire[32] (car[33] c'[34]était[35] un sergent[36]), "y[37] aurait[38]-il de l'[39]indiscrétion à[40] vous demander[41] une place à côté[42] de vous? cela[43] ménagerait[44] mon uniforme que[45] je mets[46] aujourd'hui[47] pour[48] la première[49] fois."

"Ménageons[50] votre[51] uniforme, mon brave[52]," lui dit Joseph, "et mettez[53]-vous là. D'où[54] venez[55]-vous?"

"Ah!" dit le sergent, "je viens[56] de chez[57] un garde-chasse[58] de mes[59] amis[60], où[61] j'ai fait[62] un fier[63] déjeuner[64]."

---

[32] *soldier.* [33] *for* (conj.). [34] *it* (the subject of *être*), is *ce*, and in some cases *il.* [35] Ind. Impf. of *être.* [36] *sergeant.* [37] *there,* expletive, as in Eng., would *there* be. [38] Cond. Pr. of *être.* [39] *de le, of the,* i.e. *any.* [40] Eng. idiom. *in.* [41] to ask, demander, demandant, demandé. [42] *side.* Cf. Eng. *coast.* [43] *ce la* (*that there*), *that; ce ci* (*that here*), *this.* [44] to save (economize), ménager, ménageant, ménagé; Cond. Pr. [45] *which.* [46] to put on (put), mettre, mettant, mis, Ind. Pr. lively narration. [47] *to-day.* [48] *for* (prep.). [49] *first;* masc. *premier.* [50] Imp. 1st pers. pl. *let us save,* i.e. *we'll save.* [51] *your* (adj. pro.). [52] *brave* (adj.). idiom. for *good fellow, my man.* [53] Imp. 2d pers. pl. of *mettre.* [54] *whence* (*de où, from where*). [55] Ind. Pr. 2d pers. pl. of *venir,* to come; the place of the pro. (subject), in questions, is after the verb. [56] Ind. Pr. of *venir.* [57] at-the-house-of (prep.), e.g. *chez soi, at home.* [58] *gamekeeper* (*garder,* to keep, *chasse,* chase). [59] pl. of *mon, my.* [60] pl. of *ami, friend;* Eng. idiom, *a gamekeeper friend of mine.* [61] *where;* without the accent, *or.* [62] Ind. Per. Indef. of *faire,* to make. [63] *splendid* (lit. *proud*). [64] *breakfast* (*jeûner,* to fast).

" Qu'[65] avez-vous donc[66] mangé[67] de si[68] bon[69] ?"

" Devinez[70]."

" Que[71] sais[72]-je, moi[73] ? une soupe[74] à la bière[75] ?"

" Ah! bien[76] oui, une soupe ; mieux que ça."

" De la[77] choucroute[78] ?"

" Mieux que ça."

" Une langue[79] de veau[80] ?"

" Mieux que ça, vous dit-on[81]."

" Oh! ma foi[82], je ne puis[83] plus[84] deviner," dit Joseph.

" Un faisan[85], mon digne[86] homme, un faisan tiré[87]

---

[65] *what* (interrog. pron.). [66] *then*, particle of inference. [67] to eat, manger, mangeant, mangé, Ind. Per. Indef. 2d pers. pl. [68] *so.* [69] *good; of so good*, i.e. *so good.* [70] to guess (divine), deviner, devinant, deviné, Imp. 2d pers. pl. [71] *what* (interrog. pron.). [72] to know, savoir, sachant, su, je sais, savais, saurai; *what know I?* i.e. *how should I know?*—a common expression, said, like the Spanish *quien sabe?* with a shrug. [73] *I*, i.e. *for my part;* here nom. case, emphasizing *je.* [74] *soup.* [75] *beer. à l. b.*, i.e. *with beer*,— a German dish. [76] adv. qualifying *oui; a good yes, you may well say;* cf. Eng. vulgarism, *I believe you.* [77] *some* (part. art.). [78] *sauerkraut* (*chou*, cabbage, *crouté*, crusted). [79] *tongue.* [80] *veal.* [81] *one tells you*, i.e. *I assure you;* idiom. [82] *my faith* = old Eng. *i'faith*, Celtic, *faith!* [83] to be able, pouvoir, pouvant, pu, je puis, pouvais, pourrai. [84] *ne- plus, no more* (*pas* omitted). [85] *pheasant.* [86] *worthy.* [87] to draw, tirer, tirant, tiré; Part. Per., *shot* (to draw, *i.e.* the trigger).

sur[88] les plaisirs[39] de Sa[90] Majesté," dit le camarade[91] en[92] lui frappant[93] sur la cuisse[94].

Comme on approchait[95] de[96] la ville[97], et que[98] la pluie[99] tombait[100] toujours[101], Joseph demanda[102] à[96] son compagnon où il voulait[103] qu'on le descendît[104].

" Monsieur, je craindrais[105] d'[106]abuser de . . ."

" Non, non," dit Joseph ; " votre[107] rue[108] ?"

Le sergent, indiquant[109] sa demeure[110], demanda à[106] connaître[111] celui[112] dont[113] il recevait[114] tant[115] d'honnêtetés[116].

---

[88] *on* (Eng. affix *sur*, e.g. *sur*charge). [39] *pleasure-grounds* (*plaisir*, pleasure). [90] *his*, fem. to agree with *Majesté*. [91] *comrade*, chum (specially of soldiers and students). [92] *in*, idiom. [93] to strike, frapper, frappant, frappé. [94] *thigh*. [95] to approach, approcher, approchant, approché, Ind. Impf. [96] many Fr. verbs take the preps. *de* (of), *à* (to), before the object; *approached of*, i.e. *approached*. [97] *city*. [98] *as* (adv.). [99] *rain*. [100] to fall, tomber, tombant, tombé—aux., *être*. [101] *always* (*tout*, all, *jours*, days) ; *fell always*, i.e. *kept falling* [104] Ind. Per. Def. of *demander*, to ask. [103] Ind. Impf. of *vouloir*, to wish (to be willing). [104] to descend, descendre, descendant, descendu—aux., *être* and *avoir ;* Subj. Impf. 3d pers. sing. here used actively, to put down, *that they might put him down*, i.e. *to be put down*. [105] to fear, craindre, craignant, craigné, Cond. Pr. [106] very many Fr. verbs require *de* (of) or *à* (to) before a following Inf. ; *to fear of abusing*, i.e. *fear to abuse*. [107] *your* (poss. pro.). [108] *street*. [109] to indicate, indiquer, indiquant, indiqué, Part. Pr. [110] *residence*. [111] to know, connaître, connaissant, connu. [112] *ce lui* (that him), i.e. *him*. [113] rel. pro. (same in all gends. and numbs.) = *de qui*, *of whom*. [114] to receive, recevoir, recevant, reçu, Ind. Impf. [115] *so much* (adv.), i.e. *so many*. [116] pl. of honnêteté (honesty); *civilities*.

" A [117] votre tour [118]," dit Joseph, " devinez."

" Monsieur [119] est [120] militaire [32], sans [121] doute [122] ?"

" Comme dit monsieur [123]."

" Lieutenant ?"

" Ah ! bien oui, lieutenant ; mieux que ça."

" Capitaine ?"

" Mieux que ça."

" Colonel, peut-être [124] ?"

" Mieux que ça, vous dit-on."

" Comment [125] diable [126] !" dit l'autre [127] en [128] se rencognant [129] aussitôt [130] dans la calèche, " seriez [131] -vous feld-maréchal [132] ?"

" Mieux que ça."

" Ah ! mon dieu [133], c'est l'empereur !"

---

[117] *at*, i.e. *in*. [118] *turn*. [119] a polite use of the 3d pers.; *the gentleman*. [120] Ind. Pr. 3d pers. sing. of *être*. [121] *without*. [122] *doubt*. [123] *as the gentleman says*, i.e. *you have said it; granted*. [124] *perhaps* (*peut*, it can, *être*, be). [125] *how*. [126] *devil; how devil*, i.e. *what the devil!* [127] *le autre, the other*. [128] *in; idiom*. [129] to press one's self into a corner, se rencogner (*coin*, corner), se rencognant, se rencogné. [130] *immediately* (*aussi*, as, *tôt*, soon). [131] Cond. Pr. of *être, can you be*. [132] *field-marshal*. [133] a common exclamation, without the earnestness of the same in Eng.

12. Le Kain[1].

Le Kain chassait[2] sur[3] les plaisirs d'un grand[4] seigneur[5]. Le garde[6] l'[7]aborde[8] et lui dit : "De quel[9] droit[10] chassez-vous ici[11] ?"

> —Du[12] droit qu'[13]un[14] esprit[15] ferme[16] et vaste[17] en ses[18] desseins[19]
> A[20] sur[21] l'esprit grossier[22] des[23] vulgaires[24] humains[25],*

répond[26] solennellement[27] le tragédien[28] braconnier[29].—" Ah ! c'[30]est différent," dit en s'excusant[31] le pauvre[32] garde ; "pardon, mais[33] je ne savais[34]

---

12. [1]a celebrated Fr. tragedian (1728–78). [2]to hunt, chasser (chase), chassant, chassé, Ind. Impf. [3]*on.* [4]*great.* [5]*lord.* [6]i.e. *garde-chasse, gamekeeper.* [7]*le* is obj. case (direct) of pro. *il* (he) ; obj. (indirect) is *lui.* [8]to come to the edge of, aborder (*à,* to, *bord,* edge), abordant, abordé, Ind. Pr., *approaches, accosts.* [9]*what* (adj. pro.). [10]*right.* [11]*here.* [12]*by.* = *de le,* au = *a le,* &c. [13]rel. pro. [14]indef. art. [15]*soul;* specially, *mind.* [16]*firm, fixed.* [17]*vast.* [18]*its.* [19]*designs.* [20]Ind. Per. of *avoir; has.* [21]*over.* [22]*gross,* i.e. *coarse.* [23]*of the* = *de les.* [24]*vulgar,* adj. used as noun. [25]*human. the human vulgar ones,* i.e. *the herd of mankind.* *Voltaire's *Mahomet.* [26]narr. Pr. of *répondre,* to reply. [27]*solemnly;* the ending *ment,* with adj. roots, forms many Fr. advs. [28]*tragedian.* [29]*poacher;* an apposition of nouns is idiom. for an Eng. adj. and noun. [30]*that.* [31]to excuse one's self, s'excuser, s'excusant, s'excusé — aux., *être;* Part. Pr. [32]*poor.* [33]*but.* [34]Ind. Impf. of *savoir,* to know.

pas cela."—"Je vous crois[35]," réplique[36] Le Kain ;
et il continue[37] à[38] exercer[39] son droit.

13. Laisser[1] le Nom[2].

Une dame allait[3] visiter[4] une de ses[5] amies. Elle
ne la trouva pas, mais elle trouva[6] beaucoup[7] de
poussière[8] sur les meubles[9]. Voulant[10] lui[11] donner[12] une petite leçon[13] de propreté[14], elle écrivit[15]
partout avec son doigt[16] sur la poussière le mot[17]
"saligaude[18]." Le lendemain[19] elle revint[20] et dit
à son amie qu'elle était venue[21] la voir[9]. "Je m'en

---

[35] to believe, croyer, croyant, cru. [36] Ind. Pr. of *répliquer*, to
reply. [37] to continue, continuer, continuant, continué, Ind.
Pr. [38] Many verbs require *à* or *de* before a following Infin.
[39] to exercise, exercer, exerçant, exercé.

13. [1] Inf. of *laisser*, to leave ; *leaving ;* a verbal noun, expressed in Eng. by the Part. Pr., is an Infin. in Fr. [2] *the
name,* i.e. *one's name.* [3] Ind. Impf. of *aller*, to go—aux., *être.*
[4] to visit, visiter, visitant, visité. [5] *her ;* pl. to agree with
amies (friends), which is fem. (*e*). [6] Ind. Per. Def. of *trouver*,
to find. [7] *much* (*beau*, fine, *coup*, stroke) ; cf. Eng. to walk
a *good bit*, i.e. a quantity, *much.* [8] *dust* (*poudre*, powder).
[9] *furniture* (lit. *movables ; mouvoir*, to move). [10] Part. Pr. of
vouloir, to wish. [11] *her ;* the pron. of 3d pers. with *to*, is *lui*
(fem. and masc.). [12] *to give.* [13] *lesson.* [14] *cleanliness* (*propre*,
clean) ; *of cleanliness,* i.e. *in cleanliness.* [15] to write, écrire,
écrivant, écrit, Ind. Per. Def. [16] *finger.* [17] *word.* [18] *sloven.*
[19] *morrow.* [20] to come back, revenir, revenant, revenu ; Ind.
Per. Def. 3d pers. sing. [21] *had come,* i.e. *had been.* Ind.
Plup. of *venir*—aux., *être ;* the Part. Per. joined with *être*
(except with reflex. verbs) agrees with the subject.

3

suis bien aperçue[22]," répondit-elle; "tu as laissé[23] ton[24] nom sur tous mes meubles."

14. Deux[1] Balourdises[2].

Il y a[3] quelques[4] années[5] qu'[6]un inspecteur des[7] routes[8] et chemins[9] du[10] comté[11] de Kent fit[12] placer[13] un poteau[14] près[15] d'une route avec[16] cette[17] inscription : "Ce sentier[18] conduit[19] à Tiversham, mais si vous ne pouvez[20] pas lire[21] ce qui est écrit[22]

---

[22]to perceive (begin to see), s'apercevoir, s'apercevant, s'aperçu — aux., *être;* Ind. Per. Indef.; *aperçue* is fem. to agree with *me* fem.; the Part. Per., with *avoir, and être in reflex. verbs,* agrees with the object, if the object precedes; *I perceived myself well of it,* i.e. *I easily found that out.* [23]Ind. Per. Indef. 2d pers. sing. of *laisser,* to leave; *laissé;* if no object precedes, the part. is unchanged. [24]*thy* (poss. pron.).

14. [1]*two.* [2]*blunders* (*lourd,* heavy). [3]an impers. verbal form, in which *a* (avoir) = *est* (is) or *sont* (are)—*y* is expletive; *it there has,* i.e. *there are;* always sing., and used through all the tenses of *avoir.* [4]*some* (adj. pro.). [5]*years.* [6]*that* (conj.); the idiom to express a period of time past; *there are some years that,* i.e. *some years ago.* [7]*de les.* [8]*roads.* [9]*ways.* [10]de le, *of the,* Eng. idiom, *for the.* [11]*county.* [12]to cause (make), faire, faisant, fait, Ind. Per. Def. [13]to place, placer, plaçant, placé; *caused to place,* i.e. *caused to be placed.* [14]*post.* [15]*near* (prep. with *de*). [16]*with.* [17]fem. of *cet* (ce). [18]*path.* [19]to lead, conduire, conduisant, conduit; Ind. Pr. [20]to be able, pouvoir, pouvant, pu, je puis, pouvais, pu, pourrai. [21]to read, lire, lisant, lu. [22]to write, écrire, écrivant, écrit; the passive verb, as in Eng., is formed with the Part. Per. and *être;* Ind. Pr. 3d pers. sing., *is written.*

ici[23], vous ferez[24] mieux de[25] suivre[26] la grande
route[27]." Ce poteau est à peu[28] près[29] d'une aussi[30]
grande utilité[31] que[32] cette pierre[33] qu'[34] on trouva[35]
dans le nord[36] de l'Irlande[37], au bord[38] d'une
rivière[39], avec l'inscription suivante[40] : "On est
averti[41] que, lorsque[42] cette pierre est sous[43] l'eau[44],
il n'est pas prudent de[45] passer[46] à gué[47] cette
rivière."

15. Bonjour[1].

M. Casimir Bonjour[2], candidat[3] à[4] l'Académie[5],
se présente[6] un[7] jour pour[8] faire sa[9] visite[10] chez[11]

---

[23] *here.* [24] Ind. fut. of *faire,* to do. [25] Eng. idiom, *to.* [26] to follow, suivre, suivant, suivi. [27] i.e. *highway.* [28] *little* (adv.).
[29] à — près, *at little near,* i.e. *nearly.* [30] *as.* [31] *use.* [32] *as.* [33] *stone.*
[34] rel. pro. [35] to find, trouver, trouvant, trouvé, Ind. Per. Def.
[36] *north.* [37] *Ireland:* names of countries, rivers, mountains,
take the art. [38] *at the border,* i.e. *on the bank.* [39] *river.*
[40] Part. Pr. fem. of *suivre,* to follow. [41] to give notice, avertir,
avertissant, averti; Pass. Ind. Pr. 3d pers. sing.; *one is informed,* i.e. *notice is given.* [42] *when* (lors, then, que, that).
[43] *under.* [44] *water.* [45] Eng. idiom, *to.* [46] to pass, passer, passant, passé. [47] the manner, the use, the chief ingredient of a
thing, is expressed in Fr. by a noun with prep. *à. gué,*
ford (guer, to ford), *pass by ford,* i.e. *to ford.*

15. [1] bon, *good,* jour, *day.* [2] author of comedies, born
1794. [3] *candidate.* [4] *to,,* i.e. *for.* [5] a society, of forty members, chartered 1637 by Richelieu, to be the highest tribunal
for the Fr. language and literature. [6] to present one's self,
se présenter, se présentant, se présenté, Ind. Pr.; *presents
himself,* i.e. *calls.* [7] *one.* [8] *for* (prep.). [9] fem. of *son.* [10] *his
visit,* i.e. *his respects.* [11] (prep.) *at the house of.*

un des¹² quarante¹³. Une femme¹⁴ de chambre¹⁵
vient¹⁶ lui¹⁷ ouvrir¹⁸ la porte¹⁹. "Votre²⁰ nom²¹,
monsieur," dit-elle²². Le candidat répond²³ avec son
plus²⁴ gracieux²⁵ sourire²⁶: "Bonjour." Flattée²⁷ de²⁸
cette politesse²⁹, la jeune³⁰ fille³¹ répond : "Bonjour,
monsieur; voulez³²-vous me dire³³ votre nom³⁴?"—
"Je³⁵ vous dis, Bonjour."—"Et moi³⁶ aussi³⁷, bonjour, monsieur; qui faut³⁸-il que³⁹ j'annonce⁴⁰?"—
"Eh, Bonjour! c'est mon nom." La camériste⁴¹
comprit⁴² alors⁴³, qu'⁴⁴ au⁴⁵ lieu⁴⁶ de dire: Bonjour,
monsieur, il fallait⁴⁷ dire : Monsieur Bonjour.

---

¹²*de les.* ¹³*forty*, i.e. members. ¹⁴*woman.* ¹⁵*chamber; f. de c.*,
chambermaid. ¹⁶ Ind. Pr. 3d pers. sing. of *venir* (venant, venu
—aux., *être*), to come. ¹⁷ obj. case (indirect object) of *il* (he).
¹⁸ to open, ouvrir, ouvrant, ouvert; the Inf. is used without
a prep. after verbs of motion. ¹⁹ *portal*, i.e. *door.* ²⁰*your*
(adj. pro.). ²¹ *name.* ²² fem. of *il* (he). ²³ Ind. Pr. of *répondre*, to reply. ²⁴ the comp. degree is formed by *plus*
(more); the sup. degree by *le plus* (the more). ²⁵ *gracious;*
sup. degree; the art. *le* is omitted when a poss. pro. (son)
is joined. ²⁶ *smile.* ²⁷ to flatter, flatter, flattant, flatté, Pass.
Part. Per. fem. ²⁸ Eng. idiom, *by.* ²⁹ *politeness.* ³⁰ *young.* ³¹ *girl.*
³² *will you*, vouloir (to be willing), voulant, voulu. ³³ *tell*, dire,
disant, dit. ³⁴ *name.* ³⁵ *I.* ³⁶ (lit. *to me*), used subjectively,
when verb is omitted. ³⁷ *also.* ³⁸ to be necessary, falloir, fallant, fallu, impers. Ind. Pr. ³⁹ *that* (conj.). ⁴⁰ to announce,
annoncer, annonçant, annoncé. ⁴¹ *maid of honor* (Spanish),
i.e. *femme de chambre.* ⁴² to comprehend, comprendre, comprenant, compris, Ind. Per. Def. ⁴³ *then.* ⁴⁴ *that* (conj.).
⁴⁵ = *à le.* ⁴⁶ *place; a. l. d., in the place of*, i.e. *instead of*
(prep.). ⁴⁷ Ind. Impf. of *falloir* (impers.), to be necessary.

16. Un Acrostiche[1].

Une dame[2] pressait[3] quelqu'un de[4] faire un acrostiche sur le nom du[5] roi (Louis XIV.). Le poëte, qui avait plus de talent que[6] de fortune, lui présenta[7] les cinq[8] vers[9] suivants[10]:

Louis est un héros[11] sans peur[12] et sans reproche; ·
On désire[13] le voir. Aussitôt[14] qu'[15] on l'approche[16],
Un sentiment[17] d'amour[18] enflamme[19] tous les cœurs[20];
Il ne trouve[21] chez[22] nous que[23] des[24] adorateurs[25];
Son image est partout[26] excepté[27] dans ma poche[28].

---

16. [1] *An Acrostic.* [2] the wife of a lord, and generally, *lady*, married or single. [3] to press, presser, pressant, pressé; Ind. Impf. [4] Eng. idiom, *to.* [5] used for *de le* before a consonant. [6] *than.* [7] Ind. Per. Def. of *présenter*, to present. [8] *five.* [9] *verses.* [10] Part. Pr. of *suivre*, to follow, used adj. [11] *hero.* [12] *fear.* [13] to desire, désirer, désirant, désiré; Ind. Pr. [14] (aussi, *as*, tôt, *soon*), *immediately.* [15] *that* (conj.); *immediately that*, i.e. *as soon as.* [16] Ind. Pr. of *approcher*, to approach. [17] *feeling.* [18] *love.* [19] to enkindle, enflammer (*flamme*, flame), enflammant, enflammé. [20] *hearts.* [21] Ind. Pr. of *trouver*, to find. [22] *with.* [23] *ne* is used without *pas* before *que* in the sense of *only.* [24] *de* (part. art.) *les.* [25] *adorers.* [26] *par*, through, *tout*, all, i.e. *everywhere.* [27] Part. Per. of *excepter*, to except, used adv.; *except.* [28] *pocket.*

3*

17. Boileau[1].

Louis XIV. montrait[2] à Boileau des[3] vers[4] de sa composition, et lui demandait[5] son sentiment[6] : "Sire," répondit[7] Boileau, "rien[8] n'est impossible à Votre Majesté ; le Roi[9] a voulu[10] faire de[11] mauvais vers, et Sa Majesté a réussi[12]."

18. Franklin.

Si[1] vous voulez[2] connaître[3] le prix[4] de l'argent[5], a dit[6] Franklin, cherchez[7] à en[8] emprunter[9].

---

17. [1]a didactic poet (1636-1711) whose smoothness served largely to fix the language of Fr. poetry. [2]to show, montrer, montrant, montré; Ind. Impf. [3]*some*, pl. of *de* (part. art.). [4]*verses.* [5]Ind. Impf. of *demander*, to ask. [6]*opinion.* [7]Ind. Per. Def. of *répondre*, to reply. [8]*nothing.* ne is always joined to a negative (*rien*), when the negative belongs to the verb. [9]*king.* [10]to wish (be willing), vouloir, voulant, voulu; Ind. Per. Indef. [11]not *des ; de* (part. art.) remains singular when an adj. is joined. [12]to succeed, réussir, réussissant, réussi; Ind. Per. Indef.

18. [1]*if.* [2]Ind. Pr. of *vouloir*, to wish. [3]*to know*, connaître, connaissant, connu ; *connaître*, Lat. *cognoscere ; savoir*, Lat. *scire.* [4]*price.* [5]*money*, lit. silver ; the art. (*le, la*) is used before all words taken in a general sense. [6]Ind. Per. Indef. of *dire*, to say. [7]to seek, chercher, cherchant, cherché ; Imp. 2d pers. pl. [8]*of it*, i.e. *some ;* the poss. case of the pro. of 3d pers. (il) is *en* for both numbs. and both gends. [9]to borrow, emprunter, empruntant, emprunté.

19. Fontenelle[1].

Une femme de quatre-vingt-dix[2] ans[3] disait[4] à
Fontenelle, qui en[5] avait quatre-vingt-quinze[6] :
" La mort[7] nous[8] a surement oubliés[9]."—" Chut[10] !"
lui[11] répond Fontenelle en mettant[12] le doigt[13] sur
sa[14] bouche[15].

20. Il ou Elle[1].

Un chasseur[2] qui se plaignait[3] de[4] toujours[5] tuer[6]
des hases[7] disait[8] : " Je voudrais[9] bien[10] connaître
un moyen[11] pour[12] distinguer[13] les lièvres[14] de[15]

---

19. [1]moral philosopher, nephew of Corneille (1657–
1757). [2]*ninety* (*quatre*, four, *vingt*, twenties, *dix*, ten). [3]pl.
of *an*, year (as a whole); *année*, year (in its duration).
[4]Ind. Impf. of *dire*, to say. [5]*of them*, i.e. of years; poss.
case pl. of pron. *il*. [6]*ninety-five;* ninety-one is *quatre-vingt-
onze* (ninety eleven), &c. to 100. *quinze*, fifteen. [7]*death*.
[8]*us;* the place of the object (pron.) is before the verb.
[9]to forget, oublier, oubliant, oublié, Ind. Per. Indef.; the
part. is pl. to agree with the pl. object *nous;* this is a rule
when the aux. is *avoir* and the object precedes the verb.
[10]*hush;* onomatopoetic. [11]*to her*. [12]Part. Pr. of *mettre*, to
put. [13]*finger*. [14]fem. to agree with *bouche; his*. [15]*mouth*.

20. [1]*He or She*. [2]*huntsman* (*chasser*, to chase). [3]to bewail one's self, se plaindre, se plaignant, se plaint, Ind. Impf.
was complaining. [4]Eng. idiom, *that he*. [5]*always*. [6]to kill,
tuer, tuant, tué. [7]*doe-hares*. [8]Ind. Impf. of *dire*. [9]Cond.
Pr. of *vouloir*. [10]*well*. [11]*means, method*. [12]*for*. [13]to distinguish, distinguer, distinguant, distingué. [14]*hares*. [15]*from*.

leurs[16] femelles[17]."—"Il n'y a[18] rien[19] de si[20] aisé[21]," répondit[22] un plaisant[23] : "lorsque[24] c'est un mâle, *il* court[25] ; et lorsque c'est une femelle, *elle*[26] court."

21. Swift et son Valet[1].

Swift, étant[2] prêt[3] à monter[4] à cheval[5], demanda[6] ses bottes[7] ; son domestique les[8] lui apporta[9]. "Pourquoi[10] ne sont-elles[11] pas nettoyées[12] ?" lui dit le doyen[13] de Saint-Patrice[14].—"C'est[15] que

---

[16]*their* (adj. pron.). [17]*females.* [18]*Il y a*, impers. form (sing. and pl.), *there is.* [19]*ne* is joined to the negative (*rien*), when the neg. belongs to the verb. [20]*so* (adv.). [21]*easy* (adj.). [22]Ind. Per. Def. of *répondre*, to reply. [23]*pleasant*, i.e. *a wag.* [24]*when* (*then that*). [25]to run, courir, courant, couru ; Ind. Pr. [26]*she*, fem. of *il*.

21. [1]*man-servant.* [2]Part. Pr. of *être*, to be. [3]*ready;* *prêt à*, *ready for*, i.e. *ready.* [4]to mount, monter, montant, monté—aux., *être* and *avoir.* [5]*to horse*, i.e. *on horseback.* [6]Ind. Per. Def. of *demander*, to ask. [7]*boots.* [8]pl. of *le*, obj. case of *il*. The place of the object (pron.) is before the verb, indirect preceding the direct, but *lui* is an exception —*les lui*, not *lui les.* [9]to carry to, *i.e.* to bring, apporter (*porter*, to carry, *à*, to), apportant, apporté. [10]*Pour*, for, *quoi*, what, i.e. *why.* [11]fem. pl. of *elle* (*she*), to agree with *bottes.* [12]to make clean (*net*, clean), nettoyer, nettoyant, nettoyé, Pass. Ind. Pr. ; *are cleaned. nettoyées* is fem. (*e*) pl. (*s*) to agree with the subject *elles.* The Part. Per. with *être* (except in reflex. verbs) agrees with the *subject.* [13]*dean.* [14]*Patrick.* [15]*It is*, i.e. *the reason is.*

vous allez[16] les[8] salir[17] tout-à-l'heure[18] dans les chemins[19], j'ai pensé[20] que[21] ce ne valait[22] pas la peine[23]
de les décrotter[24]." Un instant après[25], le domestique
ayant demandé[26] à[27] Swift la clef[28] du buffet[29] :
"Pourquoi faire[30]?" lui dit son maître[31].—"Pour
déjeuner."—"Oh!" reprit le docteur[32], "comme[33]
vous aurez[34] encore[35] faim[36] dans deux[37] heures
d'ici[38], ce n'est pas la peine[39] de manger[40] à présent."

---

[16]to go, aller, allant, allé—aux., *être*. *aller*, with other verbs,
forms an idiom. fut., *venir* (to come), an idiom. past tense;
e.g. *vous—salir*, *you are going to soil*, i.e. *you will soil*.
[17]to soil, salir, salissant, sali. [18]*tout*, all, *à*, at, *le heure*, the
hour, i.e. *immediately*. [19]*streets*. [20]to think, penser, pensant, pensé, Ind. Per. Indef. 1st pers. sing. [21]*that* (conj.).
[22]to be worth, valoir, valant, valu, je vaux, valais, vaudrai;
Ind. Impf. [23]*pain*, i.e. *trouble*. [24]to rub off dirt (to clean),
décrotter (*de*, from, *crotte*, dirt), décrottant, décrotté. [25]*after*.
[26]Part. Per. of *demander*, to ask; formed with *ayant*, Part.
Pr. of *avoir*. [27]*to;* Eng. idiom, *of*. [28]*key*. [29]*sideboard*.
[30]*for what to do*, i.e. *what to do*. [31]*master*. [32]*one skilled*, i.e.
doctor; physician is *médecin*. [33]*as*. [34]Ind. Fut. 2d pers. pl.
of *avoir*, to have. [35]*again*. [36]*hunger;* to have hunger, i.e.
to be hungry. [37]*two*. [38]*from* (*de*), *here* (*ici*), i.e. *hence*. [39]*is
not*, &c., idiom. for *is not worth while*. [40]to eat, manger,
mangeant, mangé.

22. Un Proverbe[1].

Le proverbe musulman[2] dit: Si[3] tu[4] fais[5] du[6]
bien[7] à quelqu'[8]un, jettes[9]-en le souvenir[10] dans[11]
la mer[12]; si les poissons[13] l'engloutissent[14], Dieu[15]
s'en souviendra[16].

23. Notre[1] Mal[2] de Dents[3].

Un jeune[4] prince, ayant[5] froid[6] à la pêche[7], dit
à son gouverneur[8]: "Donnez[9]-moi mon manteau[10]."
—"Mon prince, les hommes de votre naissance[11] ne

---

22. [1] *A Proverb.* [2] *Mohammedan.* [3] *if.* [4] *thou.* [5] Ind. Pr.
of *faire,* to do. [6] *some, any;* the part. art. is *de* followed
by the def. art. (*le, la*), becoming *du* before a noun masc.
beginning with a consonant. [7] *well = bon* (adj.), i.e. *good
thing.* [8] *some, any* (indef. pro.); *quelque un, some one.* [9] *to
cast,* jeter, jetant, jeté, Imp. 2d pers. sing.; the *s* is euphonic, when *en* (of it), *y* (to it) follow. [10] *remembrance.*
[11] *into* (or *in*). [12] *sea.* [13] *fishes.* [14] to swallow up, engloutir,
engloutissant, englouti; Ind. Pr. 3d pers. pl. [15] *God.* [16] to
remember one's self, *i.e.* to remember, se souvenir, se souvenant, se souvenu—aux., *être;* Ind. Fut. 3d pers. sing.

23. [1] *our.* [2] *evil,* i.e. *pain.* [3] *teeth; toothache; mal de tête,*
headache, &c. [4] *young.* [5] *having,* Part. Pr. of *avoir.* [6] *cold;*
having cold, i.e. *being cold.* [7] *fishing* (noun); another
idiom. use of *à* (at), i.e. *while.* [8] *tutor* (governor). [9] *to
give,* donner, donnant, donné; Imp. 2d pers. pl. [10] *cloak.*
[11] *birth.*

doivent[12] point[13] s'exprimer[14] à[15] la première[16] personne, comme[17] ceux[18] d'un rang[19] inférieur. Lorsqu'ils parlent[20] d'eux[21]-mêmes[22], ils se servent[23] toujours du[24] pluriel[25]. En conséquence[26], il fallait[27]
dire : " Donnez[28]-*nous notre*[29] manteau." Quelques
jours après, dans un violent accès[30] de mal[31] de
dents, le prince se plaignait[32] avec vivacité[33] ; mais
se souvenant[34] de la leçon[35] qu'il avait reçue[36]
précédemment[37], il s'écria[38] : " Ah ! *notre* dent!
notre dent !"—" La mienne[39] certainement[40] ne me

---

[12]ought to (to owe), devoir, devant, du, je dois, dus, devrai;
Ind. Pr. 3d pers. pl. [13]*not* (adv. of strong neg.); not used
instead of *pas*. [14]to express one's self, se exprimer, se ex-
primant, se exprimé—aux., *être*. [15]Eng. idiom, *in*. [16]*first*
(fem.). [17]*as*. [18]*those* (pl. of *celui*). [19]*rank*. [20]Ind. Pr. of
parler, to speak. [21]*them* (they), pl. of *lui* (disj. pro.).
[22]*same*, joined with pro. = Eng. *self*. [23]to make use of (serve
one's self), se servir, se servant, se servi—aux., *être*; Ind. Pr.
3d pers. pl. [24]*of the* (de le), before a consonant. [25]*plural*.
[26]*in consequence*, i.e. *therefore*. [27]to be necessary, falloir, fallant, fallu; Ind. Impf. (impers.). [28]Imp. 2d pers. pl. of
donner, to give. [29]*our* (poss. adj.). [30]access, i.e. *attack, fit.*
[31]*evil* (adj.), i.e. *illness; m. d. d.*, i.e. *toothache; m. d. tête*,
headache, &c. [32]Ind. Impf. of *se plaindre*, to bewail one's
self, *to complain*. [33]*liveliness. with l.*, i.e. *strongly, grievously*.
[34]Part. Pr. of *se souvenir*, to call to mind. [35]*lesson*. [36]to receive, recevoir, recevant, reçu; Ind. Plup.; *reçue* is fem. (*e*),
to agree with *que*, the fem. object; the Part. Per., with
avoir, is inflected to agree with the object, when the object
precedes the verb. [37]*previously*. [38]Ind. Per. Def. of *s'écrier*,
to exclaim. [39]*mine* (pers. pron.), *the mine*, i.e. *mine*. [40]*ment*,
with adj. roots, is Eng. *-ly* (adv. suffix).

fait[41] point souffrir[42]," dit le gouverneur.—"Je vois[43] bien," reprit l'auguste[44] élève[45], d'assez[46] mauvaise[47] humeur, "que le manteau est à *nous*, et le mal[48] pour *moi* seul[49]."

24. La Presse[1].

On proposait[2] au directeur[3] de la troupe[4] des[5] comédiens[6] de[7] Versailles de[8] laisser[9] entrer[10] tous les pages du roi, de la reine[11] et des[12] princes. Il objecta[13], avec raison, que beaucoup[14] de pages font[15] un volume.

25. Un Mot[1] à[2] Deux Ententes[3].

On propose[4] en société la solution de cette proposition énigmatique[5] : " Je ne suis[6] pas ce que[7] je

---

[41] Ind. Pr. of *faire*, to make, i.e. *causes*.   [42] to suffer, souffrir, souffrant, souffri.   [43] Ind. Pr. of *voir*, to see.   [44] *august*. [45] *pupil* (*élever*, to raise).   [46] *enough*.   [47] fem. of *mauvais, bad ; de m. h.*, Eng. idiom, *in*, &c.   [48] *pain*.   [49] *alone* (sole).

24. [1] *The Press* (*presser*, to press).   [2] to propose, proposer, proposant, proposé ; Ind. Impf.   [3] *manager* (director). [4] *troop*, i.e. *company*.   [5] *de les, of the*.   [6] *comedians*.   [7] *i.e. at*. [8] Eng. idiom, *to*.   [9] to permit (leave), laisser, laissant, laissé ; verbs of motion, of perception, and some others, take the Inf. without either *à* or *de*.   [10] *to enter*.   [11] *queen*.   [12] *de les*. [13] Ind. Per. Def. of *objecter*, to object.   [14] *many* (much), *beau*, fine, *coup*, stroke ; many of, i.e. *many*.   [15] Ind. Pr. 3d pers. pl. of *faire*, to make.

25. [1] *word*.   [2] Eng. idiom, *with*.   [3] *meanings* (entendre, to understand (hear)).   [4] Ind. Pr. 3d pers. sing. of *proposer*, to propose.   [5] *enigmatical*.   [6] Ind. Pr. of *être*, to be.   [7] *that which*.

suis[8]; car si j'étais[9] ce que je suis[10], je -ne serais[11] pas ce que je suis[12]."—(Solution.) C'est un valet[13], qui n'est pas le maître qu'[14]il suit[15]; car s'il était le maître qu'il suit, il ne serait[16] pas le valet qu'[17]il est.

26. Raser[1] La Reine[2].

Anciennement[3] à Londres[4], les femmes[5] ne montaient[6] pas sur le théâtre. C'[7]étaient des[8] hommes déguisés[9], qui en[10] remplissaient[11] les rôles[12]. Le roi Charles II. s'impatientant[13] un jour de ce que[14] le spectacle[15] ne commençait[16] pas, le directeur

---

[6] Ind. Pr. of *suivre*, to follow. [9] Ind. Impf. of *être*. [10] *follow*. [11] Cond. Pr. of *être; should be*. [12] *am*. [13] *man-servant*. [14] *whom*. [15] Ind. Pr. 3d pers. sing. of *suivre*, to follow. [16] Cond. Pr. of *être*. [17] *that* (rel. pron.).

26. [1] to shave (cf. Eng. *raze*), raser, rasant, rasé; Inf. i.e. *shaving* (verbal noun). [2] *queen*. [3] *anciently*, i.e. *formerly*. [4] *London*. [5] the women, i.e. *women*. [6] to mount, monter, montant, monté—aux., *être* and *avoir;* Ind. Impf. 3d pers. pl.; *were in the habit of mounting*, i.e. *appearing*. [7] *Ce* (impers.) is joined to a verb pl. or sing. [8] *some* men, i.e. *men*. [9] to disguise, déguiser, déguisant, déguisé; the Part. Pr. (used adj.) is inflected to agree with the noun. [10] *of it*, i.e. the theatre. [11] to fill, remplir, remplissant, rempli, Ind. Impf. [12] *parts*, formerly written on *rolls* of paper. [13] to grow impatient, s'impatienter, s'impatientant, s'impatienté—aux., *être*. [14] *d. c. q. of this, that*, i.e. *at*. [15] *play*, lit. spectacle. [16] Ind. Impf. of *commencer*, to begin.

vint[17] s'excuser en disant : " La reine n'est pas encore[18] rasée[19]."

27. D'une Politesse[1] Incommode[2].

Un homme, voyant[3] passer son médecin[4], se détourne[5]. On lui[6] en[7] demande[8] la raison. " J'ai[9] honte[10]," dit-il, " de[11] paraître[12] devant[13] lui, il y a[14] si long temps que[15] je n'[16] ai été[17] malade[18]."

28. Au Luxembourg[1].

L'autre[2] jour, sur un banc[3] du Luxembourg, un

---

[17] Ind. Per. Def. of *venir*, to come.   [18] *yet* (again.)   [19] Part. Per. fem. of *raser*, to shave.

27. [1] *politeness*.   [2] inconvenient, i.e. *excessive ;* of an excessive politeness, i.e. *Excessive Politeness*.   [3] Part. Pr. of *voir*, to see; verbs of perception (of the senses) do not require *à* or *de* before a following Inf.   [4] *physician*.   [5] to turn out of one's way, se détourner, se détournant, se détourné— aux., *être*, Ind. Pr.   [6] *to him*, Eng. idiom, *of him*.   [7] *of it*.   [8] Pr. of *demander*, to ask.   [9] Pr. of *avoir*, to have.   [10] *shame ;* have shame, i.e. *am ashamed*.   [11] Eng. idiom, *to*.   [12] to appear, paraître, paraissant, paru.   [13] *before*.   [14] Impers. form, always sing. ; *it there has* (*avoir*), i.e. *it is*.   [15] *that* (conj.).   [16] the Fr. neg. is often used where in Eng. there is none; *long that I have not*, i.e. *long since I have*.   [17] Ind. Per. Indef. of *être*, to be; *have been*.   [18] *sick*.

28. [1] *At the Luxemburg*, i.e. public garden attached to the palace of that name in Paris.   [2] *other*.   [3] *bench*.

jeune[4] homme timide, qui voulait[5] engager[6] conversation avec une jeune personne placée[7] à côté de
lui, saisit[8] adroitement[9] le moment où[10] un insecte
montait[11] sur son châle[12] pour dire : "Mademoiselle[13], je vous préviens[14] que vous avez une bête[15]
derrière[16] vous."—"Ah, mon dieu[17]! monsieur,"
dit la dame en se retournant[18] étonnée[19] et comme[20]
effrayée[21], "je ne vous savais[22] pas là[23]."

29. Le Seul[1] Gentilhomme[2].

Franklin prenait[3] plaisir à[4] répéter[5] une ob-

---

[4]*young;* this adj. (and others, easily forming with the noun
one idea) precedes its noun.   [5]Ind. Impf. of *vouloir*, to
wish.   [6]to engage, engager, engageant, engagé.   [7]Part. Per.
fem. of *placer*, to place; *seated.*   [8]to seize, saisir, saisissant,
saisi; Ind. Per. Def.   [9]*adroitly.*   [10]*where*, i.e. *when.*   [11]Ind.
Impf. of monter, to mount; *was ascending.*   [12]*shawl.*   [13]*Miss*
(*ma*, my, *demoiselle*, young lady).   [14]to give notice, prévenir,
prévenant, prévenu—aux., *être*, Ind. Pr.   [15]*animal* (without
reason).   [16]*behind.*   [17]my God! i.e. *gracious!*—a common
expletive.   [18]to turn one's self, se retourner, se retournant,
se retourné.   [19]to astonish, étonner, étonnant, étonné; Part.
Per. fem., *astonished.*   [20]*as it were*, lit. *as.*   [21]to frighten,
effrayer, effrayant, effrayé; Part. Per. fem., *frightened.*
[22]Ind. Impf. of *savoir*, to know.   [23]*there;* I did not know
you there, idiom. for *I did not know you were there.*

29.   [1]alone (sole), i.e. *only.*   [2]*gentleman.*   [3]to take, prendre,
prenant, pris, Ind. Impf.   [4]*to*, Eng. idiom, *in.*   [5]to repeat,
répéter, répétant, répété.

servation de son nègre[6], auquel[7] il avait défini[8],
étant[9] à Londres[10], ce[11] que[12] c'[13]était qu'[14]un gentilhomme. "Maître," lui disait l'Africain, "le
vent[15] travaille[16], le feu[17] travaille, la fumée[18] travaille, les chiens[19] travaillent, le bœuf[20] travaille,
le cheval travaille, l'homme travaille, tout[21] travaille excepté[22] le cochon[23]; il mange[24], il boit[25], il
dort[26], et ne fait rien[27] de[28] la journée[29]; le cochon
est donc[30] le seul gentilhomme de l'Angleterre[31]."

---

[6]*negro.* [7]= à lequel, interrog. pron. used as a rel. pron.,
and after a prep. used of things; *qui* is used of persons;
a negro-servant is spoken of as a thing (!). [8]to define, dé-
finir, définissant, défini, Ind. Per. Indef. [9]Part. Pr. of *être*,
to be: *being.* [10]*London.* [11]*that* (dem. pron.). [12]*which* (rel.
pron.). [13]*it;* the impers. use of the substantive verb requires *ce* or *il.* [14]not translatable; after the impers. form
c'est, this conj. introduces the emphatic word; *e.g.* c'est une
belle chose que la discrétion, *discretion is a good thing;*
trans. *what a gentleman was.* [15]*wind.* [16]to work, travailler,
travaillant, travaillé; Ind. Pr. [17]*fire.* [18]*smoke;* the gender in Fr. of all inanimate things is arbitrary, and must be
learned by observation; there is no neuter gender. [19]*dogs.*
[20]*ox.* [21]all, i.e. *every thing.* [22]prep. (from Part. Pr. of *excepter,* to except). [23]*pig.* [24]Pr. Ind. of *manger,* to eat.
[25]to drink, boire, buvant, bu. [26]to sleep, dormir, dormant,
dormi. [27]*nothing.* [28]*of,* Eng. idiom, *during.* [29]*day* (in its
duration); *the whole day;* cf. an, année. [30]*therefore.* [31]*England* (Angle, terre, *land*).

30. Une Fable[1].

Le soc[2] d'une charrue[3], après un long repos,
S'était couvert[4] de rouille[5]. Il voit[6] passer[7] son
frère[8],
Tout radieux[9], revenant[10] des[11] travaux[12].
" Forgés[13] des[14] mêmes[15] bras[16], de semblable[17]
matière[18],"
Lui dit-il, "jesuis terne[19], et toi[20], poli[21], brillant;
Où pris[22]-tu cet éclat[23], mon frère ?"—"En travail-
lant[24]."

31. Le Requiem[1].

Un jour que[2] Mozart était plongé[3] dans une pro-

---

30. [1]*A Fable.* [2]*share* of a plough. [3]*plough.* [4]to cover
one's self, se couvrir, se couvrant, se couvert, Ind. Plup.
3d pers. sing. [5]*rust.* [6]Ind. Pr. of *voir*, to see. [7]to pass,
passer, passant, passé. [8]*brother.* [9]*beaming*, i.e. *bright.*
[10]to come back, revenir, revenant, revenu—aux., *être.* [11]= de
les, *from the.* [12]pl. of *travail; labors;* nouns in *al, ail,* form
the pl. in *aux.* [13]to forge, forger, forgeant, forgé; Part. Per.
pl. [14]Eng. idiom, *by the.* [15]*same.* [16]*arms;* nouns in *s, x,*
and *z* remain unchanged in the pl. [17]*similar.* [18]*material.*
[19]*dull,* of color (*ternir,* to tarnish). [20]*thou* (disj. pers. pron.).
the phrase is elliptical for *toi, tu es,* &c. [21]to polish, polir,
polissant, poli. [22]Ind. Per. Def. of *prendre,* to take. [23]*bril-
liancy.* [24]*in working,* Eng. idiom, *working.*

31. [1] *The Requiem.* [2]*as.* [3]to plunge, plonger, plongeant,
plongé, Pass. Ind. Impf.

fonde rêverie, il entendit[4] un carrosse[5] s'arrêter[6] à
sa porte. On lui annonce un inconnu[7] qui demande à lui parler : on le fait entrer ; il voit un
homme d'un certain âge, fort[8] bien mis[9], les manières[10] les plus[11] nobles, et même[12] quelque chose
d'imposant[13] : "Je suis chargé[14], monsieur, pour[15] un
homme très[16]-considérable[17], de[18] venir vous trouver[19]."—"Quel[20] est cet homme ?" interrompit[21]
Mozart.—"Il ne veut[22] pas être connu[23]."—"A la
bonne heure[24], et que désire-t[25]-il ?"—"Il vient[26]
de perdre[27] une personne qui lui était bien chère[28],
et dont la mémoire lui sera[29] éternellement précé-
cieuse ; il veut célébrer tous les ans[30] sa mort par

---

[4]to hear, entendre, entendant, entendu. [5]*carriage.* [6]to
stop one's self, s'arrêter, s'arrêtant, s'arrêté—aux., *être.* [7]*un-
known,* i.e. *stranger.* [8]*very.* [9]*dressed,* Part. Pr. of *mettre,* to
put. [10]*manners.* [11]*plus* with the art. forms the sup. degree. [12]*even* (adv.). [13]the phrase is elliptical. understand
avec, with. [14]to charge, charger, chargeant, chargé, Pass.
Pr. ; *am commissioned.* [15]*for,* i.e. *in behalf of.* [16]*very.* [17]very
considerable, i.e. *most respectable.* [18]Eng. idiom, *to.* [19]to
find, trouver, trouvant, trouvé. [20]*who* (interrog. pron.).
[21]to interrupt, interrompre, interrompant, interrompu.
[22]Ind. Pr. of *vouloir,* to wish. [23]Pass. Inf. Pr. of *connaître,*
to know. [24]*at the good hour;* very common phrase, which
may be generally rendered, *very well.* [25]*t* is merely euphonic.
[26]Ind. Pr. of *venir,* to come ; with other verbs *venir* is used
idiom. to form a past tense, *aller* (to go), a future tense, *he
comes to lose,* i.e. *he has just lost.* [27]to lose, perdre, perdant,
perdu. [28]*dear.* [29]Ind. Fut. of *être,* to be. [30]*all the years,*
i.e. *every year.*

un service solennel, et il vous demande de composer un requiem pour ce service." Mozart se sentit[31] vivement frappé[32] de ce discours, du[33] ton[34]
grave dont il était prononcé, de l'air mystérieux qui
semblait[35] répandu[36] sur toute cette aventure[37]. Il
promit de faire le requiem. L'inconnu continue[38]:
" Mettez à cet ouvrage tout votre génie; vous tra-
vaillez pour un connaisseur[39] en musique."—
" Tant[40] mieux[41]."—"Combien[42] de temps de-
mandez-vous?" — " Quatre[43] semaines[44]."—" Eh
bien, je reviendrai[45] dans quatre semaines. Quel
prix[46] mettez-vous à votre travail?"—"Cent ducats." L'inconnu les compte[47] sur la table et dis-
paraît.[48] Mozart reste[49] plongé quelques moments
dans de[50] profondes[51] réflexions; puis[52] tout à coup[53]
demande une plume[54], de[55] l'encre[56], du papier[57],

---

[31]to feel one's self, se sentir, se sentissant, se senti, Ind. Per.
Def. [32]Part. Per. of *frapper*, to strike. [33]= *de le*, Eng.
idiom, *by the*. [34]*tone*. [35]to seem, sembler, semblant, semblé.
[36]to spread, répandre, répandant, répandu. [37]*adventure*.
[38]to continue, continuer, continuant, continué, Ind. Pr.
[39]*knower*, i.e. *a judge* of a thing. [40]*so much* (adv.). [41]*better*
(comp. of *bien*). [42]*how much*. [43]*four*. [44]*weeks*. [45]Ind. Fut.
of *revenir*, to come back. [46]*price*. [47]to count, compter,
comptant, compté. [48]to disappear, disparaître, disparais-
sant, disparu, Ind. Pr. [49]to remain, rester, restant, resté.
[50]the part. art. is *de* (prep.) when an adj. precedes the noun.
[51]an adj. used in its lit. sense follows, in its fig. sense precedes, the noun. [52]*then*. [53]*all at a blow*, i.e. *suddenly* (adv.).
[54]*pen* (lit. *feather*). [55]*some;* the part. art. is *de l'* before a
vowel. [56]*ink*. [57]*paper*.

et, malgré[58] les remontrances de sa femme[59], il se met[60] à écrire. Cette fougue[61] de travail continua plusieurs[62] jours : il composait jour et nuit[63], et avec une ardeur qui semblait augmenter en avançant ; mais son corps[64], déjà[65] faible, ne put[66] résister à cet enthousiasme : un matin[67] il tomba enfin[68] sans connaissance, et fut obligé[69] de suspendre son travail. Deux ou trois jours après, sa femme cherchant à le distraire[70] des sombres pensées[71] qui l'occupaient, il lui[72] répondit brusquement[73] : "Cela est certain, c'[74] est pour moi que je fais ce requiem ; il servira[75] à mon service mortuaire[76]." Rien[77] ne peut[78] le détourner de cette idée. A mesure[79] qu'il travaillait, il sentait ses forces diminuer de jour en[80] jour, et sa partition[81] avançait lentement[82]. Les

---

[58] *spite of* (prep.) ; (*gré*, agreement, *mal*, bad). [59] *wife* (woman). [60] to put one's self to (*to set about*) ; *mettre*, to put. [61] *fit*. [62] *several*. [63] *night*. [64] *body*. [65] *already*. [66] Ind. Per. Def. of *pouvoir*, to be able ; *pas* is omitted after *pouvoir*, when followed by an Inf. [67] *morning*. [68] *at last* (*en*, in, *fin*, end). [69] Pass. Ind. Per. Def. of *obliger*, to oblige. [70] to divert (draw apart), distraire, distrait ; not used in certain tenses. [71] *thoughts*. [72] *to her*. [73] (brusque, *quick* and *rude*). [74] *it*. *il*, as the subject of *être* (impers.), is used when followed by an adj. qualifying something coming after—*ce* in other cases. [75] Ind. Fut. of *servir*, to serve. [76] mortuary, i.e. *burial*. [77] *nothing ;* if the negation belongs to the verb, *ne* is added to the neg. word ; with *pouvoir, oser, cesser* (fol. by an Inf.), *pas* is omitted. [78] Ind. Pr. of *pouvoir*, to be able. [79] *in proportion, as*. [80] Eng. idiom, *to*. [81] *partition*, i.e. *score of music*. [82] *slowly*.

quatre semaines qu'il avait demandées[83] s'étant
écoulées[84], il vit un jour entrer chez lui le même
inconnu. "Il[74] m'a été[85] impossible," dit Mozart,
"de tenir[86] ma parole."—"Ne vous gênez[87] pas,"
dit l'étranger : "quel temps vous faut[88]-il encore?"
—"Quatre semaines. L'ouvrage[89] m'a inspiré plus
d'intérêt que[90] je ne[91] pensais, et je l'ai étendu[92]
beaucoup plus que je n'en[93] avais le dessein[94]."—
"En ce cas[95], il[74] est juste d'augmenter les hono-
raires[96]: voici cinquante ducats de plus[97]."—"Monsieur," dit Mozart, toujours plus étonné, "qui êtes-
vous donc?"—"Cela ne fait rien à la chose[98]; je
reviendrai dans quatre semaines." Mozart appelle
sur-le-champ[99] un de ses domestiques pour faire
suivre[100] cet homme extraordinaire, et savoir[101] qui

---

[83] the Part. Per. with *avoir* (and *être* in reflexive verbs)
agrees with the obj., when the obj. precedes. [84] to lapse
itself away (*couler*, to flow), s'écouler, s'écoulant, s'écoulé,
Part. Per.; pl. to agree with *que*. [85] Ind. Per. Indef. of *être*.
[86] to hold, tenir, tenant, tenu; *hold my word*, i.e. *keep my
word*. [87] to incommode, gêner, gênant, gêné. [88] Ind. Pr.
of *falloir*, to be necessary. [89] *work*. [90] *than*. [91] the neg. is
used (where in Eng. there is none) after *que*, *than*, in an
affirmative clause. [92] to extend, étendre, étendant, étendu,
Ind. Per. Indef. [93] *of it*, i.e. *of doing*. [94] *design*. [95] *case*.
[96] *retaining-fee* (honorary, the pl. used for the pay attached
to any honorable profession). [97] *of more*, i.e. *in addition*.
[98] *does nothing to the thing*, i.e. *has nothing to do with the
thing*. [99] *on the field*, i.e. *immediately* (on the spot). [100] to
cause to follow, i.e. *to cause to be followed*. [101] *ascertain* (of
positive knowledge); *connaître* (of experimental knowledge).

il était: mais le domestique maladroit[102] vint rapporter qu'il n'avait pu[103] retrouver[104] sa trace. Le
pauvre[105] Mozart se mit dans la tête[106] que cet inconnu n'était pas un être[107] ordinaire; qu'il avait
sûrement des[108] relations avec l'autre monde[109], et
qu'il lui était envoyé[110] pour lui annoncer sa fin
prochaine[111]. Il ne s'en[112] appliqua[113] qu'[114]avec plus
d'ardeur à son requiem, qu'il regardait comme[115] le
monument le plus durable de son génie. Pendant[116] ce travail, il tomba plusieurs fois dans des
évanouissements[117] alarmants. Enfin l'ouvrage fut
achevé[118] avant[119] les quatre semaines. L'inconnu
revint au terme[120] convenu[121] : Mozart n'était plus.

---

[102]*blundering* (*mal à droit*, bad for right). [103]Ind. Plup. of
pouvoir, to be able. [104]*re*, in composition, is *again*. [105]*poor*.
[106]put himself into his head, i.e. *got it into*, &c. [107]*being*
(noun). [108]*some* (part. art.). [109]*world*. [110]to send, envoyer,
envoyant, envoyé, Pass. Ind. Impf. [111]prochain, *near*. [112]*en*
often serves to refer to a preceding thought; *as for that*.
[113]to apply one's self, s'appliquer, s'appliquant, s'appliqué.
[114]ne-que, *only; only with more*. [115]*as*. [116]pending, i.e. *during*
(pendre, to hang). [117]*fainting-fits* (*évanouir*, to vanish). [118]to
complete, achever, achevant, achevé, Pass. Ind. Per. Def.
[119]*in advance of* (prep.). [120]*limit;* here limit of *time*.
[121]*agreed upon*, convenir, convenant, convenu—aux., *être*.

32. Milton.

Homère[1], après la Bible, avait toujours été[2] la première lecture[3] de Milton; il le savait presque[4] par cœur[5], et l'étudiait[6] sans cesse[7]. Aveugle[8] et solitaire, ses heures étaient partagés[9] entre[10] la composition poétique et le ressouvenir[11] toujours entretenu[12] des[13] grandes beautés d'Isaïe, d'Homère, de Platon[14], d'Euripide[15]. Il avait fait[16] apprendre[17] à ses filles à lire[18] le Grec et l'Hébreu, et l'on[19] sait[20] que l'une d'elles[21], longtemps après, récitait[22] de mémoire des vers d'Homère qu'elle avait ainsi[23]

---

32. [1]*Homer.* [2]Ind. Plup. of *être*, to be, *had been.* [3]*reading* (lire, to read). [4]*almost.* [5]*heart.* [6]to study, étudier, étudiant, étudié. [7]*cessation.* [8]*blind.* [9]to divide, partager, partageant, partagé, Pass. Ind. Impf.; the Part. Per. with *être* (except in reflexive verbs) agrees with the subject. [10]*between.* [11]*recalling to mind* (*souvenir*, that which brings to mind, *re*, again). [12]to keep together, entretenir, entretenant, entretenu; *maintained;* Eng. idiom, *the practice, constantly maintained, of recalling,* &c. [13]*of the.* [14]*Plato.* [15]*Euripides.* [16]Ind. Plup. of *faire*, to cause. [17]to learn, apprendre (*à*, to, *prendre*, take), apprenant, appris; caused to learn = caused to be learned by; Eng. idiom, *had his daughters taught.* [18]to read, lire, lisant, lu. [19]after vowel sounds, *on* is written *l'on*, for euphony. [20]Ind. Pr. of *savoir*, to know. [21]*them* (disj. pron., masc. *eux;* the conj. pron. *il, elle,* has *les* for obj. pl.). [22]to recite, réciter, récitant, récité. [23]*thus* (also).

retenus[24] sans les[25] comprendre[26]. Chaque[27] jour,
Milton, en se levant[28], se faisait lire[17] un chapitre
de la Bible hébraïque[29]; puis il travaillait à son
poëme, dont il dictait[30] les vers à sa femme, ou
quelquefois[31] à un ami, à un étranger qui le visitait.
La musique[32] était une de ses distractions[33]; il tou-
chait[34] de l'orgue[35], et chantait[36] avec goût[37]. Au[38]
milieu[39] de cette vie simple et occupée[40], le " Para-
dis Perdu[41]," si[42] longtemps médité[43], s'acheva.

33. Condamine[1].

M. de la Condamine, à un souper[2] qu'il donna le
jour de sa réception à l'Académie française, fit l'impromptu[3] suivant:

> La Condamine est aujourd'hui
> Reçu[4] dans la troupe[5] immortelle:

---

[24]to retain, retenir, retenant, retenu, Ind. Plup. [25]*them*
(conj. pron.; *i.e.* used with the verb). [26]to comprehend,
comprendre, comprenant, compris. [27]*each* (every). [28]to
raise one's self (*to get up*), se lever, se levant, se levé—aux.,
être. [29]*Hebraic;* adjs. expressing nationality are not written
with a capital. [30]to dictate, dicter, dictant, dicté. [31]*quelque*,
some, *fois*, times. [32]*music.* [33]distractions, *i.e. relaxations.*
[34]to touch, toucher, touchant, touché. [35]*organ; touched of,*
i.e. *touched;* idiom. for *played upon.* [36]to sing, chanter,
chantant, chanté. [37]*taste* (physical and mental). [38]= *à le,*
Eng. idiom, *in.* [39]middle, *midst.* [40]to occupy, occuper,
occupant, occupé; *busy.* [41]to lose, perdre, perdant, perdu.
[42]*so.* [43]to meditate, méditer, méditant, médité.

33. [1]traveller and poet (1701–1774). [2]*supper* (the evening meal). [3]*impromptu* (unprepared). [4]to receive, recevoir, recevant, reçu, Pass. Ind. Pr. [5]*company.*

Il[6] est bien sourd[7] ; tant[8] mieux pour lui ;
Mais non muet[9], tant pis[10] pour elle[11].

34. Anson[1].

L'action[2] qui contribua[3] le plus[4] à la célébrité
d'Ansou, après son voyage[5], fut son combat contre[6]
M. de la Jonquière[7]. Ce capitaine[8] français rame-
nait[9] en[10] Europe une escadre[11] composée de six vaisseaux[12] de guerre[13], et de quatre[14] autres vaisseaux revenant[15] des Indes[16] orientales[17]. L'amiral anglais[18],
qui commandait alors[19] une flotte[20], rencontra[21] cette
escadre à la hauteur[22] du cap[23] Finisterre. Le combat fut opiniâtre[24] de part[25] et d'autre, et ce ne fut

---

[6]*he.* [7]*deaf.* [8]*so much.* [9]*dumb* (mute). [10]*worse;* comp. of
mal, bad. A few Fr. adjs. and advs. have an irreg. comparison. The regular way is with *plus* (comp.), *le plus*
(superl.). [11]*it* (fem.), *i.e.* The Academy.
34. [1]A British admiral (1700–1762). [2]*i.e.* naval *action.*
[3]to contribute, contribuer, contribuant, contribué. [4]*most*
(*plus*, more). [5]his cruise around the world against the
Spanish and French. [6]*against.* [7]a French admiral. [8]*captain.* [9]to lead back, ramener, ramenant, ramené, Ind. Impf.
[10]Eng. idiom, *to.* [11]*squadron.* [12]*vessels;* nouns in *au, eu,*
and some in *ou*, take *x* instead of *s* in the pl. [13]*war.* [14]*four.*
[15]to come back, revenir—aux., *être.* [16]Indies. [17]*Eastern:*
East Indies. [18]*English.* [19]*at that time.* [20]*fleet.* [21]to meet
(*contre*, against), rencontrer, rencontrant, rencontré.
[22]*height, i.e.* in the *latitude.* [23]*cape.* [24]opinionated, i.e. *ob-
stinate.* [25]*part, i.e. side;* on one side and the other, Eng.
idiom, *on both sides.*

qu'[26]à la dernière extrémité que M. de la Jonquière se rendit[27]. "Vous avez vaincu[28] l'Invincible," dit-il à Anson, "et la Gloire[29] vous suit[30]." C'était le nom des deux vaisseaux de l'escadre du capitaine français. Cette victoire ne fut pas sans récompense : le roi nomma[31] le vainqueur[32] vice-amiral d'Angleterre et, peu de temps après, premier lord de l'amirauté[33].

35. Louis XIV. et Duguay-Trouin[1].

Duguay-Trouin rendit compte[2] un jour d'une de ses[3] plus glorieuses batailles à Louis XIV. Au nombre des vaisseaux qui formaient[4] son escadre, se trouvait[5] la frégate la Gloire. "J'ordonnai[6]," dit-il, "à la Gloire de me suivre."—"Elle vous[7] fut fidèle," reprit[8] Louis XIV.

---

[26]ne-que, *only*.   [27]to surrender (give one's self up), se rendre, se rendant, se rendu.   [28]to vanquish, vaincre, vainquant, vaincu.   [29] *Glory*.   [30]Ind. Pr. of *suivre*, to follow.   [31]to name, nommer, nommant, nommé.   [32]*conqueror*.   [33]*admiralty*.

35. [1]the admiral Duguay (died 1736).   [2]rendered count, i.e. *gave an account*.   [3]*his* (pl. of *son*) ; a poss. pron. before a superlative takes the place of the art.   [4]Ind. Impf. 3d pers. pl. of *former*, to form.   [5]*found itself*, i.e. *was found*.   [6]to order, ordonner, ordonnant, ordonné.   [7]*to you*.   [8]to reply (take again), reprendre, reprenant, repris.

36. Le 29[1] Mai 1453[2].

Quelques heures plus tard[3], la hache[4] enfonçait[5]
les portes de Sainte-Sophie[6]; les vieillards[7], les
femmes, les jeunes filles, les moines[8], les religieuses[9],
encombraient[10] cette vaste basilique[11], dont les par-
vis[12], les chapelles, les galeries[13], les souterrains[14],
les tribunes[15] immenses, les dômes et plates-formes,
peuvent[16] contenir la population d'une ville[17] entière. Un dernier cri s'éleva vers le ciel, comme la
voix[18] du christianisme agonisant[19]; en peu d'ins-
tants, soixante[20] mille vieillards, femmes ou enfants, sans distinction de rang, d'âge, ni de sexe,

---

36. [1]the days of the months are expressed by cardinal
numbers; 29, not 29th; *de* (of) before the name of the
month may be omitted. [2]the date of the fall of Constantinople into the hands of the Turks. [3]*late.* [4]*ax* (hatchet).
[5]to drive to the bottom, enfoncer (*fond*, bottom), enfonçant,
enfoncé; *burst in.* [6]*St. Sophia*, church built in the reign
of Justinian (527–565). [7]*old men* (*vieux*, old). [8]*monks.*
[9]*nuns* (religious). [10]to crowd (encumber), encombrer, en-
combrant, encombré. [11]*basilica* (king's house); the churches
had been turned into places for public exchange. [12]*entrance-
courts.* [13]*corridors.* [14]*subterranean passages* (*sous*, under,
terre, ground). [15]*galleries* (any place elevated or set apart
for special purposes in a building). [16]Ind. Pr. 3d pers. pl.
of *pouvoir*, to be able; *je puis* or *peux.* [17]*city.* [18]*voice.*
[19]agonizing, i.e. *in agony;* agoniser, agonisant, agonisé.
[20]*sixty.*

furent liés[21] par couple[22], les hommes avec des[23] cordes, les femmes avec leurs voiles[24] ou leurs ceintures[25]. Ces couples d'esclaves[26] furent jetés[27] sur les vaisseaux, emportés[28] au camp des Ottomans, insultés, échangés[29], vendus, troqués[30], comme un vil bétail[31]. Jamais[32] lamentations pareilles[33] ne[34] furent entendues sur les deux rives[35] d'Europe et d'Asie ; les femmes se séparaient[36] pour jamais de leurs[37] époux[38], les enfants de leurs mères[39], et les Turcs chassaient, par des routes différentes, ce butin[40] vivant de Constantinople vers l'intérieur de l'Asie. Constantinople fut saccagée[41] pendant huit heures ; puis Mahomet II. entra par la porte Saint-Romain, entouré[42] de ses visirs[43], de ses pachas, et de sa garde. Il mit pied à terre[44] devant le por-

---

[21]to bind, lier, liant, lié, Pass. Ind. Per. Def.   [22]couple, i.e. couples.   [23]the part. art. is used in Fr. even where some or any would be omitted in Eng.   [24]veils.   [25]girdles.   [26]slaves. [27]Pass. Ind. Per. Def. of jeter, to throw.   [28]to carry off, emporter, emportant, emporté.   [29]to exchange, échanger, échangeant, échangé.   [30]to barter, troquer, troquant, troqué. [31]cattle, pl. bestiaux; this collec. noun cannot have the indef. art. in Eng.   [32]never.   [33]similar.   [34]with ne, jamais, ever, rien, something, and personne, somebody, become neg.; pas is omitted.   [35]shores.   [36]to separate one's self, i.e. were separated; in Fr. the reflex. is preferred to the pass. form.   [37]their (poss. adj.).   [38]husbands (épouser, to espouse). [39]mothers.   [40]booty.   [41]to pillage (sack), saccager, saccageant, saccagé.   [42]to surround, entourer, entourant, entouré. [43]viziers.   [44]idiom. for alighted.

tail[45] de Sainte-Sophie, et frappa de son yatagan[46] un soldat qui brisait[47] les autels[48]. Il ne voulut[49] rien[34] détruire[50]. Il transforma l'église[51] en mosquée[52], et un muetzin[53] monta pour la première fois sur cette même tour[54], d'où[55] je l'entends chanter[56] à cette heure, pour appeler les Musulmans à la prière[57], et glorifier, sous une autre forme, le Dieu qu'on y adorait la veille[58].

37. Episode du Siége de Jaffa[1].

Le 22e[2] d'infanterie légère[3] était en colonne[4] derrière[5] un pli[6] du terrain[7] qui servait de place d'armes[8]. Il attendait le signal pour monter à la brèche[9]. Le général en chef était debout[10] sur l'épaulement[11] de la batterie, indiquant du doigt

---

[45]*portal* (of churches). [46]the Turkish sword. [47]to break, briser, brisant, brisé. [48]*altars*. [49]Ind. Per. Def. of *vouloir*, to wish. [50]to destroy, détruire, détruisant, détruisé. [51]*church*. [52]*mosque*. [53]*muezzin;* the officer of the mosque who calls five times daily to prayer. [54]*tower*. [55]*whence*. [56]*crying* (*chanter*, to sing, is the word for the *crowing* of cocks). [57]*prayer*. [58]*the preceding day* (*veiller*, to pass the night without sleep).

37. [1]*An Episode of the Siege of Jaffa*. [2]the *e* is the last letter of *deuxième* (second); ordinal numbers end in *ème* (th). [3]*light*. [4]*in column*. [5]*behind* (de, arrière). [6]*fold* (*plier*, to fold), i.e. *swell*. [7]*a stretch of ground*. [8]i.e. *drill-ground*. [9]*breach*. [10]on end (*but*, end), i.e. *standing upright*. [11]*epaulement*, sidework (*épaule*, shoulder).

5*

au colonel Lejeune de ce régiment la manœuvre qu'il devrait[12] faire, lorsqu'[13]une balle de fusil[14] jeta son chapeau par[15] terre, passa à trois pouces[16] de sa tête, et renversa[17] roide[18] mort le colonel, qui avait cinq[19] pieds dix[20] pouces. "Voilà la seconde fois depuis que je fais la guerre[21]," dit le soir[22] le général en chef, "que je dois[23] la vie à ma taille[24] de cinq pieds deux pouces."

38. Un Calembour[1].

Un flaneur[2] disait, en voyant jouer[3] une actrice[4] fort maigre[5]: "Il n'est pas nécessaire d'aller à Saint-Cloud[6] pour voir jouer les eaux[7] (*les os*[8])."

---

[12]Cond. Pr. of *devoir*, to owe; with other verbs, *devoir* = Eng. *ought, must;* should owe, i.e. *ought*. [13]*when*. [14]*musket*. [15]idiom. for *to*. [16]*inches* (*pouce*, thumb, whose width gives the measure). [17]to overturn, renverser, renversant, renversé; *stretched*. [18]*stark* (stiff). [19]*five*. [20]*ten; had five feet*, &c., is idiom. for *was five*, &c. high. [21]*make the war*, i.e. *am in the service*. [22]i.e. *in the evening;* the prep. is omitted in Fr. [23]Ind. Pr. of *devoir*, to owe. [24]*stature* (*form*, in general; *tailler*, to fashion).

38. [1]*A Pun*. [2]*loafer*. [3]to play, jouer, jouant, joué. [4]*actress*. [5]*lean*. [6]one of the king's residences, near Paris. [7]*waters* (*eau*, sing.), i.e. *fountains*, which play on special occasions. [8]*bones*.

39. Un Mot[1] de Sénèque[2].

Une grande partie[3] du temps se passe[4] à mal faire, une autre à ne rien faire, la totalité à faire autre chose que[5] ce que l'on[6] devrait[7]. Enfin la vie se passe à la remettre[8].

40. La Veille[1] de la Bataille d'Jena[2].

Au commencement de la nuit du 13[3] au 14 octobre 1806, il[4] avait fait[5] une gelée[6] blanche[7] accompagnée d'un brouillard[8] assez[9] épais[10]. Cette disposition[11] de l'atmosphère engagea[12] Napoléon à former ses troupes en grosses[13] masses qui se touchaient presque[14], afin[15] d'être plus facilement dé-

---

39. [1]*Saying* (word). [2]Seneca; moral philosopher, A.C. 30. [3]*part.* [4]i.e. *is passed.* [5]*than.* [6]after vowel sounds, *on* is written *l'on*, for euphony. [7]Cond. Pr. of *devoir*, to owe. [8]to put back, remettre, remettant, remis; *amending.*

40. [1]*veiller*, to go without sleep; *veille*, a watch (wake); and so, the time just preceding an event watched for,—*the eve.* [2]*Battle of Jena.* [3]Fr. dates are given in cardinal numbers. [4]the Eng. *there* (*there is, there have been*, &c.) is rendered by *il.* [5]Ind. Plup. of *faire*, to make. [6]*frost* (*geler*, to freeze); *made a frost*, i.e. *been a frost.* [7]*white.* [8]*fog* (*brouiller*, to confuse). [9]enough, i.e. *pretty, quite.* [10]*thick.* [11]i.e. *state.* [12]to engage; also, to *induce.* [13]*great* (of a more material quality than *grand*). [14]*almost.* [15]*à*, to, *fin*, end; *in order to.*

ployées[16] le lendemain. Le vaste plateau qu'elles
occupaient n'étant[17] pas à plus[18] de[19] deux cents
toises[20] de la position des Prussiens, l'empereur
voulut donner un dernier coup d'œil[21] aux[22] avant-
postes[23] les plus voisins[24] de sa tente[25], et s'avança
seul dans l'obscurité. Les sentinelles ne distinguant[26] rien à dix pas[27] autour[28] d'elles, et la première entendant quelqu'un marcher dans l'ombre[29]
et s'approcher des lignes[30], cria deux fois: "Qui
vive[31]?" en s'apprêtant[32] à faire feu[33] à la troisième
interrogation. Napoléon, vivement[34] préoccupé, ne
fit[35] pas de[36] réponse. Une balle qui siffla[37] à[38] son
oreille[39] le tira de sa rêverie.—S'apercevant du
danger qu'il vient[40] de courir[41] et de celui dont il

---

[16] to unfold (*deploy*), déployer (*de*, un- (prefix), *plier*, to fold);
déployant, déployé. [17] Part. Pr. of *être*, to be. [18] *at more*,
i.e. *more*. [19] *than; de* is used for *que* (than) if the comp.
(*plus*) is followed by a num. adj. [20] 6.39+ English feet;
the metrical system is slowly superseding the old system
of Fr. measures and weights. [21] stroke of the eye, i.e. *glance*.
[22] = *à les*. [23] *fore-posts*, i.e. *outposts*. [24] *neighboring* (adj.);
voisin (*voir*, to see), neighbor. [25] *tent*. [26] the Part. Pr. is not
inflected. [27] *paces*. [28] *au*, at the, *tour*, circuit; *around*.
[29] *darkness* (shade). [30] *lines*. [31] to live, vivre, vivant, vécu;
who lives? Eng. idiom, *who goes there?* [32] to get one's self
ready, s'apprêter, s'apprêtant, s'apprêté—aux., *être*. [33] *fire;*
to make fire, Eng. idiom, to fire. [34] livelily, i.e. *intensely*.
[35] Ind. Per. Def. of *faire*, to make. [36] *any* (part. art.). [37] to
whistle, siffler, sifflant, sifflé. [38] *at*, i.e. *by*. [39] *ear*. [40] *venir*
and *aller*, with other verbs, form respect. a past and fut.
tense; *has* incurred. [41] to run, courir, courant, couru.

est incessamment menacé[42], l'empereur se jette à plat[43] ventre[44]. Cette précaution était sage[45], car à peine[46] s'était-il tenu[47] quelques secondes dans cette posture que[48] d'autres balles sifflèrent[49] au-dessus[50] de sa tête.—Le premier feu essuyé[51], il se relève, appelle[52] à lui, se dirige[53] vers le poste le plus rapproché[54] et se fait reconnaître[55]. Il y était encore[56] lorsque le soldat qui avait fait feu le premier sur lui arrive, après avoir été relevé[57] de faction[58].

---

[42]to menace, menacer, menaçant, menacé; Pass. Ind. Pr. [43]*flat.* [44]*belly.* [45]*wise.* [46]*at pain,* i.e. with difficulty: *hardly.* [47]Ind. Plup. of *se tenir,* to hold one's self; the subject (*il*), foll. the verb, corresponds to the same change in Eng., i.e. *had he* held himself; more emphatic. [48]*that* (conj.); Eng. idiom, *when; que* is also used for *when, as,* after specifications of time, where the Fr. *when* (lorsque) would not be proper, e.g. *un matin que je me promenais,* one morning *as* I was walking. [49]Ind. Per. Def. 3d pers. pl. of *siffler,* to whistle. [50]*over; au* (at the), *dessus,* over; *dessus, de,* and *sur* (on); under, *dessous* (*sous,* under). [51]to wipe away, essuyer, essuyant, essuyé; wiped away, i.e. *over.* [52]to call to, appeler, appelant, appelé; calls (to him), i.e. *calls out.* [53]to direct one's self, se diriger, se dirigeant, se dirigé. [54]to approach, rapprocher, rapprochant, rapproché; *most approached,* i.e. *nearest.* [55]to recognize, reconnaître, reconnaissant, reconnu; after *faire* (to cause), the Inf. act. without a prep. is used; in Eng., the Infin. pass.; *causes to recognize;* Eng. idiom, *causes to be recognized.* [56]*still* (again). [57]Pass. Inf. Per. of *relever,* to relieve. [58]*guard-duty* (faction, secret party).

C'était un jeune voltigeur[59] du 12e[60] de ligne[61]. Napoléon lui ordonne d'approcher, et le prenant par une oreille qu'il pince[62] fortement : "Ton[63] nom ?" lui demanda-t-il.—"François Morissot," répondit le soldat stupéfait[64], car il vient de reconnaître l'empereur.—"Comment[65] ! drôle[66], tu me prends pour un Prussien ?" Puis, s'adressant aux soldats qui l'entourent, il ajoute[67] en souriant[68] : "M. Morissot, à ce qu'[69]il me paraît, ne jette pas sa poudre aux moineaux[70], il ne tire[71] qu'aux empereurs." Le voltigeur était si troublé de l'idée qu'il eût pu[72] tuer[73] le petit caporal[74], que ce fut à grand'[75]

---

[59] the Fr. *light-infantry soldier* (voltiger, to flutter). [60] douzième. [61] *line*, i.e. regular army. [62] to pinch, pincer, pinçant, pincé. [63] *thy;* not *votre* (your), in familiar address. [64] *thunderstruck* (adj. ; stupéfier, stupéfiant, stupéfié). [65] *how*, i.e. *what!* [66] droll ; as noun, a funny fellow ; also, *rascal.* [67] to add, ajouter, ajoutant, ajouté. [68] to smile, sourir, souriant, souri. [69] *according to that which*, idiom. for *as.* [70] *sparrows;* a proverb. [71] *draws*, i.e. the trigger ; *fires.* [72] Subj. Plup. of *pouvoir*, to be able. The Subj. is used in subordinate clauses expressing uncertainty. The Ind. Pr. and Fut. (leading clause) require the Subj. Pr. or Per. (dependent clause) ; the Cond., and Ind. in past time (leading) require the Subj. Impf. or Plup. (dependent) ; e.g. *était* (Ind. past time) takes *eût pu* (Subj. Plup.) ; the Plup. used of an event already taken place. [73] to kill, tuer, tuant, tué. [74] *corporal;* Bonaparte's nickname with the army. [75] euphony does not require the elision of the fem. *e* before a consonant, but *grand'peine, grand'chose, grand'mère*, &c., are often thus written,—an error sanctioned by use.

peine qu'il parvint[76] à balbutier[77] ces paroles:
"Dame[78]! mon empereur . . . faites[79] excuse! . . .
c'était la consigne[80] . . . Si vous ne répondez pas,
ce n'est pas de ma faute . . . Il fallait au moins[81]
dire que vous ne vouliez[82] pas répondre."—Napoléon le rassura[83] et lui dit en quittant le poste:
"Morissot, c'est moi[84] qui ai eu[85] tort; aussi[86] ne te
fais-je pas de[87] reproches. Du reste[88], c'était assez[89]
bien ajusté[90] pour un coup[91] tiré à tâtons[92]; mais
écoute[93]; dans quelques heures il fera[94] jour; tire
plus juste[95] et je te prouverai[96] que je n'ai point
de[36] rancune[97]."

---

[76]to succeed, parvenir (*par*, through, *venir*, to come), parvenant, parvenu, Ind. Per. Def. 3d pers. sing. [77] to stammer (babble), balbutier, balbutiant, balbutié. [78] *Lord!* Fr.
oaths do not have the force they appear in Eng. to have.
Dame was the old word for *Lord* (Lat. *Dominus*). [79] Imp.
2d pers. pl. of *faire*, to make; make excuse, i.e. *excuse me.*
[80]countersign; *instructions* (military). [81]*moins*, less, *à le
moins, at least.* [82] Ind. Impf. 2d pers. pl. of *vouloir*, to be
willing. [83]to reassure, rassurer, rassurant, rassuré. [84]*I*
(disj. pers. pron.); as subj. of a verb, *I* is *je* (conj. pers.
pron.). [85]Ind. Per. Indef. of *avoir*, to have; have had
wrong, i.e. *have been wrong.* [86]*therefore* (likewise). [87]*any;*
after *pas, point, jamais, de* is used instead of *du, de la, des*
(part. art.). [88]of the rest, i.e. *besides.* [89]enough, i.e. *pretty.*
[90]to aim (adjust), ajuster, ajustant, ajusté; Pass. Ind. Impf.
[91]stroke, i.e. *shot.* [92]*at random* (tâter, to grope). [93]Imp.
of *écouter*, to listen. [94]Ind. Fut. of *faire*, to make; will
make day, i.e. *will be daylight.* [95]*exactly* (adj. used adver.).
[96]Ind. Fut. of *prouver*, to prove. [97]*grudge.*

41. Charles IX.

Madame de Castellane, qui se mêlait[1] de prédictions, avait annoncé[2] à Charles IX., roi de France, qu'il vivrait[3] autant[4] de jours qu'il ferait[5] de tours[6] dans une heure en pirouettant sur un[7] pied. Le roi, pour vivre longtemps, pirouettait une heure toutes[8] les matinées[9].

42. La Rochefoucauld.

Le duc de La Rochefoucauld, auteur du livre[1] des *Maximes*, ne fut point de l'Académie française. L'obligation de haranguer[2] publiquement, le jour qu'il aurait été reçu[3], fut le seul obstacle qui l'en[4] éloigna[5]. Il était plein[6] de courage; il en[4] fit preuve[7] dans les occasions les plus importantes. Cependant[8], avec toute la supériorité que le préjugé[9]

---

41. [1]to mix one's self with, se mêler, se mêlant, se mêlé; *busied herself;* in this sense, with *de.* [2]Ind. Plup. of *annoncer*, to announce. [3]Cond. Pr. of *vivre* (to live), vivant, vécu. [4]*as many.* [5]Cond. Pr. of *faire*, to make. [6]*turns.* [7]*one.* [8]all, i.e. *every.* [9]*matin*, morning; *matinée*, morning (with refer. to its duration).

42. [1]*book.* [2]to harangue, haranguer, haranguant, harangué; both act. and neuter. [3]Pass. Cond. Per. of *recevoir*, to receive. [4]conj. pers. pron.; = *de* (*elle*), *from it;* the disj. pers. prons. do not vary to express case. [5]to put at a distance, éloigner (*loin*, far), éloignant, éloigné; *kept him from.* [6]*full.* [7]*proof.* [8]*however.* [9]*prejudice.*

de[10] sa naissance[11] lui donnait sur le commun[12] des hommes, il ne se croyait[13] pas capable de soutenir la vue[14] d'un auditoire[15], et de prononcer seulement une harangue de quatre lignes sans tomber en défaillance[16].

43. La Rochejaquelein.

La Rochejaquelein, pour toute[1] harangue à ses soldats au moment d'une bataille, leur dit : "Si j'avance[2], suivez-moi[3] ; si je recule[4], tuez-moi ; si je meurs[5], vengez[6]-moi."

44. Le Marchand[1] de Musique.

Haydn prenait[2] beaucoup de plaisir à nous conter[3] sa dispute avec un marchand de musique de Londres. Un matin, s'amusant à courir[4] les bou-

---

[10] of, i.e. *in favor of.* [11] *birth.* [12] common, i.e. *common run;* adjs. used as nouns require the def. art. [13] to think one's self, se croire, se croyant, se cru. [14] *sight* (view). [15] *audience.* [16] weakness (failing) ; *t. e. d., fainting away.*

43. [1] all, i.e. *the only.* [2] to advance, avancer, avançant, avancé. [3] after Imp. (affirmative), *moi, toi* (dir. and indir. obj.) are used for *me, te.* [4] to recoil, reculer, reculant, reculé. [5] Ind. Pr. of *mourir,* to die. [6] to avenge, venger, vengeant, vengé.

44. [1] *merchant; de musique, music-dealer.* [2] to take, prendre, prenant, pris. [3] to relate, conter, contant, conté. [4] to run, courir, courant, couru.

tiques[5], selon[6] l'usage anglais, entre[7] chez[8] un
marchand de musique, en lui demandant, s'il avait
de la[9] musique belle[10] et choisie[11]. "Précisément,"
répond le marchand, "je viens d'[12]imprimer[13] de
la musique sublime d'Haydn."—"Ah! pour celle[14]-
là," reprend Haydn, "je n'en ai que faire[15]."—
"Comment[16], monsieur, vous n'avez que faire de la
musique d'Haydn! et qu'y trouvez-vous à reprendre[17], s'il vous plaît[18]?"—"Oh! beaucoup de[19]
choses; mais il est inutile d'en parler, puisqu'elle
ne me convient[20] pas; montrez-m'en[21] d'autre[22]."
Le marchand, qui était un haydniste[23] passionné[24]:
"Non, monsieur," répond-il, "j'ai de la musique,
il est vrai[25], mais elle n'est pas pour vous;" et il
lui tourne[26] le dos[27]. Comme Haydn sortait[28] en

---

[5]*shops;* to run the shops, i.e. *to look through the shops.*
[6]*according to* (prep.). [7]Ind. Pr. of *entrer*, to enter; impers.,
enters, i.e. *he enters.* [8]= *the shop of* (*at the house of*).
[9]part. art., *some; de la, de l', du;* (*de* simply, when an adj.
precedes the noun). [10]*fine*, masc. *bel, beau.* [11]*choice;* Part.
past fem. of *choisir*, to choose. [12]*come from*, i.e. *have just.*
[13]to imprint, imprimer, imprimant, imprimé; *printed.*
[14]*that* (dem. pron.); masc. *celui-là;* without *là*, before a
rel. pron. or the prep. *de.* [15]*I have only to make some.*
[16]*how;* cf. Eng. vulgarism, *how* for *what.* [17]to censure, reprendre, reprenant, repris. [18]to please, plaire, plaisant,
plu; *if it please you*, i.e. if you *please.* [19]*much of*, i.e. *many.*
[20]to suit, convenir, convenant, convenu. [21]*of it;* relating to
la musique. [22]*other.* [23]i.e. lover of Haydn. [24]*impassioned*
(adj.). [25]*true.* [26]to turn, tourner, tournant, tourné. [27]*back;*
turns his back upon him. [28]to go out, sorter, sortant, sorti.

riant[29], entre un amateur[30] de sa connaissance[31], qui
le salue[32] en le nommant[33]. Le marchand, qui se
retourne[34] à ce nom, encore[35] plein[36] d'humeur[37],
dit à l'homme qui entrait : "Eh bien, oui, M.
Haydn! voilà quelqu'un qui n'aime pas la musique
de ce grand[38] homme." L'Anglais rit ; tout s'ex-
plique, et le marchand connaît cet homme qui
trouvait à redire[39] à la musique d'Haydn.

45. Les Assiettes[1].

Les assiettes sont ainsi[2] nommés[3] parce qu'[4]elles
marquent les places où l'[5]on doit[6] s'asseoir[7] à table.
Pendant plusieurs siècles[8] un morceau[9] de pain[10]

---

[29]to laugh, rire, riant, ri. [30]amateur (one who likes, but
does not practise; original meaning, one who likes, a de-
votee; lover is amant). [31]acquaintance. [32]to salute, saluer,
saluant, salué. [33]to name, nommer, nommant, nommé. [34]to
turn one's self back, se retourner, se retournant, se retourné. [35]yet (again). [36]full. [37]humor, in all Eng. senses
of the word, and, also, bad humor, irritation. [38] some adjs.
have a different meaning if put before their noun ; homme
grand would mean large man. [39]to censure (dire, to say,
prefix re, again), redisant, redit ; trouver à r. à, to find fault
with.

45. [1]plates. [2]so. [3]Pass. Ind. Pr. of nommer, to name.
[4]because (par, by, ce, this, que, that). [5]euphonic for on.
[6]Ind. Pr. 3d pers. sing. of devoir, devant, dû. [7]to seat one's
self, s'asseoir, s'asseyant, s'assis. [8]centuries. [9]piece (bit;
mordre, to bite). [10]bread.

coupé[11] en rond[12] servait d'[13]assiette à chaque[14] convive[15].

46. Un Autre Calembour[1].

Louis XVIII. étant à tout[2] extrémité et voyant[3] sur la figure[4] des médecins[5] qu'il n'avait plus[6] rien à espérer[7], leur dit: "Allons[8], finissons[9]-en[10], Charles[11] attend[12] (charlatans[13])."

47. Rembrandt[1].

Rembrandt avait une servante extrêmement babillarde[2]. Après avoir fait[3] son portrait, il l'exposa à une fenêtre[4] où elle avait coutume de faire de[5] longues conversations. Les voisins[6] prirent le

---

[11]to cut, couper, coupant, coupé. [12]*round* (adj. used subst.). [13]Eng. idiom, *for.* [14]*each.* [15]*guest* (vivre, to live, prefix *con*, together).

46. [1]*A pun.* [2]*all;* this adj. is often used to emphasize; *the very* extremity. [3]Part. Pr. of *voir*, to see. [4]figure; specially, *the countenance.* [5]*physicians.* [6]*not-more*, foll. by *than*, is *ne-pas plus;* without *than*, *pas* is omitted. [7]to hope, espérer, espérant, espéré. [8]Imp. 1st pers. pl. of *aller*, to go; *let us go*, i.e. *come!* [9]Imp. 1st pers. pl. of *finir, finissant, fini.* [10]*of it; let us make an end of it.* [11]i.e. his brother, who succeeded to the throne as Charles X. [12]*to await*, attendre, attendant, attendu. [13]*quacks.*

47. [1]a Dutch painter (1606-74). [2]*garrulous.* [3]Inf. Per. of *faire*, to make. [4]*window.* [5]the part. art. is *de* simply, when an adj. precedes the noun. [6]*neighbors.*

tableau⁷ pour la servante même⁸, et les voisines⁹ s'approchèrent pour babiller avec elle. Etonnées¹⁰ de¹¹ lui parler long-temps sans qu'elle répondît, elles trouvèrent ce silence si peu naturel qu'elles la crurent¹² devenue¹³ muette¹⁴.

48. Torstenson.

Torstenson était page de Gustave-Adolphe¹ en 1624. Le roi près² d'attaquer un corps de Lithuaniens en Livonie³, et n'ayant point d'adjudant⁴ auprès de lui, envoya⁵ Torstenson porter⁶ ses ordres à un officier général pour profiter d'un mouvement qu'il fit⁷ faire⁸ aux⁹ ennemis¹⁰; Torstenson part¹¹ et revient. Cependant¹² les ennemis avaient changé¹³ leur marche; le roi était désespéré¹⁴ de l'ordre qu'il avait donné¹⁵. "Sire," dit Torstenson, "daignez¹⁶

---

⁷ tablet, i.e. *picture.* ⁸*herself* (same). ⁹fem.; *female neighbors.* ¹⁰Part. Per. fem. of *étonner*, to astonish. ¹¹of, Eng. idiom, *at.* ¹²Ind. Per. Def. of *croire*, to think. ¹³to become, devenir, devenant, devenu—aux., *être;* Part. Per. fem. ¹⁴*dumb.*

48. ¹Gustavus Adolphus, King of Sweden. ²*about to* (near). ³Livonia. ⁴*adjutant.* ⁵to send, envoyer, envoyant, envoyé. ⁶*to carry;* after verbs of motion (*envoyer*), and of perception, the Inf. is used without a prep. ⁷Ind. Per. Def. of *faire*, to cause. ⁸*to make;* Eng. idiom, *to be made.* ⁹= à les, to the; Eng. *by the.* ¹⁰enemies, i.e. *enemy.* ¹¹to depart, partir, partant, parti; Ind. Pr. ¹²*meanwhile, however* (that (*ce*) pending (*pendant*)). ¹³Ind. Plup. of *changer*, to change. ¹⁴hopeless (adj.), i.e. *in despair.* ¹⁵Ind. Plup. of *donner*, to give. ¹⁶to deign, daigner, daignant, daigné; Imp. Pr.

me pardonner; voyant les ennemis faire un mouvement contraire, j'ai donné un ordre contraire." Le
roi ne dit mot[17]; mais le soir[18], le page servant à
table, il le fit souper[19] à côté[20] de lui èt lui donna
une enseigne[21] aux[22] gardes, quinze[23] jours après
une compagnie, ensuite[24] un régiment; et le même
Torstenson fut ensuite un des meilleurs[25] capitaines
de l'Europe.

49. Gustave Adolphe.

Gustave Adolphe, le conquérant[1] du nord[2], regardait les combats particuliers[3] comme la ruine de
la discipline. Dans[4] le dessein[5] d'abolir[6] dans son
armée cette coutume barbare, il avait prononcé la
peine[7] de mort contre tous ceux[8] qui se battraient[9]
en duel. Quelque temps après que[10] cette loi eut

---

[17]*word; said not a word;* in this idiom, *pas* is omitted.
[18]*the evening*, idiom. for *in the evening.* [19]to sup (to partake
of supper), souper, soupant, soupé. [20]*side.* [21]*commission*
(of ensign). [22]*at the*, i.e. *in the.* [23]*fifteen; fifteen days* is
Fr. idiom for *fortnight.* [24]*en,* in, *suite,* course; *subsequently.*
[25]better; with art., *best.*

49. [1]*conqueror* (*conquérir,* to conquer). [2]*north.* [3]*special,*
i.e. *private; private combats,* i.e. *duels.* [4]*in,* Eng. idiom,
with. [5]*design.* [6]to abolish, abolir, abolissant, aboli. [7]*pain,*
i.e. *penalty.* [8]*those;* pl. of *celui.* [9]to beat one's self, *i.e.* to
fight, se battre, se battant, se battu; Ind. Pr. [10]*after that*
(conj.), i.e. *after.*

été portée[11], deux officiers supéricurs, qui avaient eu[12] quelques démêlés[13] ensemble[14], demandèrent[15] au roi la permission de vider[16] leur querelle l'épée[17] à la main[18]. Gustave fut d'abord[19] indigné[20] de la proposition : il y[21] consentit néanmoins[22]; mais il ajouta, qu'il voulait être témoin[23] du combat, dont[24] il assigna[25] l'heure et le lieu[26]. Il s'y[27] rend[28] avec un corps d'infanterie, qui environne les deux champions. Ensuite il appelle le bourreau[29] de l'armée et lui dit : " Dans l'instant qu'il y[30] en[31] aura[32] un de tué[33], coupe[34] devant moi la tête de l'autre." A

---

[11]to carry, porter, portant, porté; Pass. Ind. 2d Plup.; of laws, and writings, to have import, *to declare;* cf. Eng., the *bearing* of a law; *had been declared.* [12]Ind. Plup. 3d pers. pl. of *être.* [13]*quarrels* (démêler, to separate (unmix)). [14]*together,* i.e. *between them.* [15]Ind. Per. Def. 3d pers. pl. of *demander,* to ask. [16]to empty, vider, vidant, vidé; of affairs, *to settle.* [17]*sword.* [18]*hand.* [19]*at first.* [20]to make indignant, indigner, indignant, indigné, Pass. Ind. Per. Def.; *was made indignant,* i.e. *was indignant.* [21]*to it;* used for the pers. pron. with *to,* as *en* is used for the pron. with *of.* [22]*nevertheless;* to add, ajouter, ajoutant, ajouté. [23]*witness.* [24]= *de qui.* [25]to assign, assigner, assignant, assigné. [26]*place.* [27]*to it,* i.e. *there; y* always *relates* to something preceding. [28]to render one's self, to repair, se rendre, se rendant, se rendu. [29]*marshal.* [30]*there* (rel. particle, as in Eng., *there shall be*). [31]*of it;* rel. particle, almost expletive; the force of it here might be rendered by *in this affair; here.* [32]Ind. Fut. of *avoir,* to have; *il aura, it shall have,* i.e. *there shall be;* impers., *avoir* is used for *être.* [33]Part. Past of *tuer,* to kill; *one of killed,* i.e. *one killed.* [34]Imp. of *couper,* to cut.

ces mots les deux officiers restèrent quelque temps immobiles ; mais reconnaissant bientôt[35] la faute[36] qu'ils avaient faite[37], ils se jetèrent[38] aux pieds du roi, lui demandèrent pardon, et se jurèrent[39] l'un à l'autre une éternelle amitié[40].

50. Le Petit Roi[1].

Le roi de Rome[2], n'ayant encore[3] que[4] trois ans, échappe[5] un matin à[6] l'active surveillance de sa gouvernante, traverse les grands appartements et arrive seul à la porte du cabinet de l'empereur. Là[7], le bel enfant lève sa tête blonde vers l'huissier[8] et lui dit d'une voix argentine[9], mais impérative : " Ouvrez ! . . . je veux[10] voir papa !" — " Sire, je ne puis ouvrir à Votre Majesté."—" Pourquoi cela ? . . . Ne suis-je pas le petit roi ?" C'était ainsi qu'on le désignait dans le palais. " C'est vrai, Sire," répond encore l'huissier ; " mais

---

[35] *soon* (*bien,* very (well), *tôt,* soon). [36] *fault.* [37] Ind. Plup. of *faire,* to do ; *faite* is fem. to agree with *que* (fem.) ; the part. with *avoir* agrees with the obj., if the obj. precedes. [38] Ind. Per. Def. of *se jeter,* to throw one's self. [39] to swear, jurer, jurant, juré. [40] *friendship.*

50. [1] *The Little King.* [2] the son of Napoleon I. was known by this title. [3] *yet.* [4] *only ; ne* is used without *pas* before *que* in the sense of *only.* [5] to escape, échapper, échappant, échappé ; Pr. of lively narration. [6] Eng. idiom, *from.* [7] *there.* [8] *usher* (*huis,* an old word for *door*). [9] *silvery.* [10] Ind. Pr. of *vouloir,* to wish.

Votre Majesté est seule: voilà pourquoi je suis forcé de lui désobéir[11]." L'empereur avait donné l'ordre de ne jamais laisser entrer[12] son fils, n'importe[13] où, à moins qu'[14]il ne[15] fût accompagné[16] de madame de Montesquieu. Il était sans doute impossible que l'enfant sortît[17] de son appartement sans elle; mais Napoléon, en agissant[18] ainsi, avait voulu donner à son fils, dont[19] les dispositions[20] naturelles le portaient[21] à être volontaire[22], une haute idée de la puissance[23] de sa gouvernante. Lorsque l'huissier du cabinet lui eut fait[24] cette ré-

---

[11]to disobey, désobéir, désobéissant, désobéi. [12]*laisser* is followed by an Infin. without *de* or *à*. [13]to be of consequence (import), importer, used only in 3d pers.; very common as impers. with neg.; *n'importe, it is of no consequence;* here used adver. with *où; it is no matter where,* i.e. *no matter where.* [14]*at less that,* i.e. *unless.* [15]the Fr. neg. is used where in Eng. there is none: *unless he were not,* i.e. *unless he were,* &c. [16]to accompany, accompagner, accompagnant, accompagné, Pass. Subj. Impf. 3d pers. sing.; the Plup. in the leading verb (*avait donné*) is fol. by the Impf. and (for an action past) Plup. Subj. in the dependent verb. [17]to go out, sortir, sortant, sorti—aux., *être* and *avoir;* Subj. Impf.; the Impf. in the leading clause (*était*) takes the Impf. and (for a past action) Plup. in the dependent clause; the circumflex accent (*î*) serves to distinguish this tense from the Ind. Per. Def. [18]to act, agir, agissant, agi. [19]*whose;* used for *qui* (who), with *de* (of). [20]*dispositions,* i.e. *disposition.* [21]*carried him,* i.e. *led him.* [22]*wilful* (voluntary). [23]*power:* [24]Ind. 2d Plup. of *faire,* to make.

ponse, les yeux[25] du jeune prince se remplirent[26]
de larmes[27], mais il ne dit rien ; il attendit madame
de Montesquieu qui, ayant suivi les pas de son
élève, arriva immédiatement.   Aussitôt l'enfant,
saisissant la main de sa gouvernante, regarda fière-
ment[28] l'huissier en lui disant : "Ouvrez ! . . . le
petit roi le[29] veut !"   Celui-ci[30] ouvrit la porte du
cabinet impérial et annonça : "Sa Majesté le roi de
Rome !"

51. Bach[1] et Mozart[2].

A[3] Paris et à Londres les incrédules[4] avaient
présenté à Mozart différents morceaux[5] difficiles de
Bach, de Hændel[6], et d'autres maîtres ; il les jouait
sur-le-champ[7] à la première[8] vue et avec toute la
justesse[9] possible.   Un jour, chez le roi d'Angleterre, d'après[10] une basse[11] seulement[12], il exécuta

---

[25]*eyes*, sing., *œil*.   [26]to fill one's self, *se remplir, se remplissant, se rempli*.   [27]*tears*.   [28]*proudly*.   [29]*it*.   [30]*ci, here ; this one
here* (*celui-ci*), i.e. *this one ; là, there ;* celui-là, *that one.*

51. [1]John Sebastian Bach, wonderful organist and composer (1685-1750).   [2]celebrated composer (1756-91).   [3]*A, à ;*
the accent is not written over capitals.   [4]*the incredulous
ones,* i.e. *the skeptics.*   [5]*pieces.*   [6]lived in England ; founder
of modern Protestant church music (1684-1759).   [7]*on the
field,* i.e. *immediately* (on the spot).   [8]*first ;* masc. *premier.*
[9]*precision.*   [10]de (*of*), après (*after*), means *in the style of, in
conformity with ;* e.g. a picture *d'après Rubens, in the style
of Rubens ;* trans. *making use of.*   [11]*bass.*   [12]*only.*

un morceau plein de mélodie. Une autre fois, Christian[13] Bach, le maître de musique de la reine[14], prit le petit Mozart entre[15] ses genoux, et joua quelques mesures[16]. Mozart continua ensuite, et ils jouèrent ainsi alternativement une sonate[17] entière avec tant de précision, que tous ceux qui ne pouvaient les voir crurent[18] que la sonate avait été jouée[19] par la même[20] personne. Pendant son séjour[21] en Angleterre, et par conséquent[22] à l'âge de huit[23] ans, Wolfgang[24] composa six sonates, qu'il fit graver[25] à Londres, et qu'il dédia[26] à la reine.

52. Haydn[1].

Haydn, étant en Angleterre, s'aperçut[2] que les Anglais, qui aimaient beaucoup ses compositions instrumentales quand[3] le mouvement[4] en[5] était

---

[13] son of the former, organist to the Queen of England, died 1732. [14] *queen*. [15] *between*. [16] *bars* (measures). [17] *sonata*. [18] Ind. Per. Def. of *croire*, to think. [19] Pass. Ind. Plup. of *jouer*, to play; the part. with *être* agrees with the subject (*la sonate*) except in reflex. verbs. [20] *same*. [21] *sojourn, stay*. [22] *by consequent, i.e. consequently*. [23] *eight*. [24] i.e. Wolfgang Mozart. [25] Eng. idiom, *caused to be engraved*. [26] to dedicate, dédier, dédiant, dédié.

52. [1] celebrated German musician (1733–1809). [2] to perceive one's self, *i.e.* to become aware, s'apercevoir, s'apercevant, s'aperçu. [3] *when*. [4] *movement*. [5] *of them*, i.e. the compositions; the disj. pers. prons. do not vary to express case; the conj. pers. prons. have case-variations; *it, them, her, him*, with *of*, are expressed by *en*.

vif[6] et allegro[7], s'endormaient[8] ordinairement à l'andante[9] ou à l'adagio[10], quelques[11] beautés qu'[12]il cherchât[13] à[14] y[15] accumuler: il fit un andante plein[16] de douceur[17], de suavité, et du chant[18] le plus tranquille; tous les instruments semblèrent[19] s'éteindre[20] peu à peu[21]; et au milieu du plus grand pianissimo[22], partant[23] tous à la fois[24], et renforcés[25] par un coup de timbale[26], ils firent ressauter[27] l'auditoire endormi[28].

---

[6]*lively.* [7]*allegro;* a musical term from the Italian, meaning *brisk.* [8]to put one's self to sleep, *i.e.* to go to sleep, s'endormir, s'endormant, s'endormi; Ind. Impf. 3d pers. pl. [9]*andante* (Italian); the portion of a piece of music whose movement is moderately slow. [10]*adagio* (Italian), slower than the andante. [11]*whatever* (some, adj. pron.). [12]*that* (conj.). [13]Subj. Impf. of *chercher,* to seek; the circumflex accent (*-ât*) serves to distinguish this tense from the same pers. of the Ind. Per.; past tenses (leading verb, except Per. Indef.) require Impf. in the Subj. foll., or Plup. if the action has already taken place. [14]verbs requiring *à* or *de* before a foll. Inf. must be learned by observation. [15]*there,* i.e. *in it; y* is so used instead of the pron. [16]*full.* [17]*sweetness.* [18]*song,* i.e. *melody* as distinct from harmony. [19]to seem, sembler, semblant, semblé; Ind. Per. Def. [20]to extinguish one's self, *i.e.* to die away, s'éteindre, s'éteignant, s'éteint. [21]little at little, i.e. *gradually.* [22]*pianissimo* (Italian), *i.e.* the part played *most softly.* [23]*starting* (parting). [24]*at once.* [25]to reinforce, renforcer, renforçant, renforcé; Part. Per. [26]*kettle-drum.* [27]to leap again, ressauter, ressautant, ressauté. [28]Part. Per. of *endormir;* Eng. idiom, *sleeping.*

53. Rameau[1].

Le célèbre Rameau, étant en visité[2] chez une belle dame, se lève tout à coup[3], enlève[4] de[5] dessus[6] ses genoux[7] un petit chien[8] qui jappe[9], et le jette brusquement[10] par[11] la fenêtre[12]. "Eh, monsieur, que faites-vous donc[13]?"—"Il aboie[14] faux[15]," répondit Rameau avec l'indignation d'un musicien enthousiaste, dont[16] l'oreille[17] avait été déchirée[18].

54. Tant[1] Pis[2] et Tant Mieux[3].

Deux amis, qui depuis[4] longtemps ne[5] s'étaient vus[6], se rencontrèrent[7] à la bourse[8]. "Comment

---

53. [1] J. P. Rameau, died 1764, and known for his theory of fundamental bass in music. [2] to visit, visiter, visitant, visité; Part. used as a noun; being in the state of visiting, i.e. *visiting.* [3] all at a blow, i.e. *suddenly.* [4] to raise off, *i.e.* to take away; *lifts.* [5] *from.* [6] *on top of* (prep.); *from on top of,* i.e. *from.* [7] *knees;* Eng. idiom, *lap.* [8] *dog.* [9] to yelp, japper, jappant, jappé. [10] *roughly* and *quickly;* no synonym in Eng. [11] *through* (by). [12] *window.* [13] *then;* in questions, with the force of Eng., *pray.* [14] to bark, aboyer, aboyant, aboyé; Ind. Pr. [15] *false,* i.e. *in a false key.* [16] *whose;* used for rel. pron. with *de.* [17] *ear.* [18] to tear asunder, déchirer, déchirant, déchiré, Pass. Ind. Plup.; *had been shocked.*

54. [1] *so much* (adv.). [2] *worse* (adv. comp. of *mal,* badly). [3] *better* (adv. comp. of *bien,* well). [4] *since; since a long time,* i.e. *for a long time previous.* [5] *pas* is omitted after *depuis* (since), when fol. by the Per. Indéf. or Plup. [6] Ind. Plup. of *se voir,* to see one's self. [7] to meet, rencontrer, rencontrant, rencontré. [8] *at the exchange, on change;* lit. *purse.*

7

te portes-tu[9]?" dit l'un[10].—"Pas[11] trop[12] bien," dit
l'autre[13].—"Tant pis. Qu'[14]as-tu fait[15] depuis
que[16] je ne[17] t'ai vu?"—"Je me suis marié[18]."—
"Tant mieux."—"Pas[11] tant mieux, car j'ai
épousé[19] une méchante[20] femme."—"Tant pis."—
"Pas[11] tant pis, car sa dot[21] est de[22] deux mille[23]
louis[24]."—"Tant mieux."—"Pas[11] tant mieux, car
j'ai employé[25] une partie de cette somme en moutons[26], qui sont tous morts[27] de la clavelée[28]."—
"Tant pis."—"Pas tant pis, car la vente[29] de leurs
peaux[30] m'[31]a rapporté[32] au delà[33] du[34] prix des

---

[9]the familiar Fr. salutation; *how do you carry yourself?* i.e.
how are you? [10]*the one,* i.e. *one.* [11]*not* in connection with
other words (not verbs) is simply *pas.* [12]*too much; p. trop
b., none too well.* [13]*the other.* [14]*que* (interr. pron.). [15]Ind.
Per. Indef. of *faire,* to do. [16]*that* (conj.); *since that,* &c.,
i.e. *since.* [17]after *depuis que,* foll. by the Per. Indef. or
Plup., *pas* is omitted; the Fr. idiom often takes a neg.
where in Eng. there is none. [18]to marry one's self, i.e. to
marry, se marier, se mariant, se marié—aux., *être.* [19]to take
a wife or husband (espouse), épouser, épousant, épousé.
[20]*naughty, ill-behaved; femme méchante* would mean *ill-
speaking.* [21]*dowry* (*donner,* to give); *marriage-portion.* [22]*of,*
i.e. *a dowry of.* [23]*thousand.* [24]an old Fr. coin worth about
five dollars. [25]*have employed,* i.e. *have invested.* [26]*sheep*
(cf. Eng. *mutton*). [27]Ind. Per. Indef. of *mourir,* to die;
have died. [28]*rot.* [29]*sale.* [30]*skins,* sing. *peau;* cf. Eng. *pelts.*
[31]the conj. pers. pron. *je* (I) has *me* for both dir. and indir.
object. [32]to bring back, rapporter, rapportant, rapporté.
[33]*au,* at the, *de là,* thence, i.e. *beyond* (prep. phrase); trans.,
something over. [34]*de le.*

moutons."—"Tant mieux."—"Pas tant mieux, car
la maison où j'avais déposé[35] les peaux de moutons
et l'argent vient[36] d'être brûlée[37]."—"Oh! tant
pis."—"Pas tant pis, car ma femme était dedans[38]."

55. Mallet[1].

Le secret de bien[2] des complots[3], de bien des ré-
volutions, est révélé[4] par la profonde et historique
réponse de Mallet au[5] président du conseil[6] de
guerre. "Quels[7] étaient vos complices[8]?"—"Vous-
même[9], si j'avais réussi[10]!"

56. Une Ganache[1].

L'empereur Napoléon, fort mécontent[2] à la lecture[3] d'une dépêche[4] de Vienne[5], dit à l'impéra-

---

[35] to deposit, déposer, déposant, déposé; Ind. Plup. [36] Ind.
Pr. of *venir*, to come, with Inf. foll. it, forms a past tense;
has been, &c. [37] to burn, brûler, brûlant, brûlé; Pass. Inf.
Pr. [38] *inside* (*de*, of, *dans*, in).

55. [1] the chief of a conspiracy against Bonaparte (1812).
[2] good; and so, *much, a good many*. [3] *plots.* [4] to reveal, révéler, révélant, révélé. [5] *to the.* [6] *council;* also, *counsel.*
[7] interr. adj. generally with a noun; the interr. pron. is
lequel. [8] *accomplices.* [9] *self* (same). [10] to succeed, réussir,
réusissant, réussi, Ind. Plup.

56. [1] A Blockhead; lit. the *lower jaw* (of horses). [2] *displeased* (*mé*, Eng. affix *mis-*, *bad*, and *content*, contented).
[3] *reading.* [4] *dispatch.* [5] *Vienna*, i.e. from the Emperor of
Austria, the father of his wife.

trice, dans sa colère[6] et sa mauvaise[7] humeur :
"Votre père[8] est une ganache." Marie-Louise,
qui ignorait beaucoup de[9] termes français, s'adressant[10] au premier courtisan qui lui[11] tomba[12] sous
la main[13] : "L'empereur me[14] dit que mon père est
une ganache ; que veut dire[15] cela ?" A cette in-
terpellation[16] inattendue[17], le courtisan, dans son
embarras, balbutia[18] que cela voulait dire homme
sage[19], de poids[20], de bon conseil[21]. A quelques
jours de là, et la mémoire encore toute fraîche[22] de
sa nouvelle acquisition, l'impératrice, présidant[23] le
conseil[24] d'état, et voyant la discussion plus animée
qu'[25]elle ne[26] voulait, interpella[27], pour y[28] mettre
fin, Cambacérès[29], qui, à ses côtés[30], bayait[31] tant

---

[6] *anger.* [7] *bad;* masc. *mauvais.* [8] *father.* [9] *much of,* i.e. *many;*
de is used without the art. after advs. of quantity. [10] Part.
Pr. of *s'adresser,* to address one's self to ; *applying to.* [11] *to
her;* conj. pers. pron. [12] Ind. Per. Def. of *tomber,* to fall ;
fell under her hand, i.e. *came to hand.* [13] *dit, said,* is understood after this sentence. [14] conj. pers. pron. (ind. obj.) ;
the disj. pers. pron. of the same pers. is *moi.* [15] Ind. Pr.
of *vouloir,* to be willing ; *vouloir dire,* to mean. [16] *summons*
(a law term). [17] *unexpected.* [18] Ind. Per. Def. of *balbutier,*
to stammer. [19] *wise.* [20] *weight,* i.e. of character. [21] *judge-
ment* (counsel). [22] *fresh.* [23] Part. Pr. of *présider,* to preside
over. [24] *council* (counsel). [25] *than.* [26] the Fr. neg. is often
used where in Eng. there is none. [27] *appealed to* (sum-
moned). [28] *to it;* used for the conj. pers. pron. 3d pers.
[29] under the consulate of Bonaparte, Cambacérès was second
consul. [30] *sides,* i.e. *side; for his part.* [31] to gape with a
vacant air, bayer, bayant, bayé.

soit[32] peu‾ aux corneilles[33]. "C'est à vous à nous mettre d'accord[34] dans cette occasion importante," lui dit-elle; "vous serez[35] notre oracle, car je vous tiens[36] pour la première, la meilleure[37] ganache de l'empire."

57. Fontenelle[1], l'Abbé Terrasson[2] et les Asperges[3] à[4] l'Huile[5].

M. de Fontenelle aimait singulièrement les asperges, surtout[6] accommodées[7] à l'huile. Un de ses amis qui aimait à les manger au beurre[8] (je ne[9] sais[10] si ce n'était pas l'abbé Terrasson) étant venu[11] un jour lui[12] demander à dîner[13], il lui dit qu'il lui

---

[32]Subj. Pr. of *être; t. soit p.*, so much, be it little, i.e. *just a little.* [33]*crows;* a smaller bird than *corbeau*, raven; *bayer aux c.*, to gape vacantly at the crows, *i.e.* to be vacant-minded. [34]*of accord,* i.e. *right.* [35]Ind. Fut. of *être.* [36]Ind. Pr. of *tenir*, to hold. [37]*best.*

57. [1]moral philosopher (1657–1757). [2]writer and philosopher, died 1750. [3]*asparagus; aspérge* (sing.), *asparagus-head.* [4]*to,* i.e. *with;* the chief ingredient of a thing is expressed by *à* with a noun. [5]*the oil,* i.e. *oil.* [6]*sur*, above, *tout, all.* [7]to arrange, accommoder; Part. Per.; *dressed.* [8]= *à le beurre, with butter.* [9]*savoir* (to know) with a neg., meaning *to be uncertain*, takes *ne* without *pas;* meaning *not to have knowledge*, the stronger form, *ne-pas.* [10]Ind. Pr. of *savoir.* [11]Part. Per. of *venir* (to come)—aux., *être.* [12]*lui* (to him, her) is not conj. except as indir. obj. [13]to dine, dîner, dînant, diné; *lui demander à d.*, lit. *to ask dinner* (to dine) *of him,* i.e. to drop in to dine; *to ask to dinner* is *prier à dîner.*

7*

faisait[14] un grand sacrifice en[15] lui cédant[16] la moitié[17] de son plat[18] d'asperges, et ordonna qu'on mît[19] cette moitié au beurre.   Peu[20] de temps avant[21] de se mettre[22] à table, l'abbé se trouve[23] mal et tombe un instant après en apoplexie.   M. de Fontenelle se lève avec précipitation, court[24] à la cuisine[25] et crie[26] : " Tout[27] à l'huile, tout à l'huile."

58. L'Orthographe[1].

Une femme anglaise[2] ayant demandé à un marchand de Gibraltar deux singes[3], *two monkeys*, orthographia[4], d'après[5] sa prononciation, *too;* mais le *t* n'ayant pas été bien barré[6], le marchand lut[7]

---

[14] Ind. Impf. of *faire*, to make.   [15] *in.*   [16] to yield (cede), céder, cédant, cédé.   [17] *half.*   [18] *plate.*   [19] Subj. Impf. of *mettre*, to put; past tenses (leading verb), except Per. Indef., take Impf. in the Subj. verb; trans. *should serve.* [20] *little;* of time, *short.*   [21] *before* (prep.); with *de* (of), before a verb.   [22] to put one's self, i.e. *to sit down.*   [23] to find one's self, se trouver; *finds himself ill,* i.e. *is taken ill;* cf. Eng. vulgarism, *how do you find yourself?*   [24] Ind. Pr. of *courir*, to run.   [25] kitchen (*cuir*, to cook).   [26] Ind. Pr. of *crier*, to cry.   [27] *the whole* (all).

58.   [1] *Spelling* (orthography).   [2] masc. anglais, *English.* [3] *monkeys.*   [4] to spell, orthographier, orthographiant, orthographié; Ind. Per. Def.; *spelled.*   [5] *de* (of), *après* (after), *according to.*   [6] to bar, barrer, barrant, barré; Pass. Part. Per.; *having been crossed.*   [7] Ind. Per. Def. of *lire*, to read.

100 monkeys, de sorte[8] qu'il lui[9] fit la réponse suivante[10] :

"MADAME :—

"A[11] la garde[12] de Dieu et de John Will, pilote du vaisseau[13] l'Hirondelle[14], je vous envoie 50 singes que[15] j'ai eu[16] toutes les peines[17] du monde[18] à trouver ; mais je vais[19] faire faire des battues[20] sur le rocher[21], et vous expédierai[22] les 50 autres aussitôt qu'ils seront pris[23]."

59. Calonne[1].

"Si la chose est possible, elle est faite[2] ; si elle est impossible, elle se fera[3]." Mot[4] attribué au ministre des finances, Calonne, en réponse à une jolie[5] femme, qui lui disait qu'elle avait une grâce[6] à lui demander.

---

[8](*a*) *kind ; de s. que, of a kind that,* i.e. *so that.* [9]*to her.*
[10]Past Pr. fem. of *suivre,* to follow. [11]Eng. idiom, *in.*
[12]*care* (guard). [13]*ship* (vessel). [14]*Swallow.* [15]*that* (rel. pron.).
[16]Per. Indef. of *avoir.* [17]*trouble* (pains). [18]*world.* [19]with a fol. Inf. *aller* forms a future tense ; *am going to cause,* i.e. *will cause.* [20]*beatings* (battre, to beat) ; *faire des b., to make beatings* of a wood, *to hunt.* [21]*rock,* i.e. of Gibraltar. [22]to dispatch (expedite), expédier, expédiant, expédié ; Ind. Fut.
[23]Pass. Ind. Fut. of *prendre,* to take.

59. [1]statesman, successor to Necker, died 1802. [2]Pass. Ind. Pr. of *faire,* to do. [3]*to do itself, i.e.* to be done ; Ind. Fut. reflex. of *faire ;* the reflex. form is used far more than the Pass. form of Fr. verbs. [4]*word,* i.e. *saying.* [5]*pretty.* [6]*favor.*

60. Madame de Brissac.

Madame de Brissac était prodigieusement sourde[1]. Le jour où[2] elle fut présentée[3] à l'empereur, elle s'inquiéta[4] beaucoup des[5] questions qu'il lui ferait[6] probablement et de ce qu'elle aurait[7] à lui répondre. On lui avait dit que Napoléon s'informait presque[8] toujours de quel département on[9] était, de l'âge qu'on pouvait[10] avoir, et du nombre d'enfants qu'on avait, ce qui[11] était assez[12] vrai dans certains cas[13]. Connaissant son infirmité, elle se méfia[14] de son oreille, que la timidité ou l'émotion pouvait rendre encore plus dure[15] dans un pareil[16] moment, et elle calcula que l'empereur lui adresserait[17] les questions dans l'ordre où[18] les[19] avait classées[20] celui[21] qui l'avait prévenue[22]. En conséquence, et

---

60. [1]*deaf.* [2]*where* (rel. adv.), i.e. *when.* [3]Pass. Ind. Per. Def. of *présenter,* to present. [4]to disquiet one's self, *i.e.* to be troubled, s'inquiéter, s'inquiétant, s'inquiété. [5]*of the,* i.e. *about the.* [6]Cond. Pr. of *faire,* to make ; *faire un question, to ask a question.* [7]*would have ;* Cond. Pr. of *avoir.* [8]*almost.* [9]*one.* [10]*was able,* i.e. *might ;* Ind. Impf. of *pouvoir.* [11]*that* (ce) *which* (qui), i.e. *a fact which.* [12]*enough.* [13]*cases* (pl.). [14]to mistrust, se méfier, se méfiant, se méfié. [15]*hard,* i.e. of hearing. [16]*like, such.* [17]Cond. Pr. of *adresser,* to address. [18]*where,* i.e. *in which.* [19]*them.* [20]Ind. Plup. of *classer,* to class ; the part. with *avoir* agrees with the obj. if the obj. precedes. [21]*that* (ce) *he* (lui), i.e. *he.* [22]to forewarn, prévenir, prévenant, prévenu—aux., *être ;* Ind. Plup.

selon[23] cet avis[24], Napoléon devait[25] lui demander
d'abord[26] de quel département elle était, son âge, et
enfin combien[27] elle avait d'enfants.—Arrive[28] le
jour de la présentation. Madame de Brissac,
parée[29] comme[30] une femme de la cour et n'ayant
omis[31] ni la toque[32] empanachée[33], ni la robe à
queue[34] traînante[35], fait ses trois révérences à l'empereur, qui, ne s'[36]étant pas imposé[37] la loi[38] de toujours demander la même chose à[39] tous les visages[40]
inconnus qui comparaissaient[41] devant lui, lui dit
assez rapidement, quoique[42] avec sa bienveillance[43]
accoutumée : "Madame, votre mari[44] était-il frère
du duc de Brissac tué au 2 septembre, et, dans ce
cas, avez-vous hérité[45] de ses terres ?" Comme la
phrase était longue, Madame de Brissac crut qu'il

---

[23] *according to* (prep.). [24] *advice.* [25] Cond. Pr. of *devoir,*(devant, dû,) ought to; *should ought,* i.e. *ought.* [26] *at first.*
[27] *how many.* [28] Pr. of lively narration. [29] to deck, parer,
parant, paré; Part. fem. [30] *as.* [31] to omit, omettre, omet-
tant, omis; Part. past compound. [32] *cap* (flat and with a
plaited border). [33] *plumed;* Part. of *empanacher,* to adorn
with a plume. [34] *tail,* i.e. *train.* [35] Part. of *traîner,* to draw;
trailing. [36] *upon himself* (indir. obj.). [37] to impose, imposer,
imposant, imposé; Part. Per.—aux., *être,* like regular reflex.
verbs, which have the pron. (*se*) for dir. obj. [38] *law.* [39] Eng.
idiom, *of.* [40] *faces* (visages); also, *persons.* [41] to appear (before a judge; more formal than *paraître,* to appear); Ind.
Impf., *presented themselves.* [42] *although.* [43] *regard, kindness*
(bien, *well,* veiller, *to guard*). [44] *husband.* [45] to inherit,
hériter, héritant, hérité; fol. by *de,* of.

y en[46] avait[47] au moins[48] deux, et répondit en souriant et de[49] l'air du monde[50] le plus gracieux :
"Seine-et-Oise[51], Sire."—L'empereur, quoique ne
faisant[52] pas toujours grande attention aux réponses
qui lui étaient adressées[53], fut frappé[54] probablement de l'incohérence de celle-ci ; il regarda Madame de Brissac d'un air étonné et ajouta : " Vous
n'avez pas d'enfants ?"—" Cinquante[55]-deux, Sire,"
lui répondit-elle, croyant que cette fois Napoléon
lui avait demandé son âge. Il ne lui fit pas d'autres
questions, et continua de faire le tour du cercle. Il
avait compris[56] que Madame de Brissac avait au
moins l'oreille dure.

61. Talleyrand[1] Chez le Prince de Condé[2].

Un jour, c'était au commencement de la première
restauration[3], on annonce au vieux prince de Condé :

---

[46]*of it;* relating to *phrase* in preceding sentence. [47]Ind.
Impf. of impers. form, *il y a.* [48]*at the less,* i.e. *at least.*
[49]Eng. idiom, *with.* [50]*of the world.* [51]a department (political
division) of France. [52]i.e. *paying.* [53]Pass. Impf. of *adresser.*
[54]Pass. Per. Def. of *frapper,* to strike. [55]*fifty.* [56]to understand, comprendre, comprenant, compris ; Ind. Plup., *had
learned.*

61. [1]minister of foreign affairs under Bonaparte (1800) ;
pronounced in two syllables. [2]member of the royal family,
at this time just restored. [3]*restoration,* i.e. of the house of
Bourbon.

"M. de Talleyrand-Périgord!" Le prince se lève, reçoit le visiteur et reconnaît le prince de Bénévent[4]; mais il feint[5] de le prendre pour son oncle, l'archevêque de Rheims, longtemps son compagnon d'exil, avec lequel il est revenu d'Angleterre, et alors grand aumônier[6] de la maison[7] du roi. "Ah! monsieur l'archevêque," s'écrie le vieillard, "que[8] je suis aise[9] de vous revoir!" Puis, s'emparant[10] de la conversation et causant[11] du passé, il s'emporte[12] en invectives contre la révolution, l'empire, et tous ceux qui les avaient servis. "Il est fâcheux[13] de le dire," ajoutait-il, "mais de tous ces coquins[14] le plus odieux était sans contredit[15] le neveu de l'archevêque, qui, doublement apostat, comme gentilhomme et comme prêtre, se trouvait être[16] un des principaux ministres de Buonaparte, lors[17] de l'assassinat de son petit-fils[18], le duc d'Enghien." M. de Talleyrand ne disait mot et gardait le plus beau sang-froid[19]. Enfin il se lève pour se retirer.

---

[4] title given by Bonaparte to Talleyrand. [5] to pretend (feign), feindre, feignant, feint. [6] *almoner;* ecclesiastic whose duty it is to dispense alms to the poor. [7] *house,* i.e. *household.* [8] *that* (conj.); trans. *how.* [9] *glad* (adj.); *easy* is *aisé.* [10] to possess one's self of, s'emparer, s'emparant, s'emparé; *engrossing.* [11] to talk, causer, causant, causé. [12] to carry one's self off, *i.e.* to fly into a passion; *launches forth.* [13] grievous, i.e. *unpleasant.* [14] *knaves.* [15] *contradiction* (part. of *contredire*). [16] *found himself to be,* i.e. *was found as.* [17] *then;* *l. de, at the time of.* [18] *grandson.* [19] sang, *blood,* froid, *cold;* *unconcern.*

"Adieu, monsieur l'archevêque," lui dit le prince en le saluant avec politesse, "revenez me voir; mais, je vous en conjure, ne m'amenez jamais le drôle[20] que vous avez le malheur[21] d'avoir pour neveu; car, s'il paraissait[22] devant moi, je serais obligé de le faire jeter[23] par les fenêtres."

62. Un Autre Calembour[1].

M. du M ... dînait avec M. de Bièvre, qui venait de[2] donner à deviner[3] son calembour sur la différence entre l'histoire de France et une poire[4]. Cette différence consiste en ce que l'histoire de France n'a qu'un Pépin[5], et qu'une poire en a plusieurs[6]. M. du M ... proposa à son tour celui-ci: "Quelle est la différence de M. de Bièvre à une épingle[7]?" Personne[8] ne devinait. "La voici[9]," dit-il: "une épingle a une tête et une pointe; M. de Bièvre a beaucoup de pointes, et fort peu de tête."

---

[20] *wretch;* also, *wag* (droll). [21] *misfortune.* [22] to appear, paraître, paraissant, paru; Ind. Impf. [23] *cause to throw,* Eng. idiom, *cause to be thrown.*

62. [1] *Another Pun.* [2] *had just.* [3] *to guess,* i.e. *to be guessed.* [4] *pear.* [5] King of France (752–58); it also means *pip, seed.* [6] *several.* [7] *pin.* [8] with *ne, nobody.* [9] la, *it,* voici, *see here;* i.e. *here it is.*

63. Dumoulin.

Le célèbre médecin Dumoulin étant à l'agonie et environné de plusieurs de ses confrères[1] qui déploraient sa perte[2], leur dit : " Messieurs, je laisse après moi trois grands médecins." Pressé par eux de les nommer, parce qu'ils croyaient tous être un des trois, il leur dit : " C'est l'eau[3], l'exercice et la diète."

64. Van Dyck[1].

Van Dyck était élève de Rubens. Un jour que ce dernier[2] était sorti pour prendre l'air, Van Dyck et ses camarades s'approchent de deux tableaux[3] que Rubens venait d'ébaucher[4]. En se poussant[5] mutuellement pour voir de plus près[6], l'un d'eux tombe sur les ébauches et les efface. Comment faire pour éviter[7] les reproches du maître à son retour ? " Il faut," dit l'un d'eux, " que le plus habile[8] d'entre nous tâche[9] de réparer ce malheur : je donne ma voix à Van Dyck." Ses camarades applaudissent. Van Dyck se met à l'œuvre[10]. Il imite le mieux qu'il peut la manière de Rubens, qui revient au bout[11] de trois heures. Rubens porte[12] les yeux sur

---

63. [1] *brothers with (con)*; i.e. *fellow-physicians*. [2] *loss*. [3] *water*.

64. [1] Anthony Van Dyke, painter of the Flemish school ; died 1641 in England. [2] *last.* [3] *pictures.* [4] to sketch in outline, ébaucher, ébauchant, ébauché. [5] to push, pousser, poussant, poussé. [6] *of more near,* i.e. *from a nearer point.* [7] to avoid, éviter, évitant, évité. [8] *skilful.* [9] to try, tâcher, tâchant, tâché. [10] *task.* [11] *end.* [12] *carries,* i.e. *runs.*

ce qu'il croit ses ébauches, et dit à ses élèves inquiets : "Ce n'est pas là ce que j'ai fait de plus
mauvais en ma vie."

65. Jacques[1] Crichton.

Un Écossais[2] âgé de 15 ans, étant venu à Paris
vers[3] l'an 1575, fit afficher[4] à la porte de tous les
colléges un placard portant[5] que lui, Jacques Crichton, né dans le comté de Perth, offrait de disputer
avec tout venant[6], en vers et en prose, et en douze
langues différentes, sur quelque science que ce fût[7].
Cinquante docteurs d'entre[8] les plus forts accep-
tèrent le défi[9], et on prit[10] un jour pour cette lutte[11]
scientifique.   On crut effrayer le jeune Écossais, en
lui annonçant qu'il aurait à répondre sur quinze[12]
cents questions au moins[13].   Crichton, loin[14] de se
préparer laborieusement à la lutte comme le[15] faisaient ses rivaux, passa son temps en festins[16], en
bals et en mascarades.   Le jour de la lutte arriva ;
c'était au collége de Navarre que devait se tenir
cette mémorable séance[17].   Le président du collége fit
crier à haute voix que la lice[18] était ouverte, et les

---

65. [1] *James.* [2] *Scotchman.* [3] *toward.* [4] *to affix,* i.e. *to be
affixed.* [5] *bearing,* i.e. *to the effect.* [6] *all coming,* i.e. *any
comer.* [7] *any science which it might be* (subj.), i.e. *any—
whatsoever.* [8] *from among.* [9] *challenge.* [10] *they* (one) *took,*
i.e. *was fixed.* [11] *contest* (cf. Eng. *reluctant*). [12] *fifteen.* [13] *at
least.* [14] *far.* [15] *it,* i.e. preparation ; not trans. [16] *carousals.*
[17] *sitting,* i.e. *meeting.* [18] *the lists.*

cinquante rivaux de Crichton commencèrent à l'apostropher en Hébreu, en Arabe, en Grec, en Latin, en Espagnol[19], en Anglais, en Italien, en Français et en Allemand[20]. Le jeune et savant gentilhomme renvoya[21] avec grâce tous les coups qu'on lui porta[22], et, par une singularité de son esprit ingénieux, il répondit en Hébreu à la question faite[23] en Arabe, en Arabe à la question formulée[24] en Grec, et, tour-à-tour[25], faisant usage de toutes ces langues qu'il maniait[26] avec une rare habilité selon son caprice[27], il traduisit[28] jusqu'[29]à douze fois le même mot en douze langues, ou bien[30] poursuivit une longue période dont chaque membre avait un idiôme[31] différent. Cette longue séance ne fut pour lui qu'[32]un triomphe continuel. Ce génie monstrueux[33],—comme Scaliger[34] l'a surnommé, pour exprimer fortement sa pensée sur ce merveilleux[35] enfant,—Crichton, en un mot, parcourut[36] dans ce seul jour le vaste domaine de toutes les sciences: la philosophie, la théologie, les mathématiques, les belles lettres[37]. Son regard[38] em-

---

[19]*Spanish.* [20]*German.* [21]to send back (renvoyer), i.e. *to parry.* [22]i.e. *aimed at.* [23]*made* (Part. of *faire*), i.e. *asked.* [24]*formulated.* [25]*in succession* (*turn-by-turn*). [26]*managed.* [27]*will* (caprice). [28]*translated.* [29]*even to,* i.e. *as many as.* [30]*or* (*ou*) *else* (*bien*). [31]*idiom,* i.e. *language.* [32]*ne-que, only.* [33]*monstrous.* [34]*Joseph Justus* (1540-1609), critical writer, skilled in thirteen languages. [35]*wonderful.* [36]*traversed* (*ran through*). [37]*fine letters,* i.e. *polite literature.* [38]*view.*

brassa tout, sa pensée creusa[39] tout, il alla de ci, de
là[40], il monta aussi haut qu'on le[15] voulut, il descendit dans les profondeurs de la science, il suivit
ses adversaires partout[41] où ceux-ci lui présentèrent
le combat, et quand[42] il les eut terrassés[43] par les
foudres[44] de son éloquence, il leur fit crier grâce[45].
Alors le régent du collége, s'étant levé de son siége[46]
de président, embrassa Jacques Crichton; il lui
donna un diamant[47] et une bourse pleine d'or qui
étaient le prix[48] de la victoire, et le proclama le
plus savant homme de son temps.

66. Une Gravure[1] Sans Prix[2].

Un portrait de Bonaparte premier consul, d'après[3]
Isabey, se vendit[4] en 1817, aux États-Unis[5], la
somme[6] énorme de dix-huit[7] mille francs, quoique[8]
ce ne fût qu'une[9] gravure. Voici le mot[10] de
l'énigme. Bonaparte causant[11] en 1802, aux Tui-

---

[39] to hollow out, i.e. *to dig into, to examine thoroughly.* [40] *of
here,* i.e. *this way ; de là, that way.* [41] *everywhere.* [42] *when.*
[43] to throw to the ground (*terre,* ground), i.e. *floored;* Ind.
2d Plup. [44] *thunderbolts.* [45] *to cry for mercy.* [46] *chair.* [47] *dia-
mond.* [48] *prize* (price).

 66. [1] *Engraving.* [2] *without price,* i.e. *Priceless.* [3] *from after,*
i.e. *in the style of; taken from Isabey's picture of him.* [4] *sold
itself,* i.e. *was sold.* [5] *in the United States.* [6] *the sum,* i.e. *for*
the sum; idiom. [7] *eighteen.* [8] *although.* [9] *an.* [10] *word,* i.e.
solution. [11] *chatting.*

leries[12], avec le chargé[13] d'affaires des États-Unis,
M. Fulwar Skipwith, on apporta dans le cabinet[14]
du premier consul, pendant leur conversation, quelques exemplaires[15], avant la lettre[16], de la gravure
représentant le premier consul se promenant dans
les jardins de la Malmaison[17]. Le chargé d'affaires
américain regarda ces épreuves et fit un pompeux
éloge[18] de la ressemblance et du travail[19]. "Monsieur," lui dit Bonaparte, "puisque cette estampe[20]
vous paraît[21] si parfaite, acceptez-là de ma main."—
"Général," répondit M. Fulwar Skipwith en s'inclinant, "complétez le prix du cadeau[22] en traçant
votre nom au bas[23] de la gravure." Bonaparte
sourit[24], prit une plume et écrivit[25] ces mots en
marge[26] de son portrait: "Le premier consul de la
république française a offert[27] à M. Fulwar Skipwith cette gravure comme un gage[28] de son souvenir
et de son affection. BONAPARTE."

---

[12] palace of that name in Paris (*tuile, a tile; tile-fields;* the
palace took the name of the *tile-fields* where it was built).
[13] *one charged with, intrusted with;* of affairs, *consul.* [14] *private office.* [15] *samples,* i.e. *proofs.* [16] *proofs before the letter*
(*lettering*) are the copies struck before the letters are engraved on the plate: being clearer, they are more valuable
than subsequent impressions. [17] Bonaparte's residence.
[18] *eulogy.* [19] *workmanship (work).* [20] *print.* [21] paraître, to
appear. [22] *gift.* [23] *low* (adv.); *au bas,* at the foot. [24] *smiled*
(sourir). [25] to write, écrire, écrivant, écrit; *wrote.* [26] *mar-
gin.* [27] to offer, offrir, offrant, offert; Ind. Per. Indef.
[28] *pledge.*

67. Mad. de Talleyrand[1].

Madame de Talleyrand avait aussi ses mots[2], mais moins heureux[3] que ceux de son trop célèbre mari, qu'elle mettait souvent[4] à la torture. Un jour en se levant de table, après déjeuner: "Vous aurez à dîner," lui dit-il, "à côté de vous, un homme très-remarquable. Au nom du ciel[5], tâchez[6] de causer avec lui raisonnablement[7]. Il a écrit ses voyages: passez à[8] ma bibliothèque[9], feuilletez[10]-les[11], et amenez[12] la conversation sur ce sujet[13]. Allez[14], n'oubliez[15] pas de demander l'ouvrage de M. Denon." La princesse obéit, mais tout[16] en songeant[17] à l'orage[18] de sarcasmes qu'il s'agissait[19]

---

67. [1] wife of Bonaparte's prime minister. [2] *words,* i.e. *witticisms.* [3] *happy.* [4] *often.* [5] *sky, heaven; in the name of heaven,* i.e. *for heaven's sake.* [6] Imp. of *tâcher,* to try. [7] *reasonably,* i.e. *sensibly.* [8] *pass to,* i.e. *step into.* [9] *library.* [10] to turn over the leaves of a book, to *peruse,* feuilleter, feuilletant, feuilleté (*feuille,* a leaf); Imp. [11] *them,* i.e. the books of voyages. [12] Imp. of *amener,* to lead, i.e. *to bring about.* [13] *subject.* [14] Imp. of *aller,* to go; je vais, j'irai—aux., *être.* [15] Imp. of *oublier,* to forget. [16] *all;* used idiom. with gerundive (*en songeant*), to emphasize; e.g. *tout en donnant,* in the *very act* of giving. [17] *dreaming,* i.e. *thinking; songer,* to dream; verbs whose root ends in *g* take an *e* before the *ant* (Part. Pr.), for euphony; *tout en s., busily thinking.* [18] *storm.* [19] *s'agir,* to act itself, *i.e.* to be a question; Ind. Impf.; *it was a question of,* i.e. *she must try to.*

d'éviter[20]. En présence du bibliothécaire[21] elle ne peut[22] se rappeler[23] le nom de son futur convive[24], et à tout hasard elle prend le biais[25]. "Donnez-moi, je vous prie, les aventures surprenantes[26] de ce voyageur ... dont le nom finit en *on* ou en *ou*." ... "J'y suis[27]," pense[28] le bibliothécaire; et souriant comme un homme qui devine une énigme, il apporte avec empressement[29] une magnifique édition de Robinson[30] avec planches[31], gravures, etc. Madame de Talleyrand dévore le livre sans compter les heures; elle ne se sent[32] pas d'aise[33]; elle admire le parasol, le chapeau, les vêtements[34] de peau[35] de chèvre[36] du héros de Foë. "Quoi[37]!" s'écrie-t-elle, "je vais me trouver avec cet étrange personnage! que je suis heureuse de connaître d'avance[38] sa meilleure[39] histoire! Cette fois le prince sera content." Lorsqu'elle descend au salon[40] les convives déjà sont réunis[41]. M. Denon lui donne la main, on passe dans la salle à manger[42], on se place[43] et d'un coup

---

[20]*to avoid.* [21]*librarian.* [22]*pouvoir, oser, cesser,* take *ne* without *pas.* [23]*recall herself,* i.e. *recall.* [24]*guest.* [25]*bias, obliquity; prendre une affaire de biais, to take a roundabout way.* [26]*surprising.* [27]i.e. *I take, I comprehend.* [28]*thinks.* [29]*pressure,* of manner or time; *hastens* to bring. [30]i.e. *Robinson Crusoe.* [31]*plates.* [32]*feels herself,* i.e. *feels; se sentir.* [33]*at ease.* [34]*garments.* [35]*skin.* [36]*goat.* [37]*what!* [38]*in advance, beforehand.* [39]*best;* the poss. pron. preceding, the sup. is expressed by the comp. without the art. [40]*parlor.* [41]*to assemble, réunir, réunissant, réuni.* [42]*hall for eating,* i.e. *dining-room.* [43]*place themselves,* i.e. *take seats.*

d'œil[44] elle avertit[45] le prince qu'il peut compter sur
elle. En effet, à peine[46] le moment d'inévitable
silence qui commence un repas[47] s'est-il écoulé[48]
que[49] Madame de Talleyrand, se tournant vers son
voisin de droite[50], lui dit: "Mon Dieu, monsieur,
quelle joie vous avez dû[51] éprouver[52] dans votre
île[53] quand vous avez trouvé Vendredi[54]." M. Denon
est d'abord un peu étourdi[55]; mais il se remet[56], et
bientôt il réussit à se faire expliquer[57] cette mé-
prise[58] et ses causes, et la précaution vaine du
prince, qui de l'autre côté de la table se mord[59] les
lèvres[60], devinant en partie ce qui se passe, n'igno-
rant pas que l'aventure sera répandue[61] dans tout
Paris.

---

[44] *stroke of the eye,* i.e. *wink.*   [45] avertir, *to notify.*   [46] *hardly.*
[47] *repast.*   [48] Ind. Per. Indef. of *s'écouler,* to flow itself away,
i.e. *to pass;* impers. with *il* (*it*).   [49] *that,* i.e. *when.*   [50] *of the
right,* i.e. *at her right hand.*   [51] Ind. Per. Indef. of *devoir,*
ought to; *have ought to,* i.e. *must have.*   [52] *to experience.*
[53] *island.*   [54] *Friday.*   [55] to bewilder, étourdir, étourdissant,
étourdi; Pass. Pr.   [56] to put one's self back, se remettre,
se remettant, se remis; *recovers himself.*   [57] *to cause to explain
itself,* i.e. *in having explained to him.*   [58] *mistake.*   [59] to bite
one's self, se mordre, se mordant, se mordu.   [60] *lips.*   [61] Pass.
Fut. of *répandre,* to spread.

68. Vernet[1].

Le peintre[2] Joseph Vernet se présente un jour chez Voltaire[3], qui s'écrie en l'abordant[4] : " C'est vous, Monsieur Vernet, qui irez[5] à l'immortalité ! Vous avez les couleurs les plus brillantes et les plus durables !"—" Mes couleurs, monsieur, n'ont rien de comparable à votre encre," reprit modestement le peintre.

69. Tartini[1], Alfieri[2] et Haydn[3].

Tartini, avant de se mettre à composer, lisait[4] en de ces sonnets si doux[5] de Pétrarque[6]. Le bilieux[7] Alfieri aimait à entendre de la musique avant de se mettre au travail. Haydn, ainsi que[8] Buffon[9], avait besoin[10] de se faire coiffer[11] avec le même soin[12] que s'il eût dû[13] sortir.

---

68. [1]a French painter (1714–89). [2]*painter.* [3]the most universal literary genius of France (1694–1778). [4]*aborder,* to come to the side of; *going up to him.* [5]Ind. Fut. 2d pers. pl. of *aller,* to go ; *will be handed down.*

69. [1]Venetian violinist, died 1770. [2]Italian writer of tragedies (1749–1803). [3]German musical composer (1733–1809). [4]*was in the habit of reading* (*lire,* to read). [5]*those sonnets so sweet,* idiom. for *those very sweet sonnets.* [6]one of the fathers of modern Italian poetry (1304–74). [7]*bilious.* [8]*as well as.* [9]French naturalist (1707–88). [10]*need.* [11]to cover one's head, i.e. *to dress the hair,* se coiffer, se coiffant, se coiffé. [12]*care.* [13]Subj. Plup. of *devoir ; might have ought to,* i.e. *might have been intending.*

70. Exécution de Charles I.[1]

Après quatre[2] heures d'un sommeil profond, Charles I. sortit de son lit[3]. "J'ai une grande affaire à terminer," dit-il à Herbert, "il faut que je me lève promptement;" et il se mit à sa toilette[4]. Herbert troublé le peignait[5] avec moins de soin. "Prenez, je vous prie," lui dit le roi, "la même peine qu'[6]à l'ordinaire[7]; quoique ma tête ne doive[8] pas rester longtemps sur mes épaules, je veux être paré[9] aujourd'hui comme un marié[10]!" En s'habillant, il demanda une chemise[11] de plus[12]. "La saison est si froide," dit-il, "que je pourrais trembler; quelques personnes l'attribueraient peut-être à la peur[13], je ne veux pas qu'une telle[14] supposition soit[15] possible." Le jour à peine levé[16], l'évêque arriva et commença les exercices religieux. Comme il lisait, dans le 17e[17] chapitre de l'évangile selon[18] Saint Matthieu, le récit de la passion[19] de Jésus-Christ: "Milord[20]," lui demanda le roi, "avez-vous choisi ce

---

70. [1]King of England, beheaded 1649. [2]*four.* [3]*bed.* [4]the process of *dressing;* originally the cloth (*toile,* towel) upon which dressing-articles are laid. [5]to comb, peigner, peignant, peigné. [6]*as.* [7]*usually.* [8]Subj. Pr. of *devoir.* [9]Pass. Inf. Pr. of *parer,* to attire. [10]*one married,* i.e. *nouveau marié,* bridegroom. [11]*shirt.* [12]*of more,* i.e. *additional.* [13]*fear.* [14]*like, such.* [15]Subj. Pr. of *être.* [16]*raised,* i.e. *broke.* [17]dix-septième. [18]*according to.* [19]i.e. *suffering.* [20]the Eng. term, *my lord,* is thus written in Fr.

chapitre comme le plus applicable à ma situation ?"
—"Je prie Votre Majesté de remarquer," répondit
l'évêque, "que c'est l'évangile du jour[21], comme le
prouve le calendrier[22]." Le roi parut[23] profondément
touché, et continua ses prières avec un redouble-
ment de[24] ferveur. Vers dix heures[25], on frappa
doucement à la porte de la chambre ; Herbert de-
meurait immobile ; un second coup se fit entendre[26]
un peu plus fort, quoique léger[27] encore. "Allez
voir qui est là," dit le roi : c'était le colonel Hacker.
"Faites-le entrer[28]," dit-il. "Sire," dit le colonel
à[29] voix basse et à demi[30] tremblant, "voici le moment
d'aller à White-Hall ; Votre Majesté aura encore
plus d'une heure pour s'y reposer."—"Je pars dans
l'instant," répondit Charles I. ; "laissez-moi."
Hacker sortit, le roi se recueillit[31] encore quelques
minutes, puis, prenant l'évêque par la main : "Venez," dit-il, "partons ; Herbert, ouvrez la porte ;
Hacker avertit[32] pour la seconde fois." Et il descendit dans le parc[33] qu'il devait[34] traverser pour

---

[21] *of the day*, i.e. the lesson prescribed by the Episcopal service for that day. [22] *calendar.* [23] Ind. Per. Def. of *paraître*,
to appear. [24] Eng. idiom, *redoubled* (adj.). [25] *hours*, i.e.
o'clock. [26] *caused itself to hear*, Eng. idiom, *to be heard.*
[27] *light* (soft). [28] *cause him to enter*, i.e. *admit him.* [29] *to*, i.e.
with. [30] *at half*, i.e. *half.* [31] to collect one's self, *i.e.* one's
thoughts ; Ind. Per. Def. [32] *notifies;* Ind. Pr. of *avertir.*
[33] *park.* [34] Ind. Impf. of *devoir*, to owe; with a verb, *devoir*
means *ought to, must.*

se rendre à White-Hall. Hacker frappa à la porte: Juxon et Herbert tombèrent à genoux. "Relevez-vous, mon vieil[35] ami," dit le roi à l'évêque en lui tendant la main. Hacker frappa de nouveau; Charles I. fit ouvrir la porte. "Marchez[36]," dit-il au colonel, "je vous suis." Il s'avança le long[37] de la salle des banquets[38] toujours entre deux haies[39] de troupes. Une foule[40] d'hommes et de femmes s'y étaient précipités[41] au péril de leur vie[42], immobiles derrière la garde, et priant pour le roi, à mesure qu'[43]il passait; les soldats, silencieux eux-mêmes, ne les rudoyaient[44] point. A l'extrémité de la salle, une ouverture[45] pratiquée[46] la veille[47] dans le mur[48], conduisait de plain pied[49] à l'échafaud[50] tendu[51] de noir[52]; deux hommes étaient debout[53] auprès de la hache, tous deux[54] en habits de matelots[55] et masqués. Le roi arriva la tête haute[56],

---

[35]vieux, *old*, becomes *vieil* before a masc. sing. beginning with a vowel. [36]*march*, i.e. *proceed.* [37]*the long of*, i.e. *along.* [38]i.e. *banqueting-hall.* [39]*hedges*, i.e. *lines.* [40]*crowd.* [41]Ind. Plup. of *se précipiter*, to precipitate one's self, *to pour in.* [42]*life.* [43]*in measure that*, i.e. *while.* [44]Ind. Impf. of *rudoyer* (*rude*, rough), to ill-use. [45]*opening.* [46]Part. Per. fem. of *pratiquer*, to practise; *practised*, i.e. *made practicable; made.* [47]*the day before, the evening before* (*veiller*, to keep awake). [48]*wall.* [49]*of level* (plane) *foot*, i.e. *on the same level.* [50]*scaffold.* [51]Part. Per. of *tendre*, to stretch; *spread.* [52]*black.* [53]*upright*, i.e. *standing.* [54]*all two*, i.e. *both.* [55]*sailors.* [56]*the head high*, idiom. for *head erect.*

promenant[57] de tous côtés ses regards, et cherchant
le peuple[58] pour lui parler; mais les troupes cou-
vraient seules[59] la place; nul[60] ne pouvait approcher. Il se tourna vers Juxon et Tomlinson.
" Je ne puis guère[61] être entendu que[62] de vous,"
leur dit-il, " ce sera donc à vous que j'adresserai[63]
quelques paroles ;" et il leur adressa, en effet, un
petit discours qu'il avait préparé, grave et calme
jusqu'à la froideur[64], uniquement[65] appliqué[66] à
soutenir[67] qu'il avait eu[68] raison[69], que le mépris[70]
des droits[71] du souverain était la vraie cause des
malheurs du peuple, que le peuple ne devait avoir
aucune part dans le gouvernement; qu'à[72] cette
seule condition le royaume[73] retrouverait[74] la paix
et ses libertés. Pendant qu'il parlait, quelqu'un
toucha à[75] la hache; il se retourna précipitamment,
disant : " Ne gâtez[76] pas la hache, elle me ferait plus
de mal ;" et son discours terminé[77], quelqu'un s'en[78]
approchant encore : " Prenez garde[79] à la hache! pre-

---

[57] Part. Pr. of *promener*, to lead forth; *leading forth his looks*,
i.e. *his eyes travelling.* [58] *people.* [59] *alone.* [60] strong neg.;
not a person (no one). [61] adv., *not much*, always with *ne;*
also, as here, *hardly*, in which case *que* always follows.
[62] i.e. *except.* [63] Fut. of *adresser.* [64] *coldness.* [65] *solely.* [66] *ap-
plied, i.e. aimed.* [67] *to maintain* (sustain). [68] Plup. of *avoir.*
[69] *avoir raison, to be right.* [70] *contempt.* [71] *rights.* [72] *to*, Eng.
idiom, *on.* [73] *kingdom.* [74] Cond. Pr. of *retrouver*, to find
again. [75] *touched to,* i.e. *touched.* [76] Imp. of *gâter*, to injure.
[77] *being ended.* [78] *of it,* i.e. the ax. [79] *care* (guard).

9

nez garde à la hache!" répéta-t-il d'un ton d'effroi[80]...
Le plus profond silence régnait; il mit sur sa tête un
bonnet de soie[81], et s'adressant à l'exécuteur : "Mes
cheveux[82] vous gênent-ils[83] ?"—"Je prie Votre Majesté de les ranger[84] sous son bonnet," répondit
l'homme en s'inclinant. Le roi les rangea avec
l'aide de l'évêque. .... "J'ai pour moi," lui dit-il
en prenant ce soin, "une bonne cause, et un Dieu
clément." Juxon dit : "Oui, Sire, il n'y a[85] plus
qu'[86] un pas[87] à franchir[88]; il est plein de trouble et
d'angoisse, mais de peu de durée[89], et songez qu'il
vous fait faire un grand trajet[90]; il vous transporte
de la terre au ciel." Charles I. répondit : "Je
passe d'une couronne corruptible à une couronne
incorruptible, où je n'aurai à craindre[91] aucun
trouble, aucune espèce[92] de trouble." Et se tournant vers l'exécuteur : "Mes cheveux sont-ils
biens ?" il ôta[93] son manteau, et son Saint-George[94],
donna le Saint-George à l'évêque en lui disant :
"Souvenez[95]-vous," ôta son habit, remit[96] son man-

---

[80] *affright.* [81] *silk.* [82] *hair;* sing., *cheveu.* [83] inter. form of
gêner, to trouble; Ind. Pr.; *is my hair in your way?* [84] *to
arrange.* [85] unipers. form, *il y a, there is.* [86] *ne-que, only.*
[87] *step.* [88] *to surmount,* i.e. *to take.* [89] *duration.* [90] *a crossing; causes you to make a great crossing,* i.e. *transports you
a long distance.* [91] *to fear* (craignant, craint). [92] *kind.*
[93] Ind. Per. Def. of *ôter,* to remove. [94] *i.e.* the cross of St.
George. [95] Imp. of *se souvenir; remember me.* [96] *put on
again.*

teau, et regardant le billot[97] : "Placez-le de manière qu'[98]il soit bien ferme," dit-il à l'exécuteur.
—"Il est ferme, Sire."—"Je ferai une courte[99]
prière, et quand j'étendrai les mains, alors . . ." Il se
recueillit[31], se dit à lui-même quelques mots à voix
basse, leva les yeux au ciel, s'agenouilla[100], posa sa
tête sur le billot ; l'exécuteur toucha ses cheveux
pour les ranger encore sous son bonnet ; le roi crut
qu'il allait frapper. "Attendez le signe," lui dit-
il.—"Je l'attendrai, Sire, avec le bon plaisir de
Votre Majesté." Au bout d'un instant le roi tendit
les mains ; l'exécuteur frappa ; la tête tomba au
premier coup. "Voilà la tête d'un traître," dit-il
en la montrant au peuple : un long et sourd[101] gé-
missement[102] s'éleva autour de White-Hall. Beaucoup de gens se précipitaient au pied de l'échafaud
pour tremper[103] leur mouchoir[104] dans le sang du
roi. Deux corps de cavalerie, s'avançant dans deux
directions différentes, dispersèrent lentement[105] la
foule. L'échafaud demeuré[106] solitaire, on enleva
le corps ; il était déjà[107] enfermé[108] dans un cer-
cueil[109] ; Cromwell voulut le voir, le considéra
attentivement, et soulevant[110] de ses mains la tête,

---

[97] block. [98] of manner that, i.e. so that. [99] short. [100] to kneel,
s'agenouiller (genoux, knees). [101] deaf; of noise, low-sounding.
[102] groan. [103] to dip (to steep). [104] handkerchief. [105] slowly.
[106] being left. [107] already. [108] Pass. Impf. of enfermer, to in-
close. [109] coffin. [110] sous, under, lever, to raise ; raising up.

comme pour s'assurer qu'elle était bien séparée du tronc[111] : "C'était là un corps bien constitué," dit-il, "et qui promettait[112] une longue vie[113]."

71. Le Talent Précoce[1].

Mozart le père[2] revenait un jour de l'église avec un de ses amis; il trouva son fils occupé à écrire. "Que fais-tu donc là, mon ami[3]?" lui demanda-t-il. —"Je compose un concerto[4] pour le clavecin[5]; je suis presque au bout de la première partie."— "Voyons[6] ce beau griffonnage[7]."—"Non, s'il vous plaît, je n'ai pas encore fini." Le père prit cependant le papier et montra à son ami un griffonnage de notes qu'on pouvait à peine[8] déchiffrer[9] à cause des taches[10] d'encre. Les deux amis rirent[11] d'abord de bon cœur[12] de ce barbouillage[13]; mais bientôt, lorsque Mozart le père l'eut regardé avec attention, ses yeux restèrent longtemps fixés sur le papier[14], et enfin se remplirent de larmes d'admiration et de

---

[111] *trunk.*　[112] Ind. Impf. of *promettre*, to promise (promettant, promis).　[113] *life.*

71. [1] *Precocious.*　[2] *father*, i.e. father of the other of the same name. [3] *loved one* (*aimé*, loved); trans. *dear.* [4] a piece of music arranged so as to be played in concert with other instruments. [5] *piano.* [6] Imp. of *voir; let us see.* [7] *scribbling.* [8] *at pain*, i.e. *with difficulty.* [9] *to decipher.* [10] *blots.* [11] to laugh, rire, riant, ri. [12] *of good heart*, i.e. *heartily.* [13] *daubing*, i.e. *scrawl.* [14] *paper.*

joie. "Voyez donc[15], mon ami," dit-il avec émotion et en souriant, "comme tout est composé d'après
les règles ; c'est dommage[16] qu'on ne puisse[17] pas
faire usage de ce morceau[18], parce qu'il est trop[19]
difficile, et que personne ne pourrait[20] le jouer."—
" Aussi[21] c'est un concerto," reprit le jeune Mozart;
" il faut l'étudier jusqu'à[22] ce qu'on parvienne[23] à le
jouer comme il faut[24]. Tenez[25], voilà comme on
doit[26] s'y prendre[27]." Aussitôt il commença à jouer,
mais il ne réussit[28] qu'autant qu'[29]il fallait pour
faire voir[30] quelles[31] avaient été[32] ses idées. À cette
époque, le jeune Mozart croyait fermement que
jouer un concerto et faire un miracle était la même
chose ; aussi la composition dont on[33] vient[34] de
parler était-elle[35] un amas[36] de notes posées[37] avec
justesse[38], mais qui présentaient tant de difficultés,

---

[15] *then*, with force of *do*. [16] *damage*, i.e. *a pity*. [17] Subj. Pr.
of *pouvoir*. [18] *bit*, i.e. of music. [19] *too*. [20] Cond. Pr. of *pouvoir*. [21] *because* (likewise). [22] *even to*, i.e. *until*. [23] Subj. Pr.
of *parvenir*, to attain (come through). [24] Ind. Pr. (impers.)
of falloir (no Present); fallu, il fallait, il faudra; *should be*
(is necessary). [25] Imp. of *tenir*, to hold; *hold!* i.e. *here!*
[26] Pr. of *devoir*, ought to (owe). [27] to take, prendre, prenant,
pris; *to take one's self to it* (*y*), i.e. *to set about it*. [28] *succeeded* (réussir). [29] *so much as*, i.e. *so far as*. [30] *to cause to
see*, i.e. *to show*. [31] *what*. [32] Ind. Plup. of *être*. [33] *one, they*,
i.e. *we*. [34] Pr. of *venir*, to come; with a foll. Inf. = *have just*.
[35] not interr.; a form of emphasizing the subject by repeating it as a pron. with the verb, in which case the pron. fol.
the verb. [36] *mass*. [37] *placed*. [38] i.e. *propriety*.

que le plus habile[39] musicien eût trouvé[40] impossible de[41] les jouer.

72. L'Ile Julia[1].

Un beau[2] matin du mois de juillet[3] 1831, l'île Julia sortit du fond[4] de la mer[5] et apparut à sa surface. Elle avait deux lieues[6] de tour[7], des montagnes[8], des vallées comme une île véritable; elle avait jusqu'à une fontaine; il est vrai que c'était une fontaine d'eau bouillante[9]. Elle était à peine sortie[10] des flots[11], qu'[12] un vaisseau anglais passa; en quelque[13] endroit[14] de la mer qu'apparaisse[15] un phénomène quelconque[16], il passe[17] toujours un vaisseau anglais en ce moment-là[18]. Le capitaine, étonné de voir une île à un endroit où sa carte[19] marine n'indiquait pas même un rocher[20], mit son vaisseau en panne[21], descendit[22] dans une chaloupe[23],

---

[39]*skilful.* [40]*might have found it;* Subj. Plup. of *trouver.*
[41]Eng. idiom, *to.*

72. [1] *Julia Island.* [2]*fine.* [3]*July.* [4]*bottom.* [5]*sea.* [6]*leagues.*
[7]*circumference.* [8]*mountains.* [9]*boiling* (bouillir, bouillant, bouilli, je bous). [10]Ind. Plup. of *sortir*—aux., *être;* if a condition rather than a state is meant, aux., *avoir.* [11]*waves.*
[12]*when;* à peine—que, *scarcely—when.* [13]*whatever* (some).
[14]*locality, quarter.* [15]Subj. Pr. of *apparaître; that there may appear.* [16]*whatsoever;* more indef. than *quelque.* [17]impers.; *there passes.* [18]*there,* i.e. *very.* [19]*chart.* [20]*rock.* [21]*mettre en panne, to lie to.* [22]*descended,* i.e. from the vessel; *embarked.*
[23]*launch,* a ship's boat (cf. Eng. shallop).

et aborda[24] sur l'île. Il reconnut[25] qu'elle était située[26] sous le 38° degré de latitude, qu'elle avait des montagnes, des vallées, et une fontaine d'eau bouillante. Il se fit apporter[27] des œufs[28] et du thé[29], et déjeuna près de la fontaine; puis, lorsqu'il eut déjeuné[30], il saisit[31] un drapeau[32] aux[33] armes d'Angleterre, le planta sur la montagne la plus élevée de l'île, et prononça ces paroles : " Je prends possession de cette terre au nom de Sa Majesté Britannique." Puis il regagna son vaisseau, remit[34] à la voile[35], et reprit le chemin d'Angleterre[36], où il arriva heureusement[37], annonçant qu'il avait découvert[38] dans la Méditerranée une île inconnue, qu'il avait nommée Julia, en honneur du mois de juillet, date de sa découverte, et dont il avait pris possession au nom de l'Angleterre. Derrière[39] le bâtiment[40] anglais était passé[41] un bâtiment napolitain[42], lequel n'avait pas été moins[43] étonné[44] que le

---

[24]*came to the side* (bord) *of; landed.* [25]*reconnaître*, to know again, *i.e. to ascertain.* [26]*situer*, to place; generally used in Part. Per. [27]Eng. idiom, *to be brought.* [28]*eggs.* [29]*tea.* [30]2d Plup. of *déjeuner.* [31]to seize, saisir, saisissant, saisi. [32]*flag* (*drap*, cloth). [33]*at the*, i.e. *inscribed with;* the material, use, or chief ingredient of a thing is expressed by *à* with a noun. [34]*remettre*, to put again; *put again to the sail*, i.e. *again set sail.* [35]*sail* (veil). [36]*way of England*, i.e. *course toward*, &c. [37]*happily*, i.e. *safely.* [38]to discover, découvrir, découvrant, découvert; Ind. Plup. [39]behind, i.e. *in the wake of.* [40]*ship* (building). [41]Ind. Plup. of *passer*—aux., *être* and *avoir.* [42]*Neapolitan.* [43]*less.* [44]Pass. Ind. Plup. of *étonner*, to astonish.

bâtiment anglais. A la vue de cette île inconnue, le capitaine, qui était un homme prudent, commença par carguer[45] ses voiles, afin[46] de s'en tenir à une distance respectueuse. Puis il prit sa lunette[47], et à l'aide de sa lunette il reconnut qu'elle était inhabitée, qu'elle avait des vallées et une montagne, et qu'au sommet de cette montagne flottait[48] le pavillon[49] anglais. Il demanda aussitôt quatre hommes de bonne volonté[50] pour aller à la découverte. Deux Siciliens se présentèrent, descendirent dans la chaloupe, et partirent. Un quart[51] d'heure après, ils revinrent[52], rapportant le drapeau anglais. Le capitaine napolitain déclara alors qu'il en[53] prenait possession au nom du roi des Deux[54]-Siciles, et la nomma île Saint-Ferdinand, en l'honneur de son gracieux souverain. Puis il revint à Naples, demanda une audience au roi, lui annonça qu'il avait découvert une île de dix lieues de tour, toute couverte d'orangers[55], de citronniers[56] et de grenadiers[57], et dans laquelle se trouvaient une montagne haut comme[58] le Vésuve, une vallée et une source d'eau

---

[45] to reef, carguer, carguant, cargué (cargue, a clew-line). [46] à fin de, to the end of, i.e. in order to. [47] spy-glass. [48] flotter, to float. [49] flag, lit. tent (pavilion), and so, the flag raised over the tent. [50] of good will, i.e. volunteers. [51] quarter. [52] Ind. Per. Def. of revenir, to come back. [53] of it, i.e. the island. [54] two. [55] orange-trees. [56] citron-trees. [57] pomegranate-trees. [58] high like (adv.), i.e. as high as.

minérale, où l'on[59] pouvait faire un établissement
de bains[60] plus considérable que celui d'Ischia. Il
ajouta comme en passant[61], et sans s'appesantir[62]
sur les détails, qu'un vaisseau anglais ayant voulu
lui disputer la possession de cette île, il avait coulé
bas[63] le susdit[64] vaisseau, en preuve de quoi il rap-
portait son pavillon. Le ministre de la marine,
qui était présent à l'audience, trouva le procédé[65]
un peu leste[66]; mais le roi de Naples donna raison[67]
entière[68] au capitaine, le fit amiral, et le décora du
grand-cordon[69] de Saint-Janvier. Le lendemain, on
annonçait dans les trois journaux de Naples que
l'amiral Bonnacorri, duc de Saint-Ferdinand, venait de[70] découvrir, dans la Méditerranée, une île
de quinze[71] lieues de tour, habitée par une peuplade[72]
qui ne parlait aucune[73] langue connue, et dont le
roi lui avait offert la main de sa fille. Chacun[74] de
ces journaux contenait en outre[75] un sonnet à la
gloire de l'aventureux navigateur. Le premier le
comparait à Vasco de Gama, le second à Christophe

---

[59] euphonic for *on* (*one, they*) after a vowel. [60] *baths.* [61] *as if in
passing*, i.e. *incidentally.* [62] to make one's self heavy, i.e. *to
dwell*, appesantir (*poids*, weight). [63] to flow, *couler; couler
bas*, to cause to flow down (bas), *to sink* (active verb). [64] *sus*,
upon, *dire*, to say; *above mentioned.* [65] *proceeding.* [66] *im-
proper* (lit. *brisk;* cf. Eng. *a rather sharp transaction*). [67] *gave
reason*, i.e. *justified.* [68] *entire*, i.e. *wholly.* [69] *ribbon* (string).
[70] *venir de*, to have just. [71] *fifteen.* [72] *tribe* (*peuple*, people).
[73] *any.* [74] *each.* [75] *in beyond*, i.e. *besides.*

Colomb et le troisième à Améric Vespuce. Le
même jour, le ministre d'Angleterre alla demander
des explications au ministre de la marine de Naples
touchant les bruits[76] injurieux pour l'honneur de
la nation britannique qui commençaient[77] à se répandre[78] au sujet[79] d'un vaisseau anglais que l'amiral
Bonnacorri prétendait avoir coulé[80] bas. Le ministre de la marine répondit qu'il avait entendu
vaguement parler[81] de quelque chose de pareil[82],
mais qu'il ignorait lequel[83], le vaisseau napolitain
ou le vaisseau anglais, avait été coulé bas. Loin
de se contenter de cette explication, le ministre pré-
tendit[84] qu'il y avait[85] insulte[86] pour sa nation dans
la seule supposition qu'un vaisseau anglais pût[87]
être coulé bas par un autre vaisseau quelconque, et
demanda ses passe-ports. Le ministre de la marine
en[88] référa au roi de Naples, qui lui ordonna de
signer à l'ambassadeur tous les passe-ports qu'il lui
demanderait[89], et fit de son côté écrire[90] à son mi-

---

[76] *noises,* i.e. *rumors.* [77] Ind. Impf. of *commencer,* to begin.
[78] *to spread themselves,* i.e. *to be spread.* [79] *at the subject,* i.e.
on the subject. [80] Inf. Per. of *couler.* [81] *entendre parler,* i.e. *to
hear spoken of.* [82] *of similar,* i.e. *such.* [83] *which* (interr. pron.).
[84] prétendre (pretend) means, also, *to maintain, to claim.*
[85] *there was* (Impf. of *il y a,* impers. verbal form). [86] *an in-
sult.* [87] Subj. Impf. of *pouvoir* (pouvant, pu). [88] *about it* (*en*
(pers. pron.) has a *relative* force). [89] Cond. Pr. of *demander.*
[90] *caused to write,* Eng. idiom, *to be written; instructions to
be sent.*

nistre à Londres de quitter à l'instant même la capitale de la Grande-Bretagne. Cependant le gouvernement britannique poursuivait la prise de possession[91] de l'île Julia avec son activité ordinaire. C'était le relai[92] qu'il cherchait depuis si longtemps[93] sur la route de Gibraltar à Malte. Un vieux lieutenant de frégate, qui avait eu[94] la jambe[95] emportée[96] à Aboukir, et qui depuis ce temps sollicitait une récompense quelconque auprès des lords de l'amirauté, fut nommé gouverneur de l'île Julia, et reçut l'ordre de s'embarquer immédiatement pour se rendre dans son gouvernement. Le digne[97] marin[98] vendit une petite terre[99] qu'il tenait de ses ancêtres, acheta tous les objets de première nécessité pour une colonisation, monta sur la frégate le Dard[100], avec sa femme et ses deux filles, doubla[101] la pointe de la Bretagne, traversa le golf de Gascogne[102], franchit[103] le détroit de Gibraltar, entra dans la Méditerranée, longea[104] les côtes d'Afrique, relâcha[105] à Panthellérie, arriva sous[106] le 38e degré

---

[91] a law term; *the taking possession of.* [92] *relay,* i.e. *resting-place.* [93] *since so long time,* i.e. *so long.* [94] Ind. Plup. of *avoir.* [95] *leg.* [96] Part. Per. of *emporter; carried off,* i.e. *shot away.* [97] *worthy.* [98] *mariner.* [99] *land,* i.e. *landed property.* [100] *Dart.* [101] *doubled;* also an Eng. sea-term for *passed.* [102] gulf of Gascony, *i.e.* the Bay of Biscay. [103] *passed (franchir,* to pass a limit). [104] to go along by, *longer; coasted.* [105] to relax, relâcher (*laisser,* to leave); *slackened,* i.e. *put into port.* [106] *under.*

de latitude, regarda autour de lui, et ne vit pas plus
d'île Julia que[107] sur sa main. L'île Julia était dis-
parue[108] de la veille, et je n'ai pas entendu dire que
jamais, au grand jamais[109], personne[110] en ait entendu[111] parler depuis[112].

73. L'Embarras[1] des Rois.

La présence des rois qui venaient en[2] solliciteurs[3]
à la cour[4] de Napoléon, lui donnait un éclat[5] in-
comparable. A ce propos[6] je me souviens[7] qu'un
jour à un de ses levers[8] l'empereur, s'étant trouvé
dans le cas d'attendre[9] un de ses grands officiers,
il s'en montra choqué[10], et le[11] lui dit à son arrivée
en présence de tous. Or[12] c'était le moment où
cinq ou six rois, entre[13] autres ceux de Bavière[14],

---

[107] *no more of—than,* i.e. *about as much as.* [108] to disappear,
disparaître—aux., *être;* Ind. Plup. [109] *to the great ever;* the
force might be given in Eng. by repeating *ever.* [110] *anybody.* [111] Subj. Per. of *entendre,* to hear; the Per. Indef.
(leading clause) is the only past tense that takes the Per.
Subj. for a past action. [112] *since.*

73. [1] *The embarrassment,* i.e. *a surfeit.* [2] *in,* i.e. *in the
capacity of.* [3] *solicitors,* i.e. to ask favors. [4] *court.* [5] *renown.*
[6] *to this proposition;* sometimes written adv., *àpropos,* i.e. *in
this connection.* [7] se souvenir, to come under one's self, i.e.
to be reminded. [8] *risings:* the word has come into Eng. as
levee, audience granted by the sovereign *on rising.* [9] *waiting
for.* [10] choquer, to shock; *displeased.* [11] *it,* i.e. *so.* [12] *now*
(conj., not of time, but showing connection of thought).
[13] *among.* [14] *Bavaria.*

de Saxe, de Wurtemberg, se trouvaient à Paris.
"Sire," répondit le coupable, "j'ai des excuses sans
doute à présenter à Votre Majesté; mais aujour-
d'hui on n'est pas toujours maître de circuler[15] dans
les rues[16]: je viens d'avoir le malheur de donner
dans[17] un embarras[18] des rois dont je n'ai pas pu
sortir plus tôt[19]; voilà la cause de ma négligence."
Chacun sourit, et l'empereur d'une voix fort ra-
doucie[20] se contenta de dire: "Quoi qu'il en soit[21],
monsieur, prenez dorénavant[22] vos précautions, et
surtout ne me faites[23] plus attendre."

74. Menzikoff[1] et Pierre le Grand[2].

Le fameux Menzikoff avait exposé ses jours[3]
dans un combat, et versé[4] son sang pour défendre
la vie de son maître, Pierre le Grand. Ce favori
joignait[5] à de brillantes qualités de grands défauts:
sa cupidité, comme son ambition, était sans bornes[6];

---

[15]*master of circulating*, i.e. *capable of moving freely.* [16]*streets.*
[17]*to give into*, i.e. *to fall into;* e.g. a window is said *donner
sur* (*to open upon*) a certain street. [18]i.e. *entanglement.*
[19]*soon.* [20]*softened.* [21]*whatever that it may be of it*, i.e. *however it may be.* [22]*from this time forward* (*avant*), i.e. *henceforth.* [23]Imp. of *faire*, to make.

74. [1]who, from pastry-cook, became prime minister, and
was finally disgraced by Peter II. [2]the civilizer of Russia,
died 1725. [3]*days*, i.e. *life.* [4]*poured*, i.e. *shed.* [5]Impf. of
joindre (joignant, joint), to join. [6]*limits.*

il avait détourné[7] à son profit de fortes sommes des-
tinées aux besoins publics.   Étant parti[8] de Péters-
bourg à la suite de l'empereur, qui se rendait avec
une extrême diligence à Astracan, dans le dessein
de surprendre cette ville et de l'investir[9], il apprit
en route qu'on l'avait dénoncé, et que le monarque
était pleinement instruit[10] des vols[11] et des concus-
sions[12] de son ministre.   Le silence et l'air sombre
du prince, dont il connaissait l'inflexible sévérité,
lui annoncent sa disgrâce : il se croit déjà précipité
du faîte[13] des honneurs dans l'opprobre[14] et dans la
misère : les déserts de la Sibérie, la solitude*d'un
long exil, la hache qui menace sa tête, frappent tour
à tour[15] son imagination ; son sang s'allume[16], une
fièvre[17] maligne se déclare ; il s'arrête dans une misé-
rable chaumière[18], et y reste trois semaines plongé
dans un affrayant délire.   Enfin il se réveille et
porte autour de la cabane[19] ses regards inquiets :
tout paraît l'avoir abandonné, un seul homme est
près de lui, un seul homme le soigne[20], une seule
voix lui adresse des paroles consolántes : cette voix,
c'est celle de son prince ; cet homme, c'est Pierre le

---

[7]*turned off*, i.e. *misapplied.*   [8]Part. Per. comp. of *partir—*
aux., *être* and *avoir, having set out.*   [9]*to lay siege.*   [10]Pass.
Imp. of *instruire ; was informed.*   [11]*robberies (voler,* to steal).
[12]i.e. *extortions.*   [13]*summit (faîtage,* ridge).   [14]*disgrace.*   [15]*in
turn.*   [16]s'allumer, to enkindle one's self, *i.e.* to take fire,
Ind. Pr.   [17]*fever.*   [18]*hut.*   [19]*cabin.*   [20]soigner, to nurse (*soin,*
care).

Grand. Cette vue inopinée[21] lui rend[22] la vie et la force; de brûlantes[23] larmes inondent[24] son visage; il tombe aux pieds du monarque, qui le relève. "Grand Dieu!" s'écrie-t-il, "Sire, c'est vous!"— "Oui, depuis[25] trois semaines je n'ai pas quitté ce lit."—"Quoi! vous m'aimez encore! quoi! vous m'avez pardonné! vous n'avez pas prononcé la mort d'un coupable!"—"Malheureux," dit Pierre, en l'embrassant, "pouvais[26]-tu croire que j'oublierais[27] que tu m'as sauvé[28] la vie?" Un si noble trait ne rachète[29]-t-il pas tous les défauts reprochés[30] à un empereur qui dut[31] ses vices à son siècle[32], et sa gloire à son seul génie? Au fond d'une âme vraiment grande, la vertu qu'on est le plus certain de trouver, c'est la reconnaissance[33].

75. Le Miserere[1].

Mozart et son fils se rendirent[2] à Rome pour la semaine sainte[3]. On pense bien[4] qu'ils ne man-

---

[21] *unexpected.* [22] *restores.* [23] Part. of *brûler,* to burn. [24] Ind. Pr. of *inonder,* to flow over. [25] *since.* [26] Cond. Pr. of *pouvoir.* [27] Cond. Pr. of *oublier,* to forget. [28] Ind. Per. Indef. of *sauver,* to save. [29] to buy back, redeem, *racheter;* Ind. Pr. interr. neg. [30] *imputed;* Part. Per. of *reprocher,* to reproach. [31] Ind. Per. Def. of *devoir,* to owe. [32] *age.* [33] *gratitude.*

75. [1] *The Miserere.* [2] Ind. Per. Def. of *se prendre,* to repair. [3] Holy-week, i.e. *Passion-week.* [4] *one thinks well,* i.e. *we may be sure.*

quèrent[5] pas d'aller, le soir du mercredi[6] saint, à la chapelle Sixtine[7], entendre le célèbre miserere. Comme on disait alors qu'il était défendu[8] aux musiciens du pape, sous peine d'excommunication, d'en donner des copies, Wolfgang se proposa de le retenir par cœur[9]. Il l'écrivit[10], en effet, en rentrant[11] à l'auberge[12]. Ce miserere étant répété[13] le vendredi saint, il y assista[14] encore[15], en tenant le manuscrit dans son chapeau, et y put[16] faire ainsi quelques corrections. Cette anecdote fit sensation dans la ville. Les Romains, doutant un peu de la chose, engagèrent l'enfant à chanter ce miserere dans un concert. Il s'en acquitta à ravir[17]. Le célèbre Cristofori, qui l'avait chanté à la chapelle Sixtine, et qui était présent, rendit[18], par son étonnement[19], le triomphe de Mozart complet.

---

[5]Ind. Per. Def. of *manquer*, to miss. [6]i.e. *Ash-Wednesday*. [7]*the Sistine chapel*. [8]Pass. Ind. Impf. of *défendre*, to forbid. [9]*by heart*. [10]Ind. Per. Def. of *écrire* (écrivant, écrit). [11]*re-entering*. [12]*the inn*. [13]Pass. Part. Pr. of *répéter*, to repeat. [14]assister, *to assist;* also, *to be present*, the original Latin meaning, *to stand by*, being followed in Fr. [15]*again*. [16]Ind. Per. Def. of *pouvoir*. [17]*to rave;* à r., *in a manner to make one rave*, i.e. *charmingly*. [18]*rendered*. [19]*astonishment*.

76. Les Morts Célèbres[1].

Mirabeau[2] et Siéyès[3] causaient ensemble[4] sur les morts célèbres dont l'antiquité nous a transmis le récit[5]. Mirabeau disserta[6] longtemps, avec son éloquence accoutumée, sur le poignard[7] de Lucrèce[8], la ciguë[9] de Socrate et l'épée de Caton[10]. "Vous avez très-bien parlé," lui dit Siéyès, "mais ces grands personnages étaient soutenus[11] par de grands passions. Ils attachaient[12] sur eux le regard de tout un peuple[13], et pouvaient entendre d'avance[14] les éloges de la postérité. Je connais une mort dans laquelle il entre[15] peut-être[16] encore plus de force d'âme et de grandeur, et qui a bien[17] plus de simplicité."—"Laquelle donc?" demanda Mirabeau.— "C'est la mort d'un pauvre soldat que la mitraille[18] vient de[19] mutiler sur un champ de bataille, qu'[20]on jette[21] dans une charrette[22] dont chacun des cahots[23] lui cause d'horribles souffrances, qu'on abandonne

---

76. [1] *Celebrated Deaths.* [2]celebrated Fr. nobleman (1741-91). [3]i.e. *L'Abbé Siéyès.* [4]*together.* [5]*account.* [6]disserter, to expatiate. [7]*dagger.* [8]*Lucretia.* [9]*hemlock.* [10] *Cato.* [11]Pass. Impf. of *soutenir*, to sustain. [12]*attached, i.e. fixed.* [13]*all a people, i.e. an entire people.* [14]*in advance, i.e. beforehand.* [15]*there (il) enters.* [16]*it can (peut) be (être), i.e. perhaps.* [17]*well, i.e. much.* [18]*old iron*, and so, *grape and canister shot;* here generally, *the shot.* [19]i.e. *has just.* [20]*whom.* [21]Ind. Pr. of *jeter*, to throw. [22]*cart.* [23]*jolts.*

10*

dans un hôpital où l'on ne saurait[24] trouver un
chirurgien[25] pour le panser[26], un lambeau[27] de
linge[28] pour arrêter son sang, un verre[29] d'eau
pour étancher[30] sa soif[31]; qui a vécu[32] obscur, qui
meurt[33] de même[34], loin de ses parents, sans amis,
sans consolations, sans secours[35]—et qui meurt sans
se plaindre[36]!"—"Ah!" s'écria Mirabeau, "vous
pourriez[37] bien avoir raison[38]."

77. Sans Dreux[1].

Mme. de Guise étant allée[2] saluer le roi Henri
IV. peu[3] de jours après la réduction[4] de Dreux, le
roi lui dit en riant: "Ma cousine, vous voyez un roi
poudreux[5], mais non pas cendreux[6]" (sans Dreux).

---

[24] Cond. Pr. of *savoir* (sachant, su); idiom. with a foll. Inf.,
in the sense of *pouvoir*, to be able; *they would not know to
find*, i.e. *they cannot find*. [25] *surgeon*. [26] *to dress* (of wounds),
to groom (of horses); (*panse*, belly). [27] *shred, rag*. [28] *cloth*
(*lin*, flax); used in the same general sense as Eng. *linen* for
clothes not woollen. [29] *glass*. [30] *to quench*. [31] *thirst*. [32] Ind.
Per. Indef. of *vivre* (vivant, vécu), to live. [33] Ind. Pr. of
mourir (mourant, mort), to die. [34] *of the same*, i.e. *in the
same manner*. [35] *succor*. [36] *to bewail one's self*, i.e. *to complain*. [37] Cond. Pr. of *pouvoir; you could be able*, i.e. *you
would* (in such a case). [38] *to have reason*, idiom. for *to be
right*.

77. [1] *Without Dreux* (city of that name). [2] Part. Per. of
aller—aux., être. [3] *a little of*, i.e. *a few*. [4] i.e. by siege. [5] *dusty*
(*poudre*, powder). [6] *dusty* (lit. *dusty with ashes;* (*cendres*,
ashes).

78. Penser[1] et Panser[2].

Louis XV. n'aimait ni[3] la philosophie ni l'anglo-manie[4]. "Qu'avez-vous fait[5] en Angleterre?" disait-il au comte de Lauraguais, dont il n'aimait pas la gravité[6] affectée.—"Sire, j'y ai appris[7] à penser . . ."—"Des chevaux[8]," dit le roi en lui tournant le dos[9] brusquement[10].

79. Le Brahmanisme[1].

Pourquoi louer[2] les grands? pourquoi aller à la cour[3]? pourquoi briguer[4] les places, les dignités, les honneurs? pourquoi chercher par tous les moyens[5] qu'on peut mettre en usage, à s'avancer dans le monde? Tu ne savais[6] donc pas, mon ami, qu'il n'est[7] qu'[8]un seul bien[9] sur la terre, l'obscurité: l'obscurité, ce bienfait[10] de la Divinité, que Brama n'ac-

---

78. [1] *To think.* [2] *To groom* (take care of) horses. [3] the neg. *ni—ni, neither—nor,* requires *ne* before the verb. [4] *anglomania,* i.e. passion for things English. [5] Ind. Per. Indef. of *faire* (interr.), *did you do?* [6] *soberness* (gravity). [7] Ind. Per. Indef. of *apprendre,* to learn. [8] *horses* (sing. *cheval*); object of *panser,* the word mentally supplied by the king. [9] *back.* [10] *quickly* and *roughly;* no synonym in Eng.

79. [1] *Brahmanism* (the Hindu religion). [2] *to extol.* [3] *court.* [4] *to seek by intrigue* (*brigue,* intrigue). [5] *means.* [6] Ind. Impf. of *savoir* (sachant, su), to know. [7] il est, *there is.* [8] *ne-que, only.* [9] *good thing* (adv. used as a noun). [10] *boon* (benefit).

corde[11] qu'[8]à ses favoris : l'obscurité, la source du repos, l'origine de toutes les félicités[12] !   Tu la possédais[13], insensé[14], avant que l'ambition vint[15] séduire[16] ton imagination facile[17] à s'enflammer, et peut-être corrompre[18] ton cœur.   Tu vivais dans cette délicieuse obscurité, et tu t'es donné[19] mille[20] soins pour perdre[21] ce trésor céleste.   Tu t'es tourmenté pour fournir[22] à la Fortune les moyens de te tourmenter !   Apprends[23] que la véritable sagesse[24] dont on croit l'étude[25] difficile, longue, pénible[26] et compliquée[27], ne consiste que[8] dans deux maximes : " Ne faire aucun[28] mal et cacher[29] sa[30] vie."

80. Le Chevalier[1] Richard Steele[2].

Sir Richard Steele faisait bâtir[3] son château ; il ne manqua[4] pas de faire[5] faire[6] une chapelle, et il

---

[11]accorder, to grant. [12]delights. [13]Ind. Impf. of posséder, to possess. [14]insensate one, insane man (adj.). [15]Ind. Per. Def. of venir, to come ; came. [16]to seduce. [17]easy. [18]to corrupt. [19]Ind. Per. Indef. of se donner—aux., être, to give one's self. [20]a thousand. [21]to lose. [22]to furnish. [23]Imp. of apprendre, to learn. [24]wisdom. [25]of which they (on) think the study; Eng. idiom, the study of which is thought. [26]painful (peine, pain). [27]complicated. [28]aucun, not any, ni—ni, neither—nor, and other negative words, take ne before the verb. [29]to conceal. [30]his, i.e. one's.

80. [1]The Knight, i.e. Sir. [2]one of the English essayists, died 1729. [3]to build; Eng. idiom, to be built. [4]Ind. Per. Def. of manquer, to miss, fail. [5]to cause. [6]i.e. to be made.

voulut qu'elle fût vaste[7]. L'ouvrage avançait lentement parce qu'il ne payait pas ses ouvriers[8]. Un jour il alla les voir; ils le menèrent[9] dans sa chapelle, qu'ils venaient de[10] finir. Sir Richard ordonna à l'un d'eux de monter en chaire[11] et de parler, afin qu'on pût juger si la salle[12] était sonore[13]. L'ouvrier monte et demande ce qu'il doit[14] dire; on sait[15] bien qu'il n'est pas un orateur. "Dis[16] ce qu'il te viendra[17] à l'esprit[18]," lui répond sir Richard. Alors[19], d'un ton d'inspiré, l'ouvrier s'écrie: "Il y a six mois, sir Richard, que nous n'avons vu de[20] votre argent; quand[21] vous plaira[22]-t-il de nous payer?"—"Fort-bien[23]," dit sir Richard, "fort-bien: je t'ai très-bien entendu; mais tu as mal[24] choisi ton sujet."

81. Guillotin[1].

I.

Vers[2] la fin du mois de novembre 1813, un vieillard[3] suivait[4] lentement le quai[5] Saint-Michel et

---

[7] *large.* [8] *workmen.* [9] Per. Def. of *mener*, to lead. [10] *had just.* [11] *pulpit.* [12] *hall.* [13] *sonorous*, i.e. having good acoustic properties. [14] to owe (with other verbs, *ought to*), devoir, devant, du. [15] Pr. of *savoir; they know;* the words of the workman. [16] Imp. of *dire*, to say. [17] Ind. Fut. of *venir*, to come. [18] *mind.* [19] *then.* [20] *any of.* [21] *when.* [22] Ind. Fut. (interr.) of plaire (plaisant, plu). [23] *very well.* [24] *badly* (adv.).

81. [1] physician, inventor of the guillotine. [2] *toward.* [3] *old man.* [4] *followed*, i.e. *traversed.* [5] *quay.*

semblait[6] se diriger[7] vers le quartier populeux et
pauvre[8] qui entourait alors la noire métropole[9] de
Notre-Dame[10]. Il marchait un peu courbé[11] et appuyé[12] sur une canne[13] à pomme[14] d'ivoire[15]; un
chapeau à larges bords[16] entourait sa tête. Quoique
la nuit commençât à venir, il était facile encore de
distinguer la douceur[17] vénérable de sa physionomie
et l'expression profonde de découragement qui s'y
mêlait[18].

Malgré[19] son grand âge, car il ne comptait pas
moins de soixante-quinze[20] ans, le vieillard arriva
sur la place[21] Notre-Dame, entra dans plusieurs[22]
maisons, monta jusqu'aux[23] greniers[24] de trois ou
quatre taudis[25], visita plusieurs familles où se trouvaient des malades[26], et consola, par de douces et
bonnes paroles, toutes ces pauvres créatures.

Quand il eut terminé[27] ses œuvres[28] de charité,
quand il n'eut plus ni de consultations[29] gratuites[30]
à donner, ni d'aumônes[31] à distribuer, il se disposait

---

[6]sembler, to seem. [7]to direct. [8]poor. [9]metropolis. [10]Our
Lady; the church of that name giving its name to that
quarter of Paris. [11]bent (courber, to bend). [12]to support,
appuyer; leaned, i.e. leaning. [13]cane. [14]apple, i.e. head.
[15]ivory. [16]i.e. broad-brimmed. [17]sweetness (doux, soft). [18]mê-
ler, to mingle. [19]spite of (prep.); mal, ill, gré, agreement.
[20]sixty-fifteen, i.e. seventy-five. [21]square (place). [22]several.
[23]even (jusque) to (à) the (les). [24]garrets. [25]wretched holes.
[26]some sick, i.e. sick people. [27]2d Plup. of terminer, to finish.
[28]works. [29]i.e. medical advice. [30]gratuitous. [31]alms.

à regagner sa demeure[32] et s'approchait d'une voiture[33], car il était bien las[34], lorsqu'il entendit une
voix honteuse[35] qui sollicitait tout bas[36] ses aumônes. Il se retourna et vit un jeune homme.
"Que[37] ne travaillez-vous?" dit-il. "Je ne suis
pas assez riche pour venir en aide à ceux qui peuvent s'aider eux-mêmes."

Le mendiant[38] ne répondit pas un seul mot, se dé-
tourna rapidement, courut à la Grève[39] et là, après
un court[40] moment d'hésitation ou de prière, allait[41]
se jeter dans la Seine, lorsqu'il se sentit arrêter[42]
par le bras[43]; c'était le vieillard. Il avait compris
la fatale resolution du malheureux, et il était ac-
couru[44], aussi vite[45] que[46] le lui avaient permis ses
jambes[47] presque octogénaires, pour arracher[48] l'insensé au suicide.

II.

·Le vieillard prit la main[49] du jeune[50] homme et
posa[51] son doigt[52] sur l'artère[53] de son poignet[54]. Il
sentit un pouls[55] que secouait[56] avec violence une

---

[32] *dwelling.* [33] *carriage.* [34] *weary.* [35] *timid* (*honte,* shame).
[36] *all low,* i.e. *in a low tone.* [37] *what,* i.e. *why.* [38] *beggar.*
[39] *Strand,* where now stands *L'hôtel de ville.* [40] *brief.* [41] as in
Eng., *was going,* i.e. *was on the point of.* [42] *to stop,* i.e. *to be
stopped; seized.* [43] *arm.* [44] to run to, *accourir*—aux., *être* and
avoir. [45] *quick,* i.e. *quickly* (adv.). [46] *as.* [47] *legs.* [48] *to snatch.*
[49] *hand.* [50] *young.* [51] *poser,* to place. [52] *finger.* [53] *artery.*
[54] *wrist* (*poing,* fist). [55] *pulse.* [56] *to shake, secouer; agitated.*

fièvre ardente[57], et la lueur[58] rapide jetée par une voiture qui vint à[59] passer, lui montra des traits[60] profondément altérés[61] et empreints[62] de tous les caractères fatals d'une maladie grave. Il reconnut encore aux[63] vêtements et aux manières de l'infortuné qu'il n'appartenait[64] pas à la classe ouvrière[65]. "Votre état[66] demande les soins d'un médecin," dit-il. "Fiez[67]-vous à moi, monsieur, et je vous les donnerai."

Et il présenta son bras au jeune homme, qui se laissa emmener[68] dans une maison voisine et conduire au troisième étage[69], dans un petit appartement occupé par d'honnêtes artisans ébénistes[70]. "Madame Jeanne[71]," dit le médecin en s'adressant à une femme d'une quarantaine[72] d'années, "vous m'avez souvent[73] témoigné[74] le désir de m'être agréable[75], en remercîment[76] des soins que je vous ai donnés. Voici une occasion de le faire. Ce jeune homme de mes amis est malade. Prenez-le en pension[77] chez vous jusqu'à sa guérison[78]. Tenez, re-

---

[51] *burning.* [58] *glimmer* (*luir*, to shine). [59] *had just.* [60] *features.* [61] *altered*, i.e. *emaciated.* [62] *stamped.* [63] Eng. idiom, *from the.* [64] appartenir, to belong. [65] *working* (*œuvre*, work). [66] *condition* (state). [67] fier, to trust; Imp. [68] Eng. idiom, *allowed himself to be led.* [69] *story.* [70] *cabinet-makers* (*ébène*, ebony). [71] *mistress Jane.* [72] *a period of forty* (*quarante*), i.e. *about forty.* [73] *often.* [74] to testify, témoigner (*temoign*, witness). [75] i.e. *of service.* [76] *thankfulness.* [77] *as a boarder* (*pension*, boarding). [78] *cure.*

cevez cette bourse[79], vous y trouverez de quoi[80] faire l'acquisition des objets indispensables pour loger votre nouvel hôte[81]."—"Nous donnerions[82] notre propre lit[83] plutôt[84] que de mal coucher[85] quelqu'un amené[86] par vous, monsieur le docteur," interrompit l'ébéniste. Le médecin aida l'artisan et sa femme à déshabiller[87] le malade; après quoi il le saigna[88], écrivit l'ordonnance de[89] plusieurs prescriptions, et partit en promettant de revenir le lendemain de bonne heure[90].

Le lendemain, l'état du pauvre jeune homme avait empiré[91]; la fièvre prenait un caractère pernicieux; le délire avait paru et lui faisait proférer mille propos bizarres[92] dans une langue étrangère, que le docteur reconnut être la langue[93] allemande[94]. Il appelait sa mère[95] à son aide, il mêlait à des plaintes et à des paroles de désespoir des chants[96] nationaux; il promettait à sa fiancée[97] de l'épouser bientôt. Jamais la maladie n'avait produit un désordre d'idées plus absolu et plus douloureux.

Pendant huit[98] jours et huit nuits, les deux honnêtes personnes à qui le docteur avait confié l'étran-

---

[79] *purse.* [80] *of what,* i.e. *wherewith.* [81] *guest.* [82] Cond. Pr. of *donner.* [83] *bed.* [84] *more soon,* i.e. *sooner.* [85] coucher (to lay), to put to bed; *de m. coucher, to put into a poor bed.* [86] *brought.* [87] *to undress.* [88] saigner, to bleed (act.). [89] *the ordering of,* i.e. *the order for.* [90] *early.* [91] to grow worse, empirer (*pis,* worse). [92] *odd.* [93] *tongue.* [94] *German.* [95] *mother.* [96] *songs.* [97] *betrothed.* [98] *eight.*

11

ger veillèrent[99] au chevet[100] de son lit. Le vieux
médecin venait chaque jour le visiter plusieurs fois,
et enfin tant de soins et de dévouement reçurent
leur récompense. Le délire se dissipa, la fièvre
perdit de la gravité de son caractère, et l'on put
donner quelques aliments[101] légers au convalescent.

III.

Les premières paroles du convalescent furent
pour remercier[102] ses hôtes[103] et pour leur demander
le nom du charitable vieillard auquel il devait la
vie. A sa grand surprise, ils lui répondirent qu'ils
ne savaient pas ce nom.

Quand il le vit arriver le soir, il lui prit la main
et la porta respectueusement à ses lèvres[104].—"Je
vous dois la vie!" dit-il. "Je vous dois de ne pas
avoir commis un crime!"—"Un crime, oui, mon
enfant; car c'est toujours une grande faute que de
se soustraire[105] par le suicide aux épreuves[106] que
Dieu nous impose, et même aux injustices dont
nous frappe[107] la société en échange de services que
nous lui avons rendus.

"Laissons[108] là ces plaies[109], auxquelles ne doit pas

---

[99] Per. Def. of *veiller*, to watch. [100] *pillow.* [101] i.e. *nourishment.*
[102] *to thank.* [103] *hosts.* [104] *lips.* [105] to draw one's self from
under, sous (*under*), traire (*trainer*, to draw); *to flee from;*
que serves to give a substantive character to the sentence;
that of, to. [106] *trials* (proofs). [107] *smites.* [108] Imp. of *laisser,*
to leave. [109] *wounds,* i.e. *tender topics.*

toucher même une main amie[110]," interrompit le vieillard. "Voyons[111], parlons de vos projets, maintenant que vous voilà[112] en pleine convalescence! Que voulez-vous faire et comment pourrai-je[113] vous être utile?"—"Je vous devrais[114] toute l'histoire de ma vie, quand bien même[115] elle présenterait des secrets; mais elle est des plus simples et des plus vulgaires[116]. Je suis né[117] à Vienne; mon père y professait la médecine avec plus de succès de réputation que de succès de fortune. Il est[118] mort pauvre, il y a[119] quatre ans, sans laisser à ma mère d'autres ressources que le très-médiocre revenu d'une petite maison, son seul patrimoine, et l'espoir[120] chanceux[121] d'un héritage en litige[122] à Paris. J'avais étudié sous Sœmmering, illustré par de grandes études scientifiques. Rien n'eût manqué[123] à mes vœux si j'eusse pu[124] me former une petite clientèle[125], vivre du produit de mon travail et épouser ma cousine Mina, que

---

[110]*friendly.* [111]*let us see,* i.e. *come!* [112]the verb is implied in *voilà* (see there!); i.e. *you see yourself.* [113]Cond. of *pouvoir.* [114]Cond. of *devoir,* to owe. [115]*when well same,* i.e. *even though.* [116]*ordinary.* [117]to be born, naître, naissant, né, je naquis—aux., *être.* [118]the force of *être* as aux. to denote a state is clearly felt in this verb; *is dead,* i.e. *died.* [119]*there is,* idiom. for *ago.* [120]*hope.* [121]*doubtful.* [122]*in litigation.* [123]Subj. Plup. of *manquer,* to be lacking (to miss); *would have been wanting.* [124]Subj. Plup. of *pouvoir.* [125]*business-connection* (circle of patrons).

j'aimais. Mais les jeunes médecins ont peu de chances de clientèle et de fortune. Après une année d'essais inutiles, de vaines attentes et d'espérances déçues[126], ma mère me donna le conseil de partir pour Paris et de tâcher d'y recueillir[127] l'héritage, seule chance qui pût rendre désormais[128] possible mon mariage. J'obéis[129], je quittai Vienne, j'arrivai à Paris, je pris connaissance de[130] l'affaire; mes droits étaient incontestables; mais il fallait plaider[131], et je n'avais pas d'avances[132] suffisantes à faire aux avoués[133] et à l'avocat[134]. La guerre[135] fut déclarée par l'Allemagne à la France, et il me devint[136] impossible de regagner mon pays; heureux encore que mon obscurité ne me fît[137] point arrêter[138] comme prisonnier de guerre! Je vécus[139] quelque temps des[140] leçons d'allemand que je donnais à quelques étudiants[141], mais la maladie vint bientôt m'enlever[142] cette dernière ressource. Vaincu[143], brisé[144], presque fou[145] . . . Vous savez le reste . . . Je mendiai[146], monsieur, et sans vous je serais mort! mort par un suicide, mon Dieu!"—

---

[126] *deceived.* [127] *to gather,* i.e. *to recover.* [128] *henceforth.* [129] Per. Def. of *obéir,* to obey. [130] *made myself acquainted with.* [131] *to plead,* i.e. in court. [132] *advances,* i.e. *retaining-fee.* [133] *attorneys.* [134] *pleader* (barrister). [135] *war.* [136] devenir, to become. [137] Subj. Per. of *faire; may have caused.* [138] i.e. *to be arrested.* [139] Per. Def. of *vivre,* to live. [140] *from the.* [141] *students.* [142] *to take away.* [143] *conquered* (vaincre, vainquant, vaincu). [144] *broken* (briser, to bruise). [145] *fool,* i.e. *crazy.* [146] mendier, to beg.

"Le nom de votre père m'est connu, monsieur, malgré l'ignorance où nous sommes en France des grands travaux[147] qui se font à l'étranger[148]. Je sais que la médecine et l'histoire naturelle lui doivent d'importantes découvertes[149]."—"Mon père a surtout dirigé ses études sur le système nerveux."

Le vieillard devint pâle et sa voix était altérée quand il demanda : "Et quel est le résultat de ces travaux ?"—"Que de tous les supplices[150] inventés par les hommes, il n'en est pas de plus douloureux que la décollation[151]," reprit le jeune Allemand.

"Pour arracher à la nature ses secrets, mon père est allé sous l'échafaud recevoir les têtes que lui jetait la hache des bourreaux[152] ... Eh bien! il a acquis la fatale conviction qu'après la décollation l'intelligence reste longtemps intacte et avec toute sa puissance dans le cerveau[153], sans rien y perdre de ses perceptions."

Le vieillard tenait son visage caché[154] dans ses deux mains ; il pleurait[155].—"Mon récit vous fait peur[156], n'est-ce pas ? Mon père ne s'est livré[157] à ces épouvantables[158] études que[159] pour combattre le médecin français, inventeur d'un cruel instrument

---

[147] *labors* (sing. travail). [148] *at the stranger's,* i.e. *abroad.* [149] *discoveries.* [150] *punishments (supplier,* to beg). [151] *decapitation (colle,* neck). [152] *executioners.* [153] *brain.* [154] *hidden.* [155] to weep, pleurer. [156] *makes fear to you,* i.e. *horrifies you.* [157] to give one's self to, se livrer. [158] *fearful.* [159] *ne-que, only.*

de supplice ; instrument auquel, par un juste châti-ment[160], son nom reste et restera attaché : Guillotin !"

IV.

Le vieillard se releva majestueusement.--" Jeune homme," dit-il avec douceur, mais avec autorité, " laissez la calomnie[161] au vulgaire, et n'accusez pas un homme de bien[162] sur des bruits populaires et mensongers[163]. Guillotin, ce Guillotin que vous méprisez[164] et que haïssait[165] votre père ; Guillotin, dont on ne répète le nom qu'avec dégoût[166] ; Guillo-tin, dont le nom restera, vous l'avez dit, éternelle-ment attaché à un instrument de supplice, ne mérite ni ce mépris, ni cette honte[167], ni cette ignominie. Écoutez-moi bien, car les paroles que je vais vous dire ont besoin d'être entendues et crues[168], une fois du moins[169], par un cœur pur et loyal !

" Quand l'Assemblée nationale s'occupa de re-fondre[170] l'ancien système pénal, elle proclama, comme base[171] principale de son travail, l'abolition des tortures et des supplices inutiles. Guillotin, ce Guillotin objet d'exécration jusque dans votre Alle-magne ; Guillotin, qui depuis six ans faisait les mêmes études que votre père et qui, soit[172] erreur,

---

[160]*chastisement.* [161]*calumny.* [162]*of good,* i.e. *good.* [163]*un-truthful* (*mensonge,* a lie). [164]*mépriser,* to despise. [165]to hate, *haïr*; Ind. Impf. [166]*disgust.* [167]*shame.* [168]Pass. Inf. of *croire,* to believe. [169]*once at least.* [170]*to recast, remodel.* [171]*base,* i.e. *foundation.* [172]Subj. of *être; be it,* i.e. *whether it was.*

soit réalité, était arrivé à des résultats et à une conviction tout-à-fait[173] opposés, proposa de substituer
la décollation aux différents supplices usités jusqu'-
alors[174], à la roue[175], à la corde, au bûcher[176]. Il in-
diqua[177] donc comme[178] moyen d'exécution le plus
sûr et le moins douloureux, l'emploi d'une machine
connue en Italie sous le nom de *manaia*, décrite[179]
par le père Labat et inventée depuis des siècles[180],
comme l'atteste[181] un vieux tableau[182] de l'école[183]
byzantine. Voilà le crime de Guillotin! Voilà
ce qui lui vaut[184] l'exécration qui le poursuit[185]. Si
du moins on connaissait sa vie entière,—sa vie, il
peut le dire[186] avec un juste orgueil[187], sans tache[188]
et sans reproche; sa vie, pure devant Dieu et devant les hommes! Mais, hélas! ils ne savent[189] que
le mépriser et le calomnier!

"Puisque[190] vous avez entendu la justification de
ses infortunes[191], puisque vous ne le méprisez plus
—n'est-ce pas, vous ne le méprisez plus, monsieur?
—il faut que vous entendiez l'histoire de sa vie entière, afin que vous puissiez le défendre, le justifier,

---

[173] *altogether*.　[174] *even to then*, i.e. *until then*.　[175] *rack* (wheel).
[176] *stake* (fagot).　[177] indiquer, to indicate.　[178] *as*.　[179] Part.
Per. fem. of *décrire*, to describe.　[180] *since some ages*, i.e. *some
ages before*.　[181] attester, to attest.　[182] *drawing* (tablet).
[183] *school*.　[184] valoir, valant, valu, to be worth; Ind. Pr.;
brings upon.　[185] poursuivre, to pursue.　[186] *he can say it*.
[187] *pride*.　[188] *spot*.　[189] Pr. of *savoir*, to know.　[190] *inasmuch*.
[191] *misfortunes*.

et qu'au moins une voix s'élève une fois en sa fa-
veur ! Né[192] à Saintes, il professa[193] d'abord en
qualité[194] de père jésuite au collége des Irlandais[195]
de Bordeaux ; mais cette vie consacrée à un ensei-
gnement[196] mesquin[197] ne tarda[198] point à lui paraître étroite[199] et stérile. Il quitta donc la sou-
tane[200] et vint à Paris se livrer au goût[201] passionné
qu'il éprouvait[202] pour les sciences médicales. Des
travaux importants et consciencieux, attirèrent[203]
l'attention sur lui, et il exerça son honorable profession, non sans succès et sans renommée, jusqu'au
moment où la Révolution française éclata.

"Ayant reçu l'honorable mandat[204] de rédiger[205]
un travail sur les réformes sanitaires à opérer[206]
dans Paris, et d'organiser les écoles de médecine, de
chirurgie et de pharmacie, il conçut[207] la fatale pensée[208] d'une réforme dans la jurisprudence crimi-
nelle.

V.

"Pour récompense, il fut jeté en prison, en prison où ses compagnons d'infortune s'éloignaient

---

[192]naître, to be born. [193]*professed*, i.e. *was professor.* [194]*in
quality*, i.e. *in capacity.* [195]*of Irishmen*, i.e. *Irish.* [196]*in-
struction* (*enseigner*, to instruct). [197]*paltry.* [198]to tarry (re-
tard), tarder ; *tarried not*, i.e. *soon*, with the foll. Inf. [199]*nar-
row.* [200]*cassock* (*soutacher*, to braid). [201]*taste.* [202]éprouver,
to experience. [203]attirer, to draw to. [204]*commission.* [205]*to
draw up a writing ; to prepare.* [206]*to operate.* [207]concevoir,
to conceive. [208]*idea* (thought).

avec dégoût de lui, où ils l'accablaient[209] de leurs sarcasmes. Il attendait la mort avec résignation et presque avec joie, lorsque le 9 Thermidor[210] et la révolution qu'il amena[211] rendirent[212] le prisonnier à la liberté. Il voulut alors quitter la France et aller chercher un asile[213] dans quelque coin[214] de l'Amérique, où il eût pu vivre inconnu et se soustraire à l'anathème que la plus absurde prévention[215] attachait sur sa tête. On lui ordonna, au nom du pays[216], de rester en France et de consacrer le reste de sa vie au service de la patrie. Il n'hésita point, et jeta les bases[217] de la célèbre association connue sous le titre d'*Académie de médecine*, qui rend déjà de grands services et qui plus tard[218] doit[219] en rendre de plus grands encore. On lui offrit des places, des honneurs, mais il refusa tout ce qui pouvait le mettre en évidence[220], et ne voulut plus, lui malheureux paria[221], lui puni[222] en expiation d'un bienfait, agir[223] qu'en[224] citoyen obscur. Depuis lors, il propage[225] la vaccine[226], il porte de mansarde[227] en mansarde la consolation, et s'il n'est pas

---

[209] accabler, to overpower, heap upon. [210] the name of a month in the calendar instituted at the time of the French Revolution,—corresponding to July—August. [211] *brought in* (amener, to lead). [212] rendre, to restore. [213] *asylum.* [214] *corner.* [215] *prejudice.* [216] *country.* [217] *foundations.* [218] *late.* [219] *must* (*devoir,* ought to). [220] *notice* (evidence). [221] *Pariah.* [222] punir, to punish. [223] agir, to act. [224] *except as.* [225] propager, to propagate. [226] *vaccination.* [227] *garret.*

heureux, si une pensée cruelle domine[228] sans cesse
son esprit, du moins il rend quelquefois service et
tarit[229] des larmes[230]. Eh bien! mon ami, accu-
serez-vous encore Guillotin ?"—" C'est un ange[231] !"
s'écria Jeanne.—"Si jamais j'entendais dire du
mal !" . . . fit[232] son mari en retroussant[233] d'un air
de menace les manches[234] de sa chemise et en mettant à nu[235] deux bras nerveux[236]. " Je consacrerai
ma vie à le défendre et à combattre un coupable[237]
préjugé," ajouta le jeune Allemand.—"Rien ne saurait[238] détruire[239] ce préjugé," interrompit triste-
ment[240] le vieillard. "L'injustice a duré jusqu'-
aujourd'hui, et elle se perpétuera d'année en année,
de siècle en siècle! Mon nom est immortel! Mais,
hélas! quelle immortalité, mon Dieu !"

"Qu'importe[241]," ajouta-t-il après un moment de
silence et de méditation : "qu'importe! je trouverai
justice au ciel ; et je suis près du ciel! Il reste[242]
encore bien peu d'amertume[243] pour mes lèvres
dans la triste coupe[244] à laquelle elles s'abreuvent[245]
depuis si longtemps."

---

[228] dominer, to dominate ; *tyrannizes over.* [229] tarir, to dry up.
[230] *tears.* [231] *angel.* [232] *made,* idiom. for *said.* [233] retrousser, to
tuck up. [234] *sleeves.* [235] *putting to bare,* i.e. *baring.* [236] *sinewy.*
[237] *reprehensible.* [238] Cond. Pr. of *savoir,* used for *pouvoir,*
idiom. ; *could.* [239] *destroy.* [240] *sadly.* [241] *what imports it,* i.e.
what matter! [242] *there remains.* [243] *bitterness.* [244] *cup.* [245] s'a-
breuver, to give one's self water ; *have drunk.*

Ses pressentiments ne le trompaient[246] pas; le jeune Sœmmering, de retour à Vienne l'année suivante, grâce à la protection et aux secours[247] du vieillard, apprit que le 26 mai[248] 1814 le docteur Joseph-Ignace Guillotin était mort à Paris, à l'âge de 76 ans.

82. Petits-Maîtres[1].

Le prince de Condé, comblé[2] de la gloire que ses triomphes lui avaient acquise[3], était toujours suivi d'un nombreux cortége[4]. Il se l'[5]attacha, et, de[6] concert avec le prince de Conti, son frère et le duc de Longueville, en[7] forma, contre le cardinal Mazarin, un parti qu'on appelait le parti des petits maîtres, parcequ'ils voulaient être les maîtres de l'État. Ce nom resta, par la suite[8], aux jeunes gens[9] en[10] qui l'on vit[11] *fatuité*[12] *sur sottise*[13] *greffée*[14], comme disait le poëte Rousseau. "Nos petits maîtres," dit Voltaire, "sont l'espèce[15] la plus ridicule qui rampe[16] avec orgueil sur la surface de la terre."

---

[246]tromper, to deceive. [247]*succor.* [248]*May.*
82. [1]*Little Masters*, i.e. *coxcombs.* [2]combler, to heap; *loaded with.* [3]acquérir, to acquire. [4]*band* (of followers). [5]*le, it*, i.e. *cortége.* [6]Eng. idiom, *in.* [7]*of it*, i.e. *cortége.* [8]*by the following*, i.e. *eventually.* [9]*people*, i.e. *men.* [10]*in.* [11]Per. Def. of *voir*, to see. [12]fatuity, i.e. *conceitedness.* [13]*folly* (*sot*, silly). [14]greffer, to graft. [15]*species.* [16]ramper, to crawl; *cringes.*

83. Citoyen[1].

La révolution française avait changé ou détruit une foule[2] de choses et de dénominations, dont quelques-unes n'ont pas été rétablies[3]. Un homme se présente à l'une des barrières[4] de Paris, en 1793. On lui demande sa carte[5]; il répond qu'il l'a oubliée[6]; on l'interpelle[7] alors de décliner[8] son nom. "Je suis monsieur le marquis de Saint-Cyr."— "Citoyen, il n'y a[9] plus de[10] monsieur."—"Eh bien, le marquis de Saint-Cyr."—"Tu dois[11] savoir, citoyen, qu'il n'y a plus ni noblesse[12], ni titres, ni marquisats."—"En ce cas[13], de Saint-Cyr."—"On ne porte[14] plus le *de*."—"Alors, Saint-Cyr, tout court[15]."—"Nous n'avons plus de saints."—"Enfin[16], Cyr, puisque[17] vous le voulez."—"Il n'y a plus de sire."

---

83. *Citizen*, the only title allowed by the levellers of the Fr. Revolution. [2]*crowd*, i.e. *quantity*. [3]rétablir, to re-establish; Pass. Ind. Per. [4]*barriers*, i.e. *gates*. [5]*card*. [6]oublier, to forget. [7]interpeller, to summon. [8]*to state*. [9]*il y a, there is; ne-plus, no longer*. [10]*of*, i.e. *any*. [11]*ought to* (devoir, to owe). [12]*nobility*. [13]*in that case*, i.e. *that being the case*. [14]*one carries*, i.e. *we use*. [15]*all short*, i.e. *simply*. [16]i.e. *in one word*. [17]*since*.

84. Le Nom de Paris[1].

Le nom de la ville de Paris est formé de deux mots celtiques[2] : *par*, qui signifie un vaisseau, et *ys*, qui signifie hommes, comme qui dirait[3], " hommes de vaisseau," parceque les Parisiens, qui occupaient les deux bords de la Seine, profitaient de cette position pour faire un grand commerce par eau[4]. Ce commerce, qui a continué jusqu'à la troisième[5] race de nos rois, a donné lieu[6] à la ville de Paris de prendre pour armes[7] un vaisseau.

85. Le Cardinal de la Mer[1].

Un des plus spirituels[2] écrivains[3] de ce temps-ci a dit[4], en parlant d'un crustacé[5] qu'il aime, à ce[6] qu'il paraît[7] : " Le homard[8], ce cardinal de la mer." Cet écrivain gastronome[9] croit que le homard est rouge[10] avant d'être cuit[11].

---

84. [1] *The Name of Paris.* [2] *Celtic.* [3] *as who should say,* i.e. *as if one should say.* [4] *by water.* [5] *third.* [6] *place,* i.e. occasion. [7] i.e. *coat-of-arms.*

85. [1] *The Cardinal of the Sea.* [2] *intellectual* (*esprit*, mind). [3] *writers.* [4] Per. Indef. of *dire*, to say. [5] *crustacean.* [6] *to that which,* i.e. *as.* [7] Ind. Pr. of *paraître*, to appear; *it appears.* [8] *lobster.* [9] *gastronomic.* [10] *red.* [11] *cuire, cuisant, cuit,* to cook.

86. Enfance de Turenne[1].

Un soir, tout était en rumeur[2] et en émoi[3] dans le château de Sedan. La duchesse de Bouillon venait de souper[4] avec son fils cadet[5], le jeune Henri de Turenne, et le chevalier[6] de Vassignac, précepteur de l'enfant. Le duc de Bouillon, son père, prince souverain de Sedan, était resté[7] sur les remparts de cette ville pour donner des ordres à la garnison. Au dessert le petit Henri, qui avait[8] à peine neuf[9] ans, mit[10] comme toujours la conversation sur la guerre et sur la vie des héros grecs et romains que son précepteur lui faisait lire et commenter[11].

L'enfant accompagnait ses paroles animées de gestes[12] et de mouvements saccadés[13], et parfois[14] il contraignait son précepteur de simuler[15] avec lui quelque attaque ou quelque défense de place forte[16]; et lorsque le chevalier de Vassignac se fatiguait de ce jeu[17]: "Oh! que[18] mon père n'est il là[19]?"

---

86. [1] *The Childhood of Turenne;* a marshal of France under Louis XIV. [2] *noise.* [3] *anxiety.* [4] i.e. *had just had supper.* [5] *younger; eldest but one;* also, as here, *youngest.* [6] *Knight,* a title corresponding to *Sir* in the English nobility. [7] Plup. of *rester,* to remain, [8] *had,* i.e. *was.* [9] *nine.* [10] *put,* i.e. *turned.* [11] *to comment upon.* [12] *gestures.* [13] *abrupt* (*saccader,* to shake). [14] *at times,* i.e. *every little while.* [15] *to feign.* [16] i.e. *fortified place.* [17] *game.* [18] *why.* [19] *there,* i.e. *here.*

s'écriait le jeune Henri; "il me servirait bien de second, lui[20]! Mais pourquoi ne revient-il pas ce soir?"

"Il couchera[21] dans la place[22]," répondit la duchesse de Bouillon; "et par cette neige[23] froide qui tombe en couches[24] épaisses[25], je crains que son inspection des remparts ne soit bien pénible."

"Je voudrais[26] être avec lui," s'écria Henri; "c'est ainsi[27] qu'on se forme à la guerre, et non en se chauffant[28] près d'un grand feu, comme je le fais ce soir."

"L'âge[29] viendra," dit la mère; "en attendant[30], Henri, allez dormir; il est temps."

"Bonsoir, ma mère," dit le jeune vicomte de Turenne d'un air pensif.

La duchesse embrassa son fils, qu'un domestique précéda un flambeau[31] à la main; son précepteur le suivit; ils franchirent[32] l'escalier[33] qui conduisait du salon de famille à la chambre d'Henri, où l'on arrivait par un long couloir[34]. On était déjà[35] à la moitié de ce couloir, lorsque le jeune Turenne se

---

[20] *he,* i.e. *that he would.* [21] Fut. of *coucher,* to lay down; *will sleep.* [22] i.e. *the fortress.* [23] *snow.* [24] *beds.* [25] *thick; thick layers.* [26] Cond. of *vouloir,* to wish. [27] *thus.* [28] se chauffer, to warm one's self. [29] i.e. *the time.* [30] attendre, to wait; *meanwhile.* [31] *a light* (torch). [32] franchir, to pass a barrier; *ascended.* [33] *staircase.* [34] *passage* (couler, to flow; *couloir,* that through which any thing flows). [35] *already.*

pencha[36] sur l'épaule du domestique qui le précédait, souffla[37] le flambeau, donna un croc-en-jambe[38]
à son précepteur, franchit comme une flèche[39] l'escalier, la salle à manger, les offices, et s'élança[40]
dehors[41] par une porte qui donnait sur[42] les jardins[43].

La neige s'étendait sur la campagne[44], douce au
pas[45] comme un tapis[46] d'hermine[47]; le jeune fugitif
eut bientôt atteint[48] les remparts de Sedan, voisins
du château; il se fit reconnaître par[49] un des soldats
qui gardait une porte, dit qu'il avait à parler à son
père et entra dans la ville.

On appela Henri de Turenne; on le chercha de
salle en salle, de chambre en chambre, dans les galeries, dans les mansardes, dans les coins les plus
reculés[50] du château.

"Peut-être est-il sorti dans les champs[51]?" s'écria
tout à coup la duchesse de Bouillon, éclairée[52] par
un de ces instincts qui sont la seconde vue[53] des
mères.

Au moment où elle prononçait ces mots, on
arrivait justement[54] dans l'office[55] par lequel le

---

[36]se pencher, to incline one's self.   [37]souffler, to blow.
[38]crook-in-the-leg, i.e. a trip-up.   [39]arrow.   [40]s'élancer, to
fling one's self.   [41]outside.   [42]opened on.   [43]gardens.   [44]country
(the face of the country).   [45]tread (pace).   [46]carpet.   [47]ermine.
[48]atteindre, to attain; Plup.   [49]by; Eng. idiom, to.   [50]re-
culer, to retire; retired.   [51]fields.   [52]éclairer, to enlighten.
[53]sight.   [54]exactly.   [55]i.e. steward's room.

jeune Turenne s'était échappé[56]. "Voyez cette porte encore ouverte!" dit vivement la duchesse; "c'est par là, j'en suis sûre, qu'il est sorti."

"Justement[54], voilà la trace de ses petits pieds," dirent plusieurs domestiques en inclinant leurs flambeaux sur la neige.

"Oh! le malheureux! où est-il allé?" dit le précepteur transi[57]. "Que faire? où le chercher?"

La troupe de serviteurs, stimulée par M. de Vassignac qui en avait pris le commandement, s'avança jusqu'aux remparts de Sedan. La neige qui recommençait à tomber fouettait[58] les visages et avait recouvert les traces des pas du fugitif.

M. de Vassignac se fit reconnaître des sentinelles et obtint[59] de pénétrer dans la ville; mais la porte par laquelle[60] il y entra avec sa bande n'était pas la même qu'avait franchie Henri, de sorte que, lorsqu'il demanda au factionnaire[61] s'il n'avait pas vu passer le fils du duc de Bouillon, celui-ci ne sut[62] que[63] répondre. "Allons à l'intendance[64] militaire où couche le duc," dit Vassignac à la troupe des serviteurs; "là nous retrou-

---

[56] s'échapper, to escape. [57] transir, to paralyze (with emotion); *transe*, affright; Part. Per. [58] fouetter, to beat (*fouet*, whip). [59] obtenir, to obtain. [60] *which*. [61] *the soldier on post* (*faction*, guard-duty (faction). [62] Per. Def. of *savoir*, to know. [63] *what*. [64] *administration; place of* admin.; *headquarters*.

12*

verons peut-être notre jeune maître, et, s'il n'est pas
là, c'est son père qui nous guidera dans nos recherches."

A l'approche de cette bande portant des flambeaux, l'hôtel de l'intendance s'émut[65] ; on crut presque à quelque attaque nocturne, et le duc de Bouillon parut en armes dans la cour extérieure. En
apercevant le chevalier de Vassignac, il s'écria :
" Qu'arrive-t-il donc[66] ? la duchesse, mon fils, sont-
ils en danger ?"

Le chevalier lui dit de quoi il s'agissait[67].

" Je gage[68] que ce diable à quatre[69] est sur les
remparts, dans quelque bivouac, à se faire[70] raconter[71] des histoires de guerre," dit le duc, qui
connaissait l'âme de son fils. " Venez, mes amis,
nous le retrouverons."

Et il se mit en tête, donnant le bras au précepteur. Au premier feu de bivouac qu'ils trouvèrent
et autour duquel étaient rangés les soldats de garde,
l'officier de service[72] lui dit : " Nous l'avons vu,
monseigneur ; nous pensions[73] qu'il vous précédait

---

[65]s'émouvoir, to move one's self, to be excited; Per. Def.
[66]i.e. *what can be the matter?* [67]s'agir, to agitate itself, to
be a question; *what the matter was.* [68]gager, to wager.
[69]*devil-with-four*, i.e. *harum-scarum.* [70]*at making*, i.e. *en-
gaged in making.* [71]raconter, to relate; *se faire r.*, to cause
to be related to one's self. [72]*on duty.* [73]Impf. of *penser*, to
think.

ou qu'il vous suivait; il nous a fait[74] quelques questions sur la défense des places fortes, sur les armements[75] et les affûts[76] des canons, puis il nous a quittés en disant: 'Je veux faire ainsi le tour des remparts.'"

Le duc de Bouillon et ceux qui l'escortaient se remirent[77] en marche. Au bivouac suivant on lui dit encore: "Le jeune vicomte de Turenne a passé il y a[78] trois quarts d'heure; il s'est chauffé à notre feu, a goûté[79] au vin[80] de nos gourdes[81], puis il a dit: 'En avant[82]!' et s'est enfui[83] en courant[84]."

"Nous le rejoindrons," s'écria le père rassuré, et il continua à faire le tour des remparts.

Au troisième bivouac on lui dit: "Il n'y a pas un quart d'heure qu'il a passé; notre vieux sergent nous racontait des combats sanglants[85] du temps de la Ligue[86], et le jeune vicomte, votre fils, monseigneur, votre digne fils, écoutait béant[87] et s'est écrié au récit d'une tuerie[88]: 'J'aurais voulu[89] être là!'"

---

[74] *faire question,* to ask. [75] *equipment.* [76] *carriages* (affûter, to sharpen for service; and so, of cannon, that which prepares them for use). [77] se remettre, to put one's self again; *set off again.* [78] *il y a* (there is), with a designation of time, is idiom. for *ago.* [79] goûter, to taste. [80] *wine.* [81] *gourds* (used for drinking-cups). [82] *Forward!* [83] s'enfuir, to flee away. [84] *running; and was off on the run.* [85] *bloody.* [86] *League.* [87] *gaping; amazed* (bayer, to gape). [88] *killing* (tuer, to kill). [89] Cond. Per. of *vouloir; I wish I had been there!*

"Brave enfant," murmura le duc.

"Il ne nous a quittés que[90] lorsque[91] celui qui parlait s'est endormi de lassitude, là, près des cendres[92] chaudes[93], où il dort encore. En nous quittant, M. de Turenne a dit : 'Je vais voir ce qui se passe à l'autre bivouac.'"

Le père se remit en marche ; les canons des remparts allongeaient[94] sur la neige leur long cou[95] noir comme autant[96] de crocodiles sur une plage[97] d'Éthiopie. Le duc en passant les caressait de la main : "Ils dorment," disait-il, "mais ils se réveilleront quand apparaîtra l'ennemi."

Quelque chose tout à coup semble se mouvoir dans l'ombre. "Est-ce un soldat appuyé[98] sur sa pièce ?" s'écria le duc de Bouillon. Les torches que portaient les serviteurs s'inclinèrent[99], et le duc reconnut son fils qui dormait sur le canon couvert de neige, comme il l'eût fait[100] sur son lit dans la chambre de son précepteur.

Le duc de Bouillon sourit[101] d'orgueil[102] en reconnaissant son enfant.

"Ohé[103] ! ohé ! voici l'ennemi," cria-t-il en étei-

---

[90]*ne-que, only.* [91]*when.* [92]*ashes.* [93]*warm.* [94]allonger, to stretch. [95]*neck.* [96]*so many.* [97]*shore.* [98]appuyer, to lean ; *leaning ;* Fr. idiom, *leaned.* [99]i.e. *were lowered.* [100]Subj. Plup. of *faire ; as he would have done.* [101]sourir, to smile. [102]*pride.* [103]*hallo !*

gnant[104] les torches et en tirant[105] le petit Henri par la jambe.

" L'ennemi !" répéta Turenne à moitié éveillé[106]; " Eh bien ! qu'il arrive[107], je me battrai[108] !"

Et il se mit dans une posture guerrière[109], les poings[110] serrés[111] et tendus[112] en avant. Son père l'entoura de ses bras et l'y serrant[113] : " Prisonnier ! prisonnier de guerre !" s'écria-t-il.

" Vous, mon père ! vous !" dit le jeune vicomte en reconnaissant la voix.

" Oui ! oui ! Vous ne songez[114] pas, petit malheureux[115], à l'inquiétude de votre mère durant cette belle équipée[116]; et pourquoi, dans quel but[117] vous êtes-vous échappé du château ?"

" Je voulais, mon père, en couchant sur la dure[118] par[119] cette nuit glacée[120], m'essayer[121] aux fatigues de la guerre et voir si je serais capable de faire bientôt mes premières armes[122] sous vos ordres."

Dans ce temps-là, Henri de Turenne était un en-

---

[104]éteigner, to extinguish. [105]tirer, to pull. [106]éveiller, to awake. [107]Subj. of *arriver; that he may come*, i.e. *let him come.* [108]se battre, to beat one's self, i.e. *to fight.* [109]*warlike* (*guerre*, war). [110]*fists.* [111]serrer, to draw together, to close. [112]tendre, to extend. [113]i.e. *pressing.* [114]songer, to dream. [115]*unfortunate* (adj.), i.e. *rascal.* [116]*prank* (équiper, to equip). [117]*end, purpose.* [118]*hard*, i.e. *hard ground.* [119]*through*, i.e. *during.* [120]*iced* (glacer, to cover with ice); *frosty.* [121]s'essayer, to try one's self, i.e. to habituate one's self. [122]idiom. for *make a first campaign.*

fant faible et chétif[123], petit de taille[124], la poitrine[125] enfoncée[126], la mine[127] pâle ; ses yeux noirs brillaient dans leur orbite[128], et ses sourcils[129] épais[130], qui se touchaient, lui donnaient quelque chose de dur[131] et de méditatif. Sa mère tremblait toujours pour sa vie et redoutait[132] pour lui le métier[133] des armes. C'était afin de prouver sa force qu'il fit l'équipée que nous venons de raconter.

Né avec ces instincts belliqueux, Turenne n'en[134] fut pas moins, durant sa longue et glorieuse vie militaire, le plus compatissant[135] et le plus généreux des hommes.

Nous rappellerons ici quelques traits de son caractère qui complètent sa gloire :

Dans une retraite difficile, voyant un de ses soldats exténué[136] de faim[137] et de fatigue et qui s'était étendu au pied d'un arbre où l'ennemi l'aurait égorgé[138], il le plaça sur son propre[139] cheval et marcha à pied jusqu'à ce qu'il eût rejoint un de ses chariots, où il fit monter le malheureux qu'il venait de[140] sauver. Dans cette même retraite, qui dura treize[141] jours, il abandonna sur la route tous ses

---

[123] *sickly* (mean).   [124] *shape,* i.e. *size.*   [125] *chest.*   [126] enfoncer, to drive to the bottom ; *sunken.*   [127] *countenance.*   [128] *orbit,* i.e. *socket.*   [129] *eyebrows.*   [130] *thick.*   [131] *i.e.* in expression. [132] rédouter, to dread.   [133] *profession.*   [134] as often, with a mere *relative* force.   [135] *compassionate.*   [136] exténuer, to enfeeble. [137] *hunger.*   [138] Cond. Per. of *égorger,* to cut the throat. [139] *own.*   [140] *had just.*   [141] *thirteen.*

équipages[142], afin que ses fourgons[143] n'eussent[144] à transporter que des malades et des blessés[145].

Au siége de Saint-Venant, on le vit couper sa vaisselle[146] d'argent[147] et la distribuer aux soldats qui ne recevaient point de solde[148].

Jamais il ne voulut tremper[149] dans aucune concussion[150]. Un officier lui ayant indiqué le moyen de gagner quatre cent mille francs sans que personne[151] en sût[152] rien[153], il lui répondit froidement : " Je vous suis fort obligé ; mais ayant eu souvent de pareilles[154] occasions sans en[155] profiter, je ne changerai pas à l'âge où je suis."

Un de ses domestiques lui ayant un jour appliqué[156], dans les ténèbres[157], un grand coup par derrière[158], lui demandait pardon à genoux, disant qu'il l'avait pris pour Georges, son camarade. "Quand c'eût été[159] Georges," répliqua froidement le maréchal de Turenne en se frottant[160] à l'endroit[161] blessé, " il ne fallait pas frapper si fort."

Ce grand homme fut frappé par un boulet de canon pendant qu'il était occupé à reconnaître[162] la

---

[142] *outfit.* [143] *transportation-wagons;* of artillery, *the limber.* [144] Subj. Impf. of *avoir.* [145] blesser, to wound. [146] *vessel.* [147] *silver.* [148] *pay.* [149] *to dip.* [150] *peculation.* [151] *anybody.* [152] Subj. Impf. of *savoir,* to know. [153] *nothing;* the neg. is often repeated in Fr. [154] *similar.* [155] *of them.* [156] appliquer, to apply. [157] *darkness.* [158] *behind.* [159] *when it might have been* (Subj. Plup.), i.e. *even had it been.* [160] frotter, to rub. [161] *place.* [162] i.e. *to reconnoitre.*

position de l'ennemi, près de Subach, en Souabe, avant de livrer[163] bataille, et tomba mort de son cheval, le 27 juillet[164] 1675.

87. Versailles[1].

Versailles n'est ainsi[2] appelé que parce qu'avant que Louis XIV. en[3] fît une ville magnifique, et le lieu[4] de sa résidence, les chemins pour y arriver étaient si mauvais[5] que la plupart[6] des voitures y versaient[7].

88. Malherbe.

Ce poète mourut à Paris, en 1628, sous le règne de Louis XIII. Il était âgé de soixante-treize[1] ans, et avait vécu[2] sous six rois. Son nom marque[3] la seconde époque de la poésie française. Sa vie renferme[4] des particularités curieuses. Il était mordant[5] et satirique, même[6] pour ses meilleurs amis. Un personnage de la plus haute distinction récite une pièce de vers[7] à Malherbe et demande son

---

[163] *to deliver.*   [164] *July.*

87. [1]the palace, near Paris, where Louis XIV. established his court. [2]*thus.* [3]*of it.* [4]*place.* [5]*bad.* [6]*plus, part, greater part.* [7]verser, to overturn.

88. [1]*sixty-thirteen,* i.e. *seventy-three.* [2]Plup. of *vivre,* to live. [3]marquer, to mark. [4]renfermer, to enclose. [5]*biting,* i.e. *cutting.* [6]*even.* [7]*verse.*

avis[8] : "Avez-vous été condamné à être pendu[9] ou à faire ces vers?" lui répond le facheux[10] aristarque[11].

L'archevêque de Rouen, dînant avec lui, l'invite à venir entendre un de ses sermons. Malherbe s'endort au dessert, et le prélat le réveille pour aller à l'église[12]. "Je dormirai bien sans cela!" s'écrie le poète.

Balzac l'appelait le *tyran des mots et des syllabes*. "J'ai pitié d'un homme," dit-il, "qui traite[13] l'affaire[14] des gérondifs et des participes comme si c'était celle de deux peuples voisins, jaloux de leurs frontières[15] ... La mort l'attrapa[16] sur l'arrondissement[17] d'une période, et dogmatisant sur la vertu des particules[18]." Effectivement[19], notre poète poussait[20] la sévérité grammaticale jusqu'à l'exagération la plus comique. Cette manie le suivit jusqu'au tombeau. Une heure avant sa mort, et au milieu[21] de son agonie, il se leva tout à coup sur son séant[22], et reprit[23] vertement[24] sa garde[25], qui venait de pécher[26] contre la grammaire. Son con-

---

[8]*advice.* [9]Pass. Inf. Pr. of *pendre*, to hang. [10]*vexatious.* [11]*aristarch.* [12]*church.* [13]traiter, to treat. [14]*affair,* i.e. *business.* [15]*frontiers.* [16]attraper, to catch. [17]*rounding* (rond, round); it also means *district* (of a town). [18]*particles.* [19]i.e. *in fact.* [20]pousser, to push. [21]*midst.* [22]*seat; s. s. s.,* *in a sitting posture.* [23]reprendre, to take again; *took to task.* [24]*severely* (vigorously). [25]*nurse* (guard). [26]*to sin.*

fesseur ayant reproché au poète[27] cet emportement[28], il répondit qu'il voulait défendre jusqu'à la mort la pureté de la langue française.

89. Moliere[1].

Molière mourut d'une irritation de poitrine[2] dont il avait longtemps senti[3] les premières atteintes[4]. Un jour, Boileau alla le voir, et le trouva fort incommodé de sa toux[5]; il faisait des efforts de poitrine violents qui annonçaient une fin prochaine[6] : " Mon pauvre monsieur Molière, vous voilà[7] dans un état pitoyable[8]," lui dit Despréaux[9]; "vous devriez vous contenter de composer, et laisser l'action théâtrale[10] à quelqu'un de vos camarades." . . . " Ah! monsieur," répondit Molière, "que me dites-vous là? Il y a un honneur[11] pour moi à ne point les quitter." Le jour de la quatrième représentation du *Malade imaginaire*[12], Molière, se sentant plus indisposé que de coutume[13], fit appeler sa femme et lui dit, en présence de Baron[14] : " Je ne puis plus

---

[27] *reproached to the poet*, &c.; Eng. idiom, *reproached the poet with*, &c. [28] *carrying off* (porter, to carry), i.e. *passion*.

89. [1] writer and actor of comedies. [2] *chest*, i.e. *lungs*. [3] sentir, to feel. [4] *attacks*. [5] *cough*. [6] *near*. [7] *behold you*, i.e. *you are*. [8] *pitiable*. [9] *Nicolas Despréaux Boileau*. [10] i.e. *acting*. [11] i.e. *a point of honor*. [12] one of his best plays. [13] *of custom*, i.e. *usual*. [14] a comedian.

tenir contre les douleurs et les déplaisirs[15] qui ne me
donnent pas un instant de relâche[16]. Mais," ajouta-
t-il en réfléchissant[17], "qu'[18] un homme souffre avant
de mourir!" Sa femme et Baron le conjurèrent
alors, les larmes aux yeux, de ne point jouer ce jour
là : "Comment voulez-vous que je fasse?" leur dit-
il; "il y a cinquante pauvres ouvriers qui n'ont
que leur journée[19] pour vivre; que feront-ils si l'on
ne joue pas?" Molière joua donc le même jour.
Après la représentation, il monta dans la loge[20] de
Baron : "J'ai un froid qui me tue[21]," lui dit-il.
Transporté dans sa maison, il se mit au lit. Un
instant après, il lui prit[22] un accès de toux si violent qu'un vaisseau arteriel se brisa[23] dans sa poitrine. Le sang, qui sortait en abondance de sa
bouche[24], l'étouffa[25] au bout[26] de quelques minutes.
C'était le vendredi[27] 17 février 1675, à dix heures
du soir. Molière avait alors cinquante-un ans.

90. Piron.

Alexis Piron naquit à Dijon, le 9 juillet 1689,
de parents pauvres, mais honorables, qui donnèrent

---

[15] *dé*, neg. prefix, *plaisir*, pleasure; *troubles*. [16] *respite*. [17] ré-
fléchir, to reflect. [18] *that* (conj.); it marks the substantive
character of the sentence; *man must, let man*, &c. [19] *day*,
i.e. *daily earnings*. [20] *lodging*. [21] tuer, to kill. [22] *il prit, there
seized* (impers.). [23] se briser, to break itself. [24] *mouth*.
[25] étouffer, to choke. [26] *end*. [27] *Friday*.

à leur fils une éducation solide. Le plus grand
plaisir du jeune Alexis était de scander[1] des syllabes, de les mettre en ligne et de les rimer[2] tant
bien que mal[3]. A l'âge de cinquante ans, il fit *la
Métromanie*[4], dont personne n'aurait soupçonné[5] le
germe en lui. "Cette pièce," dit La Harpe, "est
un chef-d'œuvre de verve[6] comique et de gaieté."
Il mourut le 21 janvier 1775, a l'âge de quatre-
vingt-trois. Il avait ainsi fait son épitaphe:

> *Ci gît[7] Piron, qui ne fut rien,*
> *Pas même[8] Académicien!*

91. Le Chef-d'œuvre[1] Anonyme[2].

Un jour, Rubens[3], parcourant les environs de
Madrid, entra dans un couvent[4] de règle[5] fort aus-
tère, et remarqua, non sans surprise, dans le chœur[6]
pauvre et humble du monastère, un tableau[7] qui
révélait[8] le talent le plus sublime. Cette peinture[9]
représentait la mort d'un moine[10]. Rubens appela

---

90. [1] *to scan.* [2] *to rhyme.* [3] *as well good as bad; good and
bad together.* [4] *Metermania.* [5] soupçonner, *to suspect.* [6] *dash,
spirit.* [7] *ci, here, giser, to lie; here lies,* used on tomb-
stones. [8] *not even.*

91. [1] *chef,* chief, *œuvre,* work; *Masterpiece.* [2] *Anonymous.*
[3] chief of the Flemish school of painters (1577–1640). [4] *con-
vent.* [5] *rule; order.* [6] *choir.* [7] *tablet,* i.e. *picture.* [8] révéler,
to reveal. [9] *painting* (peindre, *to paint*). [10] *monk.*

ses élèves, leur montra le tableau, et tous partagèrent[11] son admiration.

"Et quel[12] peut[13] être l'auteur de cette œuvre ?" demanda Van Dyck, l'élève favori de Rubens.

"Un nom était écrit au bas[14] du tableau. Mais on l'a soigneusement[15] effacé," répondit Van Thulden.

Rubens fit engager[16] le prieur[17] à venir lui parler, et demanda au vieux moine le nom de l'artiste auquel[18] il devait son admiration.

"Le peintre n'est plus de ce monde."

"Mort[19]!" s'écria Rubens. "Mort! . . . Et personne[20] ne l'a connu jusqu'ici[21], personne n'a redit[22], avec admiration, son nom qui devait[23] être immortel ; son nom devant[24] lequel s'effacerait[25] peut-être le mien[26]! Et pourtant[27]," ajouta[28] l'artiste avec un noble orgueil, "pourtant, mon père, je suis Paul Rubens."

A ce nom, le visage pâle du prieur s'anima d'une chaleur[29] inconnue. Ses yeux étincelèrent[30], et il

---

[11]partager, to partake. [12]who. [13]Pr. of *pouvoir.* [14]*base,* i.e. *foot.* [15]*carefully* (*soin,* care). [16]*caused to engage,* i.e. *sent to beg.* [17]*superior* (lit. *one who prays*). [18]*à lequel, to whom.* [19]*dead!* (mourir, mourant, mort). [20]*anybody;* but always with neg. (expressed or understood), *nobody.* [21]*jusque,* even to, *ici,* here; *hitherto.* [22]redire, to repeat. [23]Cond. Pr. of *devoir,* ought to; *was to be.* [24]*before* (prep.). [25]Cond. Pr. of *effacer;* *would be effaced.* [26]*mine.* [27]*pour,* for, *tant,* so much ; *yet.* [28]ajouter, to add. [29]*warmth,* i.e. *flush.* [30]étinceler, to sparkle.

attacha sur Rubens des regards où se révélait plus que[31] la curiosité : mais cette exaltation ne dura qu'un moment. Le moine baissa[32] les yeux, croisa[33] sur sa poitrine[34] les bras qu'il avait élevés vers[35] le ciel dans un moment d'enthousiasme, et il répéta :

" L'artiste n'est plus de ce monde."

"Son nom, mon père, son nom, que je puisse l'apprendre[36] à l'univers, que je puisse lui donner la gloire qui lui est due[37] !"

Le moine tremblait ; une sueur[38] froide coulait de son front[39] sur ses joues[40] amaigries[41], et ses lèvres se contractaient convulsivement, comme prêtes[42] à révéler le mystère dont il possédait le secret.

"Son nom, son nom ?" répéta Rubens.

Le moine fit de[43] la main un geste solennel.

" Écoutez-moi," dit-il ; " vous m'avez mal compris[44] ; je vous ai dit que l'auteur de ce tableau n'est plus de ce monde ; mais je n'ai point voulu dire qu'il fût mort[45]."

" Il vit[46] ! Il vit ! Oh ! faites[47]-le-nous connaître ! faites-le-nous connaître !"

---

[31]*than.* [32]baisser, to lower. [33]croiser, to cross. [34]*breast.* [35]*toward.* [36]*to teach;* lit., *to take hold of* (prendre, to take), *to learn.* [37]Pass. Pr. of *devoir* (devant, du). [38]*sweat.* [39]*forehead.* [40]*cheeks.* [41]amaigrir, to make lean (*maigre,* lean); *emaciated.* [42]masc. prêt, *ready.* [43]Eng. idiom, *with.* [44]comprendre, to comprehend ; *mal c., to misunderstand.* [45]Pass. Subj. Impf. of *mourir,* to die. [46]vivre, to live. [47]Imp. of *faire,* to make.

"Il a renoncé aux choses[48] de la terre : il est dans un cloître, il est moine."

'Moine! mon père! moine! Oh! dites-moi dans quel couvent; car il faut qu'il en sorte[49]. Quand Dieu marque un homme du sceau[50] du génie, il ne faut pas que cet homme s'ensevelisse[51] dans la solitude. Dieu lui a donné une mission sublime, il faut qu'il l'accomplisse. Nommez-moi le cloître où il se cache, et j'irai[52] l'en retirer[53] et lui montrer la gloire qui l'attend! S'il me refuse, je lui ferai[54] ordonner[55] par notre saint-père le Pape de rentrer dans le monde et de reprendre ses pinceaux[56]. Le Pape m'aime, mon père, le Pape écoutera ma voix."

"Je ne vous dirai ni son nom, ni le cloître où il est réfugié[57]," répliqua le moine d'un ton résolu.

"Le Pape vous en donnera l'ordre!" s'écria Rubens exaspéré.

"Écoutez-moi," dit le moine, "écoutez-moi, au nom du ciel! Croyez-vous que cet homme, avant de quitter le monde, avant de renoncer à la fortune et à la gloire, n'ait point fortement lutté[58] contre une résolution semblable[59]? Croyez-vous qu'il

---

[48]*things.* [49]Subj. Pr. of *sortir,* to go out. [50]*stamp, seal.* [51]s'ensevelir, to bury one's self; Subj. Pr. [52]Fut. of *aller,* to go. [53]retirer, to retire (act. and neuter). [54]Fut. of *faire,* to cause. [55]Eng. idiom (after *faire,* to cause), *to be ordered.* [56]*brushes.* [57]réfugier, to take refuge. [58]lutter, to struggle. [59]*similar, such.*

n'ait point fallu[60] d'amères[61] déceptions[62], de cruelles douleurs[63], pour qu'[64]il reconnût[65] enfin," dit-il, en se frappant la poitrine, "que tout ici-bas[66] n'est que vanité? Laissez-le donc mourir dans l'asile qu'il a trouvé contre le monde et ses désespoirs. Du reste, vos efforts n'aboutiraient[67] à rien; c'est une tentation dont[68] il resterait[69] victorieux," ajouta-t-il en faisant le signe de la croix; "car Dieu ne lui retirera[53] point son aide; Dieu qui, dans sa miséricorde[70], a daigné l'appeler à lui, ne le chassera point de sa présence."

"Mais, mon père, c'est à l'immortalité qu'il renonce."

"L'immortalité n'est rien en présence de l'éternité."

Et le moine rabattit[71] son capuchon[72] sur son visage et changea d'entretien[73] de manière à empêcher Rubens d'insister davantage[74].

Rubens sortit du cloître avec son brillant cortége d'élèves, et tous retournèrent à Madrid, rêveurs[75] et silencieux.

---

[60]Subj. Per. of *falloir*, to be necessary; *may have been necessary; it did not require.* [61]*bitter.* [62]*deceivings* (also, *deceptions*). [63]*griefs.* [64]*for that,* i.e. *in order that.* [65]Subj. Impf. of *reconnaître*, to recognize. [66]*here low,* i.e. *here below.* [67]*aboutir*, to come to an issue (*but,* end); *à rien, come to nothing.* [68]*from which.* [69]*rester*, to remain; *will come off.* [70]*mercy.* [71]*rabattir*, to beat back (*re, battre*); *pulled down.* [72]*cowl.* [73]*conversation.* [74]*in addition* (adv.). [75]*dreamers,* i.e. *thoughtful.*

Le prieur, rentré[76] dans la cellule, se mit à genoux sur la natte[77] de paille[78] qui lui servait de lit et fit à Dieu une fervente prière.

Ensuite il rassembla[79] des pinceaux, des couleurs et un chevalet[80] gisants[81] dans sa cellule, et les jeta dans la rivière qui passait sous ses fenêtres. Il regarda quelque temps avec mélancholie l'eau qui entraînait[82] ces objets avec elle.

Quand ils eurent disparu, il vint se remettre en oraison[83] sur sa natte de paille et devant son crucifix de bois[84].

92. Jean-Baptiste Lulli.

Lorsqu'[1] en 1643 le chevalier de Guise, qui voyageait alors en Italie, se préparait à revenir en France, il reçut de Mademoiselle, duchesse de Montpensier, une lettre par laquelle[2] celle-ci[3] le priait[4] de lui choisir un enfant spirituel[5] de dix à douze ans, dont elle voulait faire son bouffon[6]. Après maintes[7] recherches[8], le chevalier, qui avait à cœur de se rendre agréable à Mademoiselle, se décida pour un petit Florentin d'une imagination

---

[76]Part. Per. of *rentrer*, to re-enter. [77]*mat.* [78]*straw.* [79]rassembler, to gather up. [80]*easel.* [81]giser, to lie. [82]entraîner, to take in train; *carried off.* [83]*prayer.* [84]*wood.*

92. [1]*when.* [2]*which;* masc., *lequel.* [3]*this one* (celle), *here* (ci); *the latter.* [4]prier, to beg. [5]*intellectual,* i.e. *bright;* (*esprit,* mind). [6]*jester.* [7]*many.* [8]*inquiries* (seekings).

vive, et surtout d'une si singulière laideur[9], qu'elle
suffisait, à première vue, pour provoquer le rire[10] :
cet enfant, c'était Jean-Baptiste Lulli.   Né de parents fort pauvres, mais d'un père assez[11] bon musicien, Lulli avait appris de si bonne heure[12] à jouer
du violon, qu'à dix ans il était déjà un instru-
mentiste[13] assez remarquable.   Le chevalier de Guise
n'eut pas de peine à décider les parents à une sépa-
ration qui devait faire la fortune de leur fils ; il
arriva en France avec le futur bouffon de Mademoiselle.   La physionomie originale[14] de Lulli ne
put trouver grâce[15] près de[16] la capricieuse princesse ;
l'enfant était venu en France pour briller[17] dans un
salon, Mademoiselle le renvoya à la cuisine[18], et, au
lieu de l'admettre au nombre de ses pages, elle le fit
descendre au rang de ses marmitons[19].   Relégué[20]
aussi[21] loin qu'il l'[22]était de sa protectrice, Lulli ne
s'occupa plus que[23] de se faire bien venir[24] des
nombreux[25] valets de la maison ; durant le jour il
les divertissait par ses naïves[26] saillies[27], et le soir[28],

---

[9] *homeliness.*   [10] rire, to laugh ; with the art., *laughter.*
[11] *enough;* assez bon, *pretty good.*   [12] *de bonne heure, of good
hour;* idiom. for *early;* si, *so.*   [13] *performer.*   [14] i.e. *peculiar.*
[15] *favor.*   [16] *near of,* Eng. idiom, *with.*   [17] *to shine.*   [18] *kitchen.*
[19] *scullions.*   [20] reléguer, to banish.   [21] *as.*   [22] *it,* idiom. ; *re-
ferring* to the banishment, but hardly translatable.   [23] *ex-
cept.*   [24] *of making himself to come well,* i.e. *in making himself welcome.*   [25] *numerous.*   [26] *ingenuous.*   [27] *sallies* (*saillir,*
to leap forth).   [28] i.e. *in the evening.*

quand l'heure du repos était venue pour les gens[29] qui composaient le service de la princesse, Lulli les réunissait[30] autour de lui, soit[31] dans l'antichambre, soit[31] dans la salle d'office[32], soit dans la cour[33], et il leur jouait, avec une admirable précision et une originalité d'exécution fort extraordinaires pour son âge et pour ce temps-là, les plus jolis airs nationaux[34] de Naples et de Florence. Le comte de Nogent, qui venait un jour en visite[35] chez la duchesse de Montpensier, entendit du pied de l'escalier[36] le petit virtuose[37] qui donnait son concert habituel aux valets de Mademoiselle, à l'étage[38] inférieur[39], où se trouvait[40] l'office; il s'arrêta un moment pour écouter le violôniste; puis, attiré[41] par le mérite de l'exécutant, le grand seigneur, tout paré[42] qu'il était pour une visite d'étiquette, ne dédaigna pas de descendre jusqu'à l'office, où Lulli faisait merveille[43] sur son violon.

La visite inattendue[44] du comte chez la duchesse de Montpensier changea tout à coup[45] la fortune de Lulli; le noble visiteur fit à Mademoiselle un si grand éloge[46] du-marmiton violoniste, que celle-ci

---

[29] *people.* [30] réunir, to reunite, *to gather.* [31] *soit* (subj. of *être; be it*), . . . *soit, either . . . or.* [32] *hall of the office*, i.e. *steward's room.* [33] *court-yard.* [34] *national.* [35] *venir en visite,* to pay a visit. [36] *staircase.* [37] *virtuoso.* [38] *stage*, i.e. *story.* [39] *lower.* [40] se trouver, to find itself; idiom. for *to be.* [41] attirer, to draw. [42] parer, to attire. [43] *wonder—was doing wonders.* [44] *unexpected.* [45] *suddenly.* [46] *eulogy.*

voulut l'entendre. Comme il était descendu du salon[47] à la cuisine, il remonta de la cuisine dans le salon. Un caprice l'avait condamné à une condition obscure, son talent précoce l'en fit sortir[48]; on l'avait réduit à n'avoir pour auditeurs que les valets de la maison, il mérita d'être apprécié par la plus brillante assemblée. La duchesse de Montpensier donna un concert dans lequel Lulli se fit entendre, et il obtint tous les suffrages.[49] Le roi créa pour lui la troupe[50] des petits violons de la chambre; et cette troupe, dont Lulli était le chef, eut une renommée[51] européenne. Ici finit l'enfance de Lulli. Son savoir[52] comme exécutant l'avait tiré de l'obscurité; son génie comme compositeur l'a rendu à jamais[53] célèbre. On le regarde, avec justice, comme le véritable créateur de l'opéra en France; il fut comblé[54] de gloire et de richesses; le roi l'anoblit[55]; et Molière, qui se connaissait[56] en hommes d'esprit[57], faisait le plus grand cas des[58] saillies originales de Lulli.

---

[47]*parlor.* [48]*to come out; fit sortir, brought him out.* [49]*all the suffrages;* idiom. for *approbation of all.* [50]*company.* [51]*renown.* [52]*to know;* as noun, *skill.* [53]*to ever,* i.e. *forever.* [54]combler, *to load.* [55]anoblir, to confer nobility. [56]*knew himself in,* i.e. *was a judge of.* [57]*wits.* [58]*made the greatest case of,* i.e. *set the highest value on.*

93. Meutre[1] de Thomas Becket[2].

Thomas Becket venait d'achever[3] son repas du matin, et ses serviteurs étaient encore à table; il salua les Normands[4] à leur entrée, et demanda le sujet de leur visite. Ceux-ci ne lui firent aucune[5] réponse intelligible, s'assirent[6], et le regardèrent fixement pendant quelques minutes. Regnault Fitz-Urse prit ensuite[7] la parole[8]. "Nous venous," dit-il, "de la part du roi pour que[9] les ex-communiés[10] soient absous[11], que les évêques[12] suspendus soient rétablis, et que vous-même donniez raison de vos desseins contre le roi."—"Ce n'est pas moi[13]," répondit Thomas, "c'est le souverain pontife lui-même qui a excommunié l'archévêque d'York, et qui seul par conséquent a droit[14] de l'absoudre. Quant[15] aux autres, je les rétablirai, s'ils veulent me faire leur soumission."—"Mais de qui donc," demanda Regnault, "tenez-vous votre archevêché[16]? Est-ce du roi, ou du pape?"—

---

93. [1]*Murder.* [2]Saxon created Archbishop of Canterbury, 1162, by Henry. [3]achever, to finish. [4]*Normans.* [5]*any.* [6]s'asseoir, to seat one's self. [7]*in, following* (*suivre,* to follow), i.e. *subsequently, then.* [8]*word: prendre la p.,* i.e. *to begin to speak.* [9]*for that,* i.e. *in order that.* [10]*those excommunicated.* [11]to absolve, absoudre, absolvant, absous; Pass. Subj. Per. [12]*bishops.* [13]*I.* [14]*right.* [15]*as for* (adv.). [16]*archbishopric.*

"J'en tiens les droits spirituels de Dieu et du pape, et les droits temporels du roi."—"Quoi[17], ce n'est pas le roi qui vous a tout donné!"—"Aucunement[18]," répondit Becket. Les Normands murmurèrent à cette réponse, traitèrent la distinction d'argutie[19], et firent des mouvements d'impatience, s'agitant sur leur siége[20] et tordant[21] leurs gants[22], qu'ils tenaient à la main. "Vous me menacez, à ce que[23] je crois," dit le primat[24], "mais c'est inutilement[25]; quand[26] toutes les épées de l'Angleterre seraient tirées[27] contre ma tête, vous ne gagneriez rien sur moi."—"Aussi[28] ferons-nous mieux que menacer," repliqua Fitz-Urse se levant tout-à-coup; et les autres le suivirent vers la porte, en criant: "Aux armes." La porte de l'appartement fut fermée[29] aussitôt derrière eux: Regnault s'arma dans l'avant-cour[30], et prenant[31] une hache des mains du charpentier[32] qui travaillait[33], il frappa contre la porte pour l'ouvrir ou la briser[34]. Les gens de la maison, entendant les coups de hache, supplièrent le primat de se réfugier dans l'église, qui communiquait à son appartement par un cloître

---

[17]*what!* [18]*by no means.* [19]*finesse, quibble; traiter de a.,* to consider a thing as a quibble. [20]*seat.* [21]tordre, to twist. [22]*gloves.* [23]*to that which,* i.e. *as.* [24]*primate.* [25]*uselessly,* Eng. idiom, *useless.* [26]*even if* (when). [27]Cond. of *tirer,* to draw. [28]*therefore.* [29]fermer, to close. [30]*the fore-court,* i.e. *the vestibule.* [31]to take, prendre, prenant, pris. [32]*carpenter.* [33]to work, travailler. [34]to break, briser.

ou une galerie[35] ; il ne le voulut point, et on allait[36] l'entraîner[37] de[38] force, quand un des assistants fit remarquer que l'heure des vêpres[39] avait sonné[40]. "Puisque[41] c'est l'heure de mon devoir[42], j'irai à l'église," dit l'archevêque ; et faisant[43] porter[44] sa croix[45] devant lui, il traversa le cloître à pas lente[46], puis marcha vers le grand autel[47], séparé de la nef[48] par une grille[49] de fer[50] entr'ouverte[51]. À peine[52] il avait les pieds sur les marches[53] de l'autel, que Regnault Fitz-Urse parut[54] à l'autre bout[55] de l'église, revêtu[56] de sa cotte de mailles[57], tenant à la main sa large épée à deux tranchants[58], et criant : "À moi[59]! à moi! loyaux servants du roi." Les autres conjurés[60] le suivirent de près, armés comme lui de la tête aux pieds, et brandissant[61] leurs épées. Les gens qui étaient avec le primat voulurent alors fermer la grille du chœur[62] ; lui même[63] le leur défendit, et quitta l'autel pour les en empêcher[64] ; ils le conjurèrent, avec de grands ins-

---

[35]*passage.* [36]*aller* with foll. Inf. is idiom. for *to be on the point of.* [37]to draw in, entraîner. [38]Eng. idiom, *by.* [39]*vespers.* [40]sonner, to sound. [41]*since.* [42]*duty,* i.e. *devotional duty.* [43]*causing.* [44]Eng. idiom, *to be carried.* [45]*cross.* [46]*slow.* [47]*high altar.* [48]*nave.* [49]*grating.* [50]*iron.* [51]entre, between, ouverte, *open; open work.* [52]*scarcely.* [53]*steps.* [54]paraître, to appear. [55]*end.* [56]revêter, to clothe. [57]*coat-of-mail.* [58]*cuttings* (verbal noun, from trancher, to cut); *double-edged.* [59]*to me!* i.e. *rally! help!* [60]*conspirators.* [11]brandir, to brandish. [62]*choir.* [63]*he himself.* [64]*to prevent.*

tances[65], de se mettre en sûreté dans l'église sou-
terraine[66], ou de monter l'escalier par lequel, à travers[67] beaucoup de détours, on parvenait au faîte[68]
de l'édifice.   Ces deux conseils furent repoussés[69]
aussi positivement que les premiers.   Pendant ce
temps les hommes s'avançaient; une voix cria:
"Où est le traître?"   Becket ne répondit rien.
"Où est l'archêveque?"—"Le voici," répondit
Becket, "mais il n'y a pas de traître ici.   Que
venez-vous faire dans la maison de Dieu avec un
pareil[70] vêtement[71]? quel est votre dessein?"—
"Que tu meures[72]."—"Je m'y[73] résigne, vous ne
me verrez[74] point fuir[75] devant vos épées; mais, au
nom de Dieu tout-puissant[76], je vous défends[77] de
toucher à aucun de mes compagnons, clerc ou
laïque[78], grand ou petit . . ."   Dans ce moment il
reçut par derrière un coup de plat[79] d'épée entre les
épaules[80]; et celui qui le lui porta[81] lui dit: "Fuis,
ou tu es mort."   Il ne fit pas un mouvement; les
hommes d'armes entreprirent[82] de le tirer hors[83] de
l'église, se faisant scrupule de l'y tuer.   Il se dé-
battit[84] contre eux, et déclara fermement qu'il ne

---

[65] urgings; Eng. idiom, most earnestly.   [66] subterranean.
[67] across, i.e. through.   [68] the ridge, roof.   [69] repousser, to re-
pulse.   [70] like, such.   [71] attire.   [72] to die, mourir, mourant,
mort.   [73] to it, i.e. death.   [74] Fut. of voir (voyant, vu), to see.
[75] to flee.   [76] powerful.   [77] défendre, to forbid.   [78] clerk or lay-
man.   [79] flat.   [80] shoulders.   [81] i.e. struck.   [82] entreprendre, to
undertake.   [83] out of.   [84] se débattre, to resist.

sortirait point, et les contraindrait[85] à exécuter sur la place même leurs intentions ou leurs ordres. Guillaume de Tracy leva son épée, et d'un même coup de revers[86], trancha la main d'un moine[87] saxon appelé Edward Gryn, et blessa[88] Becket à la tête. Un second coup, porté par un autre Normand, le renversa la face contre terre; un troisième lui fendit[89] le crâne[90], et il fut asséné[91] avec une telle violence, que l'épée se brisa sur le pavé[92]. Un homme d'armes, appelé Guillaume Mautrail, poussa du pied le cadavre[93] immobile, en disant: "Qu'ainsi[94] meure le traître qui a troublé le royaume et fait insurger[95] les Anglais."

94. Un Voyage en Calabre[1].

Un jour je voyageais en Calabre. C'est un pays de méchantes[2] gens, qui, je crois, n'aiment personne, et en veulent[3] surtout aux Français. De[4] vous dire pourquoi, cela serait long; suffit[5] qu'ils

---

[85]contraindre, to constrain. [86]*of backward*, i.e. *back-handed*. [87]*monk*. [88]blesser, to wound. [89]fendre, to split. [90]*skull*. [91]asséner, to deal a blow; *was struck down*. [92]*pavement*. [93]*corpse*. [94]*that thus may die*, i.e. *so let die*. [95]insurger, to rebel.

94. [1]*A Journey in Calabria*. [2]*wicked*. [3]Ind. Pr. 3d pers. pl. of *vouloir*, to wish; *en v. à*, idiom.; *to bear ill will toward*. [4]Eng. idiom, *to*. [5]impers. Pr. of *suffire*, to suffice; *suffice it*.

nous haïssent[6] à mort, et qu'on passe fort mal son temps lorsqu'on tombe entre leurs mains. Dans ces montagnes les chemins sont des précipices, nos chevaux marchaient avec beaucoup de peine ; mon camarade allant devant, un sentier[7] qui lui parut plus praticable et plus court[8] nous égara[9]. Ce fut ma faute ; devais-je me fier[10] à une tête de vingt ans ? Nous cherchâmes, tant[11] qu'il fit jour, notre chemin à travers ces bois[12] ; mais plus nous cherchions, plus nous nous perdions[13], et il était nuit noire[14] quand nous arrivâmes près d'une maison fort noire. Nous y entrâmes, non sans soupçon[15] ; mais comment faire[16] ? Là nous trouvons toute une famille de charbonniers[17] à table, où du premier mot[18] on nous invita. Mon jeune homme ne se fit pas prier[19] : nous voilà[20] mangeant[21] et buvant[22], lui du moins[23] ; car pour moi j'examinais le lieu[24] et la mine[25] de nos hôtes. Nos hôtes avaient bien[26] mines de charbonniers ; mais la maison, vous l'eussiez prise[27] pour un arsenal. Ce n'étaient que[28]

---

[6]haïr, to hate. [7]*path.* [8]*short.* [9]égarer, to lead astray. [10]*to trust.* [11]*so much,* i.e. *so long.* [12]*woods.* [13]perdre, to lose. [14]*night black,* i.e. *pitch-dark.* [15]*suspicion.* [16]idiom. ; *what could we do?* [17]*charcoal-burners* (*charbon,* charcoal). [18]*from the first word,* i.e. *without parley.* [19]*to beg,* i.e. *to be urged.* [20]*behold us!* i.e. *there we were.* [21]manger, to eat. [22]boire (buvant, bu), to drink. [23]*at least.* [24]*place.* [25]*aspect.* [26]*quite.* [27]Cond. Per. of *prendre,* to take. [28]*ne-que, only,* i.e. *nothing but.*

fusils[29], pistolets, sabres, couteaux[30], coutelas[31]. Tout
me déplut[32], et je vis bien que je déplaisais aussi.
Mon camarade, au contraire : il était de la famille,
il riait, il causait[33] avec eux ; et, par une impru-
dence que j'aurais dû[34] prévoir[35], il dit d'abord d'où
nous venions, où nous allions, qui nous étions ;
François[36], imaginez un peu[37] ! chez nos plus mor-
tels ennemis, seuls, égarés, si loin de tout secours
humain ! et puis[38], pour ne rien omettre[39] de ce
qui pouvait nous perdre, il fit le riche[40], promit à
ces gens pour la dépense[41], et pour nos guides le
lendemain, ce qu'ils voulurent. Enfin, il parla de
sa valise, priant fort qu'on en eût[42] grand soin[43],
qu'on la mît[44] au chevet[45] de son lit ; il ne voulait
point, disait-il, d'autre traversin[46]. Ah ! jeunesse[47] !
jeunesse ! que votre âge est à plaindre[48] ! Cousine,
on crut que nous portions les diamants de la couronne : ce qu'il y avait qui lui causait[49] tant de
souci[50] dans cette valise, c'étaient les lettres de sa
maîtresse[51].

---

[29] *guns.* [30] *knives.* [31] *cutlasses.* [32] to displease, déplaire, dé-
plaisant, déplu. [33] causer, to chat. [34] Cond. Per. of *devoir*
(ought to). [35] prévoir, to foresee. [36] *Francis,* his cousin, to
whom the letter is written. [37] *imagine a little !* idiom ; *just
fancy !* [38] *then.* [39] *to omit.* [40] *faire le riche, to play the rich
man.* [41] *expense.* [42] *should have,* i.e. *should take.* [43] *care.*
[44] Subj. Pr. of *mettre,* to put. [45] *pillow.* [46] *bolster* (*travers,*
across). [47] *youth !* [48] *to lament,* i.e. *to be pitied.* [49] causer, to
cause. [50] *anxiety.* [51] *mistress.*

Le souper fini, on nous laisse ; nos hôtes couchaient[52] en bas, nous dans la chambre haute[53] où nous avions mangé. Une soupente[54] élevée[55] de sept à huit pieds, où l'on montait par une échelle[56], c'était là le coucher[57] qui nous attendait[58] ; espèce[59] de nid[60], dans lequel on s'introduisait en rampant[61] sous des solives[62] chargées de provisions pour toute l'année. Mon camarade y grimpa[63] seul, et se coucha tout endormi, la tête sur la précieuse valise. Moi, déterminé à veiller, je fis bon feu, et m'assis auprès. La nuit s'était déjà passée presque entière assez tranquillement, et je commençais à me rassurer, quand sur l'heure où il me semblait que le jour ne pouvait être loin, j'entendis au-dessous de moi notre hôte et sa femme parler et se disputer ; et, prêtant[64] l'oreille[65] par la cheminée[66] qui communiquait avec celle d'en bas, je distinguai parfaitement ces propres[67] mots du mari[68] : *Eh bien ! enfin voyons[69], faut-il les tuer tous deux ?* A quoi la femme répondit : *Oui.* Et je n'entendis plus rien.

Que vous dirai-je ? je restai respirant[70] à peine, tout mon corps froid comme un marbre[71] ; à me

---

[52]coucher, to lay; *slept.* [53]*high,* i.e. *upper.* [54]*loft (sous,* under, *pente,* pitch of the roof). [55]élever, to raise. [56]*ladder.* [57]*the resting-place.* [58]attendre, to await. [59]*a kind.* [60]*nest.* [61]ramper, to crawl. [62]*rafters.* [63]grimper, to creep. [64]prêter, to lend. [65]*ear.* [66]*chimney.* [67]i.e. *very.* [68]*husband.* [69]*at last let us see,* i.e. *now then, come !* [70]respirer, to breathe. [71]*marble.*

voir, vous n'eussiez su[72] si j'étais mort ou vivant.
Dieu! quand j'y pense encore!... Nous deux
presque sans armes, contre eux douze ou quinze
qui en avaient tant! Et mon camarade mort de
sommeil et de fatigue! L'appeler, faire du bruit,
je n'osais; m'échapper tout seul, je ne pouvais; la
fenêtre n'était guère haute[73], mais en bas deux gros
dogues[74] hurlant[75] comme des loups[76]... En quelle
peine je me trouvais, imaginez-le si vous pouvez.
Au bout d'un quart d'heure, qui fut long, j'entends
sur l'escalier quelqu'un, et, par les fentes[77] de la
porte, je vis le père, sa lampe dans une main, dans
l'autre un de ses grands couteaux. Il montait, sa
femme après lui; moi derrière la porte: il ouvrit;
mais avant d'entrer il posa la lampe, que sa femme
vint prendre[78]; puis il entre pieds nus[79], et elle de
dehors[80] lui disait à voix basse[81], masquant[82] avec
ses doigts[83] le trop[84] de lumière de la lampe: *Doucement*[85], *va doucement.* Quand il fut à l'échelle, il
monte, son couteau dans les dents; et venu[86] à la
hauteur du lit, ce pauvre jeune homme étendu[87]
offrant sa gorge[88] découverte, d'une main il prend
son couteau, et de l'autre... Ah! cousine...

---

[72]savoir (sachant, su), to know. [73]*hardly high*, i.e. *not very
high.* [74]*house-dogs.* [75]hurler, to howl. [76]*wolves.* [77]*cracks.*
[78]*came and took.* [79]*bare.* [80]*outside.* [81]*low.* [82]masquer, to
mask; *shading.* [83]*fingers.* [84]*the too much,* i.e. *excess.*
[85]*softly.* [86]*having come.* [87]étendre, to stretch. [88]*throat.*

Il saisit un jambon[89] qui pendait au plafond[90], en coupe une tranche[91], et se retire comme il était venu. La porte se referme, la lampe s'en va, et je reste seul à mes réflexions.

Dès que le jour parut, toute la famille à grand bruit vint nous éveiller, comme nous l'avions recommandé. On apporte à manger: on sert[92] un déjeuner fort propre, fort bon, je vous assure. Deux chapons[93] en faisaient partie, dont il fallait[94], dit notre hôtesse, emporter l'un et manger l'autre. En les voyant, je compris enfin le sens de ces terribles mots: *faut-il les tuer tous deux?* Et je vous crois[95], cousine, assez de pénétration pour deviner à présent ce que cela signifiait.

95. Retraite du Marechal Ney[1].

La grand armée avait presque entièrement disparu. Deux rois, un prince, huit maréchaux suivis de quelques officiers, des généraux à pied dispersés et sans aucune suite, enfin quelques centaines[2] d'hommes de la Vieille-garde encore armés, en étaient les restes[3]; eux seuls la représentaient, ou

---

[89] *ham.*　[90] *ceiling.*　[91] *slice.*　[92] servir, to serve.　[93] *capons.*
[94] *it was necessary,* i.e. *we were.*　[95] croire, to think; idiom; *give you credit for.*

95. [1] *The Retreat of Marshal Ney.*　[2] *hundreds.*　[3] *remains.*

plutôt[4] elle respirait[5] encore tout entière dans le maréchal Ney.

Compagnons! alliés! ennemis! on peut invoquer votre témoignage[6]. Rendons à la mémoire d'un héros malheureux l'hommage qui lui est dû : les faits[7] suffiront. Tout fuyait[8], et Murat lui-même, traversant Kowno comme il avait traversé Wilna, donnait, puis retirait[9] l'ordre de se rallier à Tilsit, et se décidait ensuite pour Gumbinnen. Ney entre alors dans Kowno, seul avec ses aides-de-camp, car tout a cédé ou succombé autour de lui.

Depuis Viazma, c'est la quatrième arrière-garde[10] qui s'use[11] et qui se fond[12] entre ses mains. Mais l'hiver[13] et la famine, plus encore que les Russes, les ont détruites[14]. Pour la quatrième fois il est resté seul devant l'ennemi, et, toujours inébranlable[15], il cherche une cinquième[16] arrière-garde.

Le maréchal trouve dans Kowno une compagnie d'artillerie, trois cents Allemands qui en formaient la garnison, et le général Marchand avec quatre cents hommes.

Il en prend le commandement : et d'abord[17] il

---

[4] *rather.* [5] *respirer, to breathe.* [6] *testimony.* [7] *deeds.* [8] fuir (fuyant, fui), *to fly.* [9] *revoked.* [10] *rear-guard.* [11] *i.e. is used.* [12] fondre, *to melt;* Eng. idiom, *it is the fourth rear-guard, since leaving Viazma, which has been employed,* &c. [13] *winter.* [14] détruire, *to destroy.* [15] *undismayed (*ébranler, *to shake).* [16] *fifth.* [17] *at first.*

parcourt la ville pour reconnaître sa position, et rallier encore quelques forces : il n'y trouve que des malades et des blessés[18], qui s'essaient[19] en pleurant[20] à suivre notre déroute.

Pour la huitième[21] fois depuis Moscou, il a fallu les abandonner en masse dans leurs hôpitaux, comme on les a abandonnés en détail sur toute la route sur tous nos champs de bataille et à tous nos bivouacs.

Plusieurs milliers[22] de soldats couvrent la place et les rues environnantes ; mais ils y sont étendus devant des magasins[23] d'eau-de-vie[24] qu'ils ont enfoncés[25], et où ils ont puisé[26] la mort, en croyant y trouver la vie.

Voilà les seuls secours que lui a laissés Murat. Ney se voit seul en Russie, avec sept cents recrues[27] étrangères[28]. A Kowno, comme après les désastres de Viazma, de Smolensk, de la Bérésina et de Wilna, c'est encore à lui qu'on a confié l'honneur de nos armes, et tout le péril du dernier[29] pas de notre retraite. Il l'accepte. Le 14, au point du jour[30], l'attaque des Russes commence.

Pendant qu'une de leurs colonnes se présente brusquement par la route de Wilna, une autre passe le Niémen sur la glace[31], au-dessus de la

---

[18] wounded. [19] s'essayer, to exert one's self. [20] pleurer, to weep. [21] eighth. [22] thousands. [23] shops. [24] water-of-life, i.e. brandy. [25] have broken open. [26] puiser, to draw (from a well (puits). [27] recruits. [28] foreign. [29] last. [30] i.e. daybreak. [31] ice.

ville, prend pied[32] sur les terres prussiennes; et, toute fière[33] d'avoir la première franchi sa frontière, elle marche au pont[34] de Kowno, pour fermer[35] à Ney cette issue, et lui couper toute retraite.

Les premiers coups se font entendre à la porte de Wilna: Ney y court. Il veut éloigner le canon de Platof avec le sien[36]; mais déjà[37] il trouve ses pièces enclouées[38], et ses artilleurs en fuite. Furieux, il s'élance, l'épée haute[39], sur l'officier qui les commanda; il l'eût tué sans son aide-de-camp, qui para[40] le coup et protégea la fuite de ce malheureux.

Ney appelle alors son infanterie; mais alors des deux faibles bataillons qui la composent, un seul a pris les armes: ce sont les trois cents Allemands de la garnison. Il les place, il les exhorte, et, l'ennemi s'approchant, il va leur commander le feu[41], quand un boulet russe, écrêtant[42] la palissade, vient casser la cuisse[43] de leur chef.

Cet officier tombe, et, sans hésiter, se sentant perdu, il prend froidement[44] ses pistolets, et se brûle la cervelle[45] devant sa troupe. A ce coup de désespoir,

---

[32] *gains a footing.* [33] *all proud,* i.e. *in the fulness of their pride.* [34] *bridge.* [35] fermer, to close. [36] *his own.* [37] *already.* [38] enclouer, to spike (*clou,* a nail). [39] *with drawn sword.* [40] parer, to parry; also, to deck. [41] i.e. *to fire.* [42] écrêter, to skim the crest (*crête*) of. [43] *thigh.* [44] *coolly.* [45] *brain;* i.e. *blows out his brains.*

ses soldats s'effraient, et tous à la fois il jette leurs armes et fuient éperdus[46].

Ney, que tout abandonne, ne s'abandonne pas lui-même, il n'abandonne pas son poste. Après d'inutiles efforts pour retenir ces fuyards[47], il ramasse[48] leurs armes encore toutes chargées[49], et redevient[50] soldat; et lui cinquième[51] il fait face à des milliers de Russes.

Son audace les arrête; elle fait rougir[52] quelques artilleurs, qui imitent leur maréchal; elle donne à l'aide-de-camp Heymès et au général Gérard le temps de ramasser trente[53] soldats, de faire avancer deux ou trois pièces[54] légères, et à Marchand celui de réunir le seul bataillon qui reste.

Mais en ce moment éclate[55], au-delà du Niémen, et vers le pont de Kowno, la seconde attaque des Russes. Il était deux heures[56] et demie[57]. Ney envoie Marchand et ses quatre cents hommes pour reprendre et assurer ce passage.

Pour lui, sans lâcher[58] prise[59], sans s'inquiéter davantage de ce qui se prépare derrière lui, il combat à la tête de trente hommes, et se maintient jusqu'à la nuit à la porte[60] qui arrive vers[61] Wilna.

---

[46]*desperate* (adj.)   [47]*fugitives.*   [48]ramasser, to gather. [49]*loaded.*   [50]redevenir, to become again.   [51]*he the fifth,* i.e. *with four others.*   [52]*to redden,* i.e. *blush.*   [53]*thirty.*   [54]i.e. *of cannon.*   [55]éclater, to burst.   [56]i.e. *o'clock.*   [57]*half.*   [58]*to let go.*   [59]*hold; l. p., to retire, to give up.*   [60]*gate.*   [61]i.e. *by which one arrives coming from Wilna.*

Alors il traverse Kowno et le Niémen, toujours en combattant, reculant et ne fuyant pas, marchant après tous les autres, soutenant jusqu'au dernier moment l'honneur de nos armes, et, pour la centième fois depuis quarante jours et quarante nuits, exposant sa vie et sa liberté pour sauver quelques Français de plus.

Il sort enfin de cette fatale Russie, le dernier de la grand armée, montrant au monde l'impuissance de la fortune contre les grands courages[61], et prouvant que, pour les héros, tout tourne en gloire, même les plus grands désastres.

Il était huit heures du soir quand il parvint sur la rive alliée[62]. Alors voyant la catastrophe accomplie, Marchand repoussé jusqu'à l'entrée du pont, et la route de Wilkowisky, que suivait Murat, toute couverte d'ennemis, il se jeta à droite, s'enfonça dans les bois, et disparut.

---

[62] i.e. *brave spirits.*   [63] *bank allied,* i.e. *bank held by the allies.*

96. Le Bureau[1] de Journal[2].

PERSONNAGES.

MERLIN, *valet du Rédacteur*[3].
LA RISSOLE, *vieux soldat.*

Le théâtre représente un Bureau de Journal.

La Rissole (*ivre*[4]).   J'entre sans dire gare[5], et
cherche à m'informer
Où demeure un monsieur que je ne puis nommer.
Est-ce ici?

Merlin.   Quel homme est-ce?

La Rissole.   Un bon vivant[6], alègre[7],
Qui n'est grand ni petit, noir ni blanc, gras[8] ni
maigre[9].
J'ai su[10] de son libraire[11], où souvent je le vois,
Qu'il fait jeter en moule[12] un livre tous les
mois[13].
C'est un vrai juif[14] errant[15] qui jamais ne repose.

Merlin. Dites-moi, s'il vous plaît, voulez-vous
quelque chose?
L'homme que vous cherchez est mon maître.

---

96. [1] *Office.* [2] *Newspaper.* [3] *editor.* [4] *tipsy.* [5] *clear the
track!* (*égarer*, to lead astray); the word used by the posti-
lions of stage-coaches; *s. d. gare,* i.e. *without knocking.*
[6] *a good liver,* i.e. *a jolly fellow.* [7] *brisk.* [8] *fat.* [9] *lean.* [10] *savoir,* to know; *learned.* [11] *bookseller.* [12] *mould,* i.e. *pub-
lishes.* [13] *months.* [14] *Jew.* [15] *wandering.*

La Rissole.   Est-il là?

Merlin. Non.

La Rissole. Tant pis. Je voulais lui parler.

Merlin.   Me voilà,

L'un vaut[16] l'autre. Je tiens un registre fidèle
Où chaque heure du jour j'écris quelque nou-
   velle[17] :
Fable, histoire, aventure, enfin quoi que ce soit[18],
Par ordre alphabétique, est mis en son endroit[19].
Parlez.

La Rissole. Je voudrais bien être dans *le Mer-*
        cure[20] :

J'y ferais[21], que je crois, une bonne figure.
Tout-à-l'heure[22], en buvant, j'ai fait réflexion
Que je fis[23] autrefois une belle action ;
Si le roi la savait, j'en aurais de quoi vivre[24] ;
La guerre est un métier[25] que je suis las[26] de
   suivre.
Mon capitaine, instruit[27] du courage que j'ai,
Ne saurait[28] se résoudre[29] à me donner congé[30].
J'en enrage[31].

---

[16]valoir, to be worth; *one is as good as the other.* [17]*new
thing.* [18]*whatever it may be.* [19]*proper place (en, droit,* right;
also, *place).* [20]*The Mercury;* name of the newspaper.
[21]Cond. Pr. of *faire.* [22]*just now;* also, *by-and-by.* [23]*per-
formed.* [24]*wherewith to live.* [25]*vocation.* [26]*tired of.* [27]*informed.* [28]Cond. Pr. of *savoir.* [29]se résoudre, to resolve;
cannot make up his mind. [30]*discharge.* [31]*I enrage of it,* i.e.
it makes me mad to think of it.

Merlin.   Il[32] fait bien : donnez-vous patience . . .

La Rissole.   Mordié[33] ! je ne saurais avoir ma sub-
        sistance.

Merlin.   Il est vrai, le pauvre homme ! il fait com-
        passion.

La Rissole.   Or donc[34], pour en venir à ma belle
        action.

Vous saurez que toujours je fus homme de guerre,

Et brave sur la mer ainsi que sur la terre.

J'étais sur un vaisseau quand Ruyter[35] fut tué,

Et j'ai même à sa mort le plus contribué :

Je fus chercher[36] le feu que l'on mit à l'amorce[37]

Du canon qui lui fit rendre l'âme[38] par force.

Lui mort[39], les Hollandais souffrirent bien des
        mals[40] :

On fit couler à fond[41] les deux vice-amirals.

Merlin.   Il faut dire des maux, vice-amiraux ; c'est
        l'ordre[42].

La Rissole.   Les vice-amiraux donc ne pouvant
        plus nous mordre[43],

Nos coups aux ennemis furent des coups fataux[44] ;

Nous gagnâmes sur eux quatre combats navaux.

Merlin.   Il faut dire fatals et navals ; c'est la
        règle[45].

---

[32] *he.* [33] a common oath. [34] *well, then.* [35] the Dutch admiral.
[36] *I was to seek,* i.e. *I went to fetch.* [37] *the fuse.* [38] *soul.* [39] *he
being dead.* [40] mal, *evil.* [41] *to flow to the bottom,* i.e. *to sink.*
[42] i.e. *the rule.* [43] mordre, to bite ; *to vex us.* [44] fatal, *fatal.*
[45] *rule.*

La Rissole. Les Hollandais, réduits à du biscuit
de seigle[46],

Ayant connu qu'en nombre ils étaient inégals[47],

Firent prendre la fuite aux vaisseaux principals.

Merlin. Il faut dire inégaux, principaux ; c'est le
terme.

La Rissole. Enfin, après cela nous fûmes à
Palerme ;

Les bourgeois[48] à l'envi[49] nous firent des régaux[50] :

Les huit jours qu'on y fut furent huit carnavaux[51].

Merlin. Il faut dire régals et carnavals.

La Rissole. Oh ! dame[52] !

M'interrompre à tout coup[53], c'est me chiffonner[54]
l'âme

Franchement[55].

Merlin. Parlez bien. On ne dit point navaux,

Ni fataux, ni régaux, non plus que carnavaux.

Vouloir parler ainsi, c'est faire une sottise[56].

La Rissole. Eh ! mordié ! comment donc voulez-
vous que je dise ?

Si vous me reprenez[57] lorsque je dis des mals,

Inégals, principals, et des vice-amirals ;

---

[46] *rye.* [47] inégal, *unequal.* [48] *towns-people.* [49] *at envy, i.e. vied
with each other.* [50] régal, *a treat, feast.* [51] carnaval, *carnival.*
[52] *Lord!* [53] *blow, i.e. word.* [54] *to ruffle.* [55] *frankly.* [56] *a folly.*
[57] reprener, *to correct.*

Lorsqu'un moment après, pour mieux me faire
   entendre,
Je dis fataux, navaux, devez-vous me reprendre?
J'enrage de bon cœur[58] quand je trouve un tri-
   gaud[59]
Qui souffle[60] tout ensemble et le froid et le
   chaud[61].

Merlin.   J'ai la raison pour moi qui me fait vous
      reprendre,
Et je vais[62] clairement vous la faire com-
   prendre.
Al est un singulier dont le pluriel fait *aux;*
On dit: c'est mon *égal,* et ce sont mes *égaux.*
C'est l'usage.

La Rissole.   L'usage? Eh bien! soit; je l'accepte.

Merlin.   Fatal, naval, régal, sont des mots qu'on
      excepte.
Pour peu qu'[63]on ait de sens ou d'érudition,
On sait que chaque règle a son exception.
Par conséquent on voit par cette règle seule . . .

La Rissole.   J'ai des démangeaisons[64] de te casser[65]
      la gueule[66].

Merlin.   Vous?

La Rissole.   Oui, palsandié[67]! moi: je n'aime point
      du tout

---

[58]*in good earnest.*   [59]*shuffler.*   [60]souffler, to blow.   [61]*warm.*
[62]aller, to go.   [63]i.e. *however little,* &c.   [64]*itchings.*   [65]to
break, *smash.*   [66]*throat,* i.e. *jaws.*   [67]*zounds!*

Qu'on me berce[68] d'un conte[69] à dormir tout
  debout[70]:

Lorsqu'on me veut railler[71] je donne[72] sur la face.
Merlin. Et tu crois au *Mercure* occuper une place?
  Toi! tu n'y seras point, je t'en donne ma foi[73].
La Rissole. Mordié! je me bats[74] l'œil du *Mercure*
  et de toi.

---

[68]bercer, to rock. [69]*story.* [70]*standing; to be fooled with
cock-and-bull stories.* [71]*to jeer.* [72]i.e. *strike.* [73]*faith.* [74]battre,
to beat; *battre l'œil de, a fig for.*

THE END.

STEREOTYPED BY MACKELLAR, SMITHS & JORDAN,
PHILADELPHIA.

ELEMENTS

OF

FRENCH GRAMMAR.

BY

C. J. DELILLE.

CONTENTS.

ELEMENTS OF FRENCH GRAMMAR.

1. The French alphabet has twenty-five letters :—

A, B, C, D, E, F, G, H, I, J, K, L, M, N, O, P, Q, R, S, T, U, V, X, Y, Z.

They are named in French : *a, bé, cé, dé, é, èffe, gé, ash, i, ji, ka, elle, emme, enne, o, pé, qu, èrre, esse, té, u, vé, ikce, i grec, zède*

Grammatical Signs.

There are three accents, the *acute accent* ('), the *grave accent* (`), and the *circumflex accent* (᷒).

The *acute* is placed over the vowel *e*, and gives it an acute sound, as in *été*, summer.

The *grave*, placed over *e*, gives that vowel a broad or open sound, as in *progrès*, progress.

The *circumflex* is found over certain vowels that are long, as in *grâce*, grace. It indicates also the suppression of a letter, as *s* in *côte*, (old French *coste*,) coast.

The grave accent and circumflex are also used to distinguish from one another certain words spelt alike ; as,

du, of *or* from the.	*dù*, due.	*cru*, believed.	*crù*, grown.
des, of *or* from the.	*dès*, as soon.	*mur*, wall.	*mûr*, ripe.
la, the, her, it.	*lù*, there.	*ou*, or.	*où*, where.
sur, upon.	*sûr*, sure.	*a*, has.	*à*, at, to.

2. The *apostrophe* (') indicates the suppression of the final vowel in any one of the following words ; LE, *the,*

PRONUNCIATION.

him, it; LA, *the, her, it;* JE, *I;* ME, *me;* TE, *thee;* SE, *oneself;* DE, *of, from;* CE, *that;* NE, *not,* and QUE, *that;* when the next word begins with a vowel or an *h* mute; as, *l'âge* for *le âge; l'honneur* for *le honneur; l'aurore* for *la aurore; l'héroïne* for *la héroïne.* The suppression of *i* occurs in *si,* if, only before *il,* he, it; *ils,* they; as, *s'il, s'ils.*

The *cedilla* (ؚ) is used under the letter *c,* before the vowels *a, o, u,* to show that the *ç* is to be sounded like an *s;* as in *ça,* that; *garçon,* boy; *reçu,* received.

The *diæresis* (¨) denotes that the vowel over which it is placed, is to be pronounced distinctly from the vowel preceding or following it; as, *naïveté, baïonnette.*

The *hyphen* (-) connects together certain words; as, *suis-je?* am I? *c'est-à-dire,* that is to say.

Pronunciation.

Any printed rules for pronunciation can only be an approximate guide, as there are sounds in our language that have no corresponding sound in the other.

We give below, some of the most useful examples.

a sounds like *a* in *father.*
ai, ei, sound like *ai* in *bailiff.*
au, eau, sound like *o* in *port.*
an, am, en, em are pronounced nearly like *ang* in *pang.*
ain, ein, in, im have no corresponding sound in English.
c is sounded like *k.*
c before *e* and *i* sounds like *s* in *seven.*
ch sounds like *sh* in *she.*
d and *t,* as well as *ds* and *ts,* at the end of words, are mute.
e, unaccented, at the end of a word is generally silent, except in words of two letters.
é with the *accent aigu* (acute) sounds like *a* in *blade.*
è with the *accent grave* sounds like *e* in *where.*
g sounds like *g* in *great.*
g before *e* and *i* sounds nearly like *s* in *illusion.*
gn sounds nearly like *ni* in *pinion.*
g and *p,* as well as *gs* and *ps,* are mute at the end of words.
h is mute in most words.
i sounds like *e* in *me.*
ien at the end of words is pronounced nearly like *ee-ang* in English.
il and *ill* sound nearly like *lli* in *million.*

If *il* or *ill* is preceded by another vowel, the *i* is not pronounced, and the *l* takes the liquid sound.

j sounds like the French *g before e and i*.

o sounds generally like *o in not*.

ou is sounded like *oo in school*.

oi and *ui* have no adequate sound in English.

on, om, are pronounced nearly like *ong in strong*.

oin has nearly the sound of *oang* in English, pronounced in one syllable.

qu sounds like *k* in English.

s between two vowels sounds like *z in zeal*.

ss sounds like a strong *s*.

un, um, are sounded nearly like *un in unction*.

v sounds like the English *v*.

x sounds like the English *x in tax*.

x and *s* at the end of words are mute.

z sounds like the English *z in zeal*.

The terminations *er* and *ez* sound like *é*.

In the monosyllables *je, me, te, le, ne, de, ce, que*, as well as in *lorsque, puisque, quoique*, the *e* sounds like *u in but*. In *les, mes, tes, ces*, it sounds like *è*.

In double consonants, only one is pronounced.

Accent or Stress.

The stress on a particular syllable of a word generally takes place in French on the last syllable of a word, or on the penultimate, if the last syllable ends with an *e* unaccented; as *té* in *fierté*, pride; *ro* in *rose; va* in *avare*, avaricious; *ri* in *avarice*.

It takes place also on certain syllables, formed of full-sounding or sonorous vowels, which may be the penultimate of dissyllables or the antepenultimate of polysyllables; as *fran* in *Français, va* in *élévation*.

Union of Words.

For the sake of euphony the final consonant of a word is sounded with the initial vowel of the following word, as in *vos_amis*, your friends.

This union of words takes place whenever they are so connected with each other that there can be no pause between them ; as, *vous＿êtes＿un＿enfant*, you are a child.

T of the conjunction *et*, and, is never sounded.

Division of Words into Syllables.

In French words a consonant between two vowels is always joined to the following vowel or vowels, as in *a-to-me*, atom ; *i-gno-rant* (*gn* is here a liquid consonant ;) *i-nu-ti-le*, useless ; *é-toi-le*, star.

When there are several consonants the first is joined to the preceding vowel ; as in *ac-teur*, actor ; *al-pha-bet*.

L and *r*, after a consonant, generally belong to the following vowel, as in *ta-bleau*, picture ; *pa-trie*, country.

GRAMMATICAL RULES.

PARTS OF SPEECH.

THERE are ten parts of speech, or sorts of words ; six of which, namely, the article, the substantive or noun substantive, the adjective or noun adjective, the pronoun, the verb and the participle, are variable, that is, are liable to vary in their termination ; and the remaining four, namely, the adverb, the preposition, the conjunction and the interjection, are invariable, that is, never change.

The substantive serves to name a person or thing, as HENRI, Henry ; BATON, stick.

The adjective is a word added to a substantive to express some quality or property of a person or a thing ; as AIMABLE *enfant*, amiable child ; *rose* BLANCHE, white rose.

The peculiar adjective-words UN, UNE, a *or* an ; and LE, LA, LES, the, are called *articles*.

The verb is a word by which we express that persons or things do anything, or are anything, or have anything done to them ; as *Charles* LIT—Charles reads. *Le bœuf* EST *utile*—The ox is useful. *Un bon élève* EST RÉCOMPENSÉ *par son maître*—A good pupil is rewarded by his master.

The pronoun is a word that stands for a noun, to avoid repetition ; as, *L'enfant est fatigué*, IL *dort*—The child is tired, he is asleep.

The participle is so called because it participates of both the adjective and the verb ; as, *un chien* DORMANT, a sleeping dog ; *un bâton* ROMPU, a broken stick.

The adverb is a word added to a verb, an adjective, or another adverb, to express some circumstance, modifying such verb, adjective, or adverb ; as, *servir* FIDÈLEMENT, to serve faithfully; TRÈS-*grand*, very great ; FORT *bien*, very well.

The preposition serves to denote a relation between two words ; as, *Je viens* de *Paris*—I come from Paris.

The conjunction is used to connect words or sentences together ; as *Dieu* ET *mon droit*—God and my right. *Soyons heureux*, MAIS *soyons sages*. Let us be happy, but let us be wise.

The interjection expresses a sudden emotion ; as, HA ! HÉLAS !

ARTICLE.

There are in French three articles, the definite, the indefinite, and the partitive. They agree in gender and number with the noun to which they relate.

Definite Article.

The definite article is *le, la, les*, the.

3. *Le* is masculine singular ; as, *le père*, the father.

4. *La* is feminine singular ; as, *la mère*, the mother.

5. *L'* (*apostrophe*, see page 1) is singular of either gender ; as, *l'enfant*, the child.

6. *Les* is plural of either gender ; as, *les enfants*, the children.

When *le* or *les* is preceded by *de*, of or from, or by *à*, to or at, *de le* is contracted into *du*, *de les* into *des*, *à le* into *au*, and *à les* into *aux ;* therefore :—

7. *Du* is used instead of *de le*.
8. *Des* is used instead of *de les*.
9. *Au* is used instead of *à le*.
10. *Aux* is used instead of *à les*.

Indefinite Article.

The indefinite article is *un, une*, a *or* an.

11. *Un* is masculine singular ; as, *un frère*, a brother.
12. *Une* is feminine singular ; as, *une sœur*, a sister.

Partitive Article.

13. The partitive article is *du, de la, de l'* or *des*, some or any.

14. *Some* or *any* is often understood in English, but in French the article *du, de la, de l'* or *des*, is always used before a noun taken in a partitive sense ; as,

Il a apporté du papier, de l'encre et des plumes.	He has brought paper, ink and pens.
Avez-vous de la cire ?—Non, mais j'ai des pains à cacheter.	Have you any wax ?—No, but I have some wafers.

15. When a noun is preceded by an adjective, and is taken vaguely in a partitive sense, *de* is used without the article ; as,

Cet homme a de grands talents.	That man has great talents.

But the article is used whenever the substantive is taken in a particular sense, or is considered as forming, with the adjective, a compound word ; as,

Voilà de la bonne viande.	There is some good meat.
Voici des petits pains tout chauds.	Here are some rolls quite hot.

16. English Constructions Inverted by Translation into French.

When the English possessive case is expressed by *'s*, as in *my father's house*, the words are rendered in an inverted manner in French, and their relation is conveyed by the preposition *de ;* as,

My father's house.—*La maison de mon père*, literally, the house of my father.
The child's toys.—*Les jouets de l'enfant*, literally, the toys of the child.
A mother's affection.—*L'affection d'une mère*, literally, the affection of a mother.

The preposition *de* is also put between the name of the thing and the name of the matter of which it ol made, and this is in French always the last ; as,

A leather shoe.	*Un soulier de cuir.*
A paper hat.	*Un chapeau de papier.*
A silk handkerchief.	*Un mouchoir de soie.*
Thread stockings.	*Des bas de fil.*

SUBSTANTIVES.

Formation of the Plural of Substantives.

GENERAL RULE.

17. The plural of substantives is formed by adding an *s* to the singular ; as *feuille*, leaf, *feuilles*, leaves.

EXCEPTIONS.

18. Substantives ending with *s*, *x*, or *z*, in the singular, do not vary in the plural ; as *bras*, arm, *bras*, arms ; noix, *nut*, noix, *nuts ; nez*, nose, *nez*, noses.

19. Substantives ending with *au*, *eu*, or *ou*, take an *x ;* as *marteau*, hammer, *marteaux*, hammers ; *feu*, fire, *feux*, fires ; *joujou*, toy, *joujoux*, toys.

20. *Bleu*, blue, *clou*, nail, and a few more substantives in *ou*, follow the general rule; that is, take an *s: bleus, clous.*

21. Substantives ending with *al*, or *ail*, change these terminations into *aux ;* as *cheval*, horse, *chevaux*, horses ; *travail*, work, *travaux*, works.

22. *Bal*, *éventail*, fan, and a few more substantives in *al*, *ail*, follow the general rule; that is, take *s: bals, éventails.*

23. The following are irregular : *œil*, eye, *yeux*, eyes (*œils* in some instances ;) *aïeul*, grand-father, *aïeuls*, grand-fathers ; *aïeux*, ancestors ; *ciel*, heaven, sky ; *cieux*, heavens (*ciels* in some instances.)

ADJECTIVES.

24. The adjective agrees in gender and number with the substantive to which it relates : as, *un beau chien,* a fine dog ; *une maison blanche,* a white house ; *deux chevaux noirs,* two black horses.

25. If the adjective relates to several substantives, it is put in the plural; as,

Mon père et mon frère sont heureux.	My father and brother are happy.
Ma mère et ma sœur sont heureuses.	My mother and sister are happy.

26. If the substantives to which the adjective relates are of different genders, it is put in the masculine plural ; as,

Mon père et ma mère sont heureux.	My father and mother are happy.

Formation of the Feminine of Adjectives.

27. An adjective is made feminine by the addition of an *e* mute to the masculine termination ; as *grand, grande,* great, large, tall ; *petit, petite,* little, small.

28. Adjectives ending in the masculine with *e* mute do not change for the feminine ; as *utile,* useful ; *sévère,* severe.

29. Adjectives ending with *el, eil, ien, on, as,* or *et,* double their last consonant and take *e* mute ; as *cruel, cruelle,* cruel ; *pareil, pareille,* like ; *chrétien, chrétienne,* christian ; *bon, bonne,* good ; *las, lasse,* tired ; *muet, muette,* dumb.

30. *Ras,* shorn, makes in the feminine *rase. Complet, discret, inquiet, secret,* make *complète, discrète, inquiète, secrète. Cher,* dear, makes *chère.*

31. Adjectives ending with *f* change *f* into *ve* ; as *neuf, neuve,* new.

32. Adjectives ending with *x* change *x* into *se;* as

heureux, heureuse, happy ; *nombreux, nombreuse,* numerous ; *jaloux, jalouse,* jealous.

33. Adjectives ending with *eur* generally change *eur* into *euse;* as *trompeur, trompeuse,* deceitful.

34. *Antérieur, extérieur, inférieur, intérieur, majeur, mineur, meilleur, supérieur,* take e mute. *Accusateur, conducteur, créateur, protecteur,* make in the feminine, *accusatrice, conluctrice,* etc. *Vengeur, enchanteur,* make *vengeresse, enchanteresse.*

35. Among other adjectives which form their feminine irregularly are :

Mas.	Fem.		Mas.	Fem.	
beau, bel,	belle,	fine, beautiful.	mou, mol,	molle,	soft.
blanc,	blanche,	white.	nouveau, nouvel,	nouvelle,	new.
doux,	douce,	sweet.			
épais,	épaisse,	thick.	nul (ne),	nulle,	no.
favori,	favorite,	favorite.	public,	publique,	public.
faux,	fausse,	false.	roux,	rousse,	red.
fou, fol,	folle,	mad.	sec,	sèche,	dry.
			sot,	sotte,	silly.
frais,	fraîche,	fresh.	tiers,	tierce,	third.
franc,	franche,	frank.	traître,	traîtresse,	traitor.
gentil,	gentille,	pretty.	turc,	turque,	Turk.
gros,	grosse,	big.	vieux, vieil,	vieille,	old.
long,	longue,	long.			
malin,	maligne,	malignant.			

36. *Beau, fou, mou, nouveau, vieux,* are used before a consonant or *h* aspirated ; but *bel, fol, mol, nouvel, vieil,* are used before a vowel or silent *h.*

Formation of the Plural of Adjectives.

37. The plural of adjectives is generally formed like the plural of substantives. Many adjectives in *al* form their plural in *aux,* as *égal, égaux,* equal.

Place of Adjectives.

38. Adjectives in French are generally placed after

substantives ; as, *une chambre carrée*, a square room ; *une nuit obscure*, a dark night.

39. The following adjectives usually precede the substantives : *beau*, fine ; *bon*, good ; *cher*, dear (denoting affection ;) *digne*, worthy ; *grand*, great ; *jeune*, young ; *joli*, pretty ; *mauvais*, bad ; *méchant*, wicked ; *meilleur*, better ; *moindre*, less : *petit*, little : *vieux*, old.

Degrees of Comparison.

There are three degrees of comparison :—1. The POSITIVE, or the adjective itself. 2. The COMPARATIVE, expressed by *plus*, more, or *moins*, less, placed before the adjective. 3. The SUPERLATIVE, expressed by *le, la,* or *les plus.* the most ; *le, la,* or *les moins,* the least, placed before the adjective : as,

POSITIVE.	COMPARATIVE.	SUPERLATIVE.
	plus digne,	le plus digne,
Digne,	worthier.	the worthiest.
worthy.	moins digne,	le moins digne.
	less worthy.	the least worthy.

40. To denote a comparison of equality, *aussi*, as, is placed before the adjective, and *que*, as, after it ; as, *Henri est aussi attentif que Robert.* Henry is as attentive as Robert.

41. To denote a comparison of superiority, *plus*, more, is placed before the adjective, and *que*, than, after it ; as, *Charles est plus grand que Louis.* Charles is taller than Lewis.

42. To denote a comparison of inferiority, *moins*, less, is placed before the adjective, and *que*, than, after it ; as, *Caroline est moins instruite que Louise.* Caroline is less learned than Louisa.

THE SUPERLATIVE DEGREE.

43. When the quality is expressed in a very high degree, without implying a comparison, the superlative is called absolute, and is formed with some adverb of degree, such as *tres, fort, bien,* very ; *extrêmement,* ex-

tremely ; *excessivement,* excessively, etc., before the adjective ; as, *Ma mère est très-heureuse.* My mother is very happy.

44. When the superlative expresses a comparison with other objects, it is called relative, and is formed by prefixing *le, la, les, mon, ma,* etc., to the adverbs *plus* and *moins ;* as, *la plus appliquée de vos sœurs,* the most sedulous of your sisters ; *le plus heureux des hommes,* the happiest of men.

45. The following adjectives form their degrees of comparison irregularly :

Bon, good ; *meilleur,* better ; *le meilleur,* the best.
Mauvais, bad ; *pire* or *plus mauvais,* worse ; *le pire* or *le plus mauvais,* the worst.
Petit, little *or* small ; *moindre,* or *plus petit,* less *or* smaller ; *le moindre* or *le plus petit,* the least *or* smallest.

46. The comparative of these adjectives must not be mistaken for the comparative of their corresponding adverbs :

Bien, well ; *mieux,* better ; *le mieux,* the best.
Mal, badly ; *pis* or *plus mal,* worse ; *le pis* or *le plus mal,* the worst.
Peu, little ; *moins,* less ; *le moins,* the least.

NUMERALS.

47. The cardinal numbers are :

un, one.	*onze,* eleven.
deux, two.	*douze,* twelve
trois, three.	*treize,* thirteen.
quatre, four.	*quatorze,* fourteen.
cinq, five.	*quinze,* fifteen.
six, six.	*seize,* sixteen.
sept, seven.	*dix-sept,* seventeen.
huit, eight.	*dix-huit,* eighteen.
neuf, nine.	*dix-neuf,* nineteen.
dix, ten.	

vingt, twenty.	*vingt-trois,* twenty-three.
vingt et un, twenty-one.	*vingt-quatre,* twenty-four.
vingt-deux, twenty-two.	*vingt-cinq,* twenty-five.

vingt-six, twenty-six.	*vingt-huit*, twenty-eight.
vingt-sept, twenty-seven.	*vingt-neuf*, twenty-nine.

trente, thirty.	*trente-cinq*, thirty-five.
trente et un, thirty-one.	*trente-six*, thirty-six.
trente-deux, thirty-two.	*trente-sept*, thirty-seven.
trente-trois, thirty-three.	*trente-huit*, thirty-eight.
trente-quatre, thirty-four.	*trente-neuf*, thirty-nine.

quarante, forty.	*cinquante*, fifty.
quarante et un, forty-one.	*cinquante et un*, fifty-one.

soixante, sixty.	*soixante et dix*, seventy.
soixante et un, sixty-one.	*soixante et onze*, seventy-one.

quatre-vingt, eighty.	*quatre-vingt-dix*, ninety.
quatre-vingt-un, eighty-one.	*quatre-vingt-onze*, ninety-one.

cent, a hundred.	*mille*, a thousand.

48. *Mille* is spelt *mil*, when it refers to the Christian era; as, *l'an mil huit cent cinquante-quatre*, the year 1854.

49. The ordinal numbers are :

premier, first.	*neuvième*, ninth.
second,	*dixième*, tenth.
deuxième, } second.	*onzième*, eleventh.
troisième, third.	*douzième*, twelfth.
quatrième, fourth.	*vingtième*, twentieth.
cinquième, fifth.	*vingt et unième*, twenty-first.
sixième, sixth.	*vingt-deuxième*, twenty-second.
septième, seventh.	*trentième*, thirtieth.
huitième, eighth.	*quarantième*, etc., fortieth.

50. The distributive numbers (fractions) are :

la moitié, the half.	*le cinquième*, the fifth.
le tiers, the third.	*le sixième*, the sixth.
le quart, the fourth.	*le septième*, the seventh.
les trois quarts, the three fourths.	The rest like the ordinal numbers.

51. In speaking of sovereigns, or the days of the month, the cardinal numbers are generally used ; as, *Louis quatorze, roi de France.* Louis the XIVth, king of France. *Le deux avril.* The second of April.

52. Except in mentioning the first ; as, *Henri I*er. Henry the 1st. *Le premier janvier.* The 1st of January.

PRONOUNS.

Personal Pronouns.

53. The following pronouns are called conjunctive, because they are immediately united with verbs :

SUBJECT OR NOMINATIVE CASE.	OBJECTIVE CASES.	
	DATIVE.	ACCUSATIVE.
je, I.	*me*, to me.	*me*, me.
tu, thou.	*te*, to thee.	*te*, thee.
il, he, it. } *elle*, she, it. }	*lui*, { to him, to her, to it.	*le*, him, it. *la*, her, it.
nous, we.	*nous*, to us.	*nous*, us.
vous, you.	*vous*, to you.	*vous*, you.
ils, } *elles*, } they.	*leur*, to them.	*les*, them.

se, himself, herself, itself, one's self, themselves, each, *or* one another, *or* to himself, to herself, to itself, to one's self, to themselves, etc.
y, to him, her, it, them, etc.
en, of *or* from him, her, it, them, etc.

54. Conjunctive personal pronouns in the accusative or dative are always placed before the verb, unless the verb be in the imperative affirmative (see Rule 59); as,

Je vous vois.	I see you.
Il me parle.	He speaks to me.
Prenez-le.	Take it.

55. In interrogations, the pronoun in the nominative case comes after the verb ; as, *Parlez-vous français?* Do you speak French ?

56. The following pronouns are called disjunctive, because they are used independently of the verb, or separated from it :

SINGULAR.

NOMINATIVE AND ACCUSATIVE.					
}	*moi*, I, me.	*toi*, thou, thee.	*lui*, he, him,	*elle*, she, her,	*soi*, one's self.

PLURAL.

NOMINATIVE AND ACCUSATIVE.	*nous,* we, us.	*vous,* you,	*eux,* they, them.	*elles,* they, them.

57. The disjunctive personal pronouns are often con-nected with the word *même*, self :

moi-même, myself.	*nous-mêmes,* ourselves.
toi-même, thyself.	*vous-même,* yourself.
lui-même, himself.	*vous-mêmes,* yourselves
elle-même, herself.	*eux-mêmes,* } themselves.
soi-même, one's self.	*elles-mêmes,* }

58. The disjunctive pronouns are found after a verb or a preposition, and sometimes are used alone for the sake of emphasis ; as, *C'est moi.* It is I. *Parle-t-il de moi ?* Does he speak of me ? *Lui, il est Allemand.* He is a German.

59. Personal pronouns are placed after the verb in the imperative affirmative ; as, *Prenez-le.* Take it. *Parlez-leur.* Speak to them.

60. After the imperative affirmative, *moi* and *toi* are substituted for *me* and *te*, except when followed by *en ;* as, *Donnez-moi un livre.* Give me a book.

Possessive Pronouns.

61. The following, being always used with nouns, are called pronouns adjective :

SINGULAR.		PLURAL.	
MASC.	FEM.	OF BOTH GENDERS.	
mon,	*ma,*	*mes,*	my.
ton,	*ta,*	*tes,*	thy.
son,	*sa,*	*ses,*	his, her, its, one's.
notre,		*nos,*	our.
votre,		*vos,*	your.
leur,		*leurs,*	their.

62. The following, having a reference to nouns un-derstood, are called disjunctive possessive pronouns :

le mien,	la mienne,	les miens,	les miennes,	mine.
le tien,	la tienne,	les tiens,	les tiennes,	thine.
le sien,	la sienne,	les siens,	les siennes,	his, her, its, one's own.
le nôtre,	la nôtre,		les nôtres,	ours.
le vôtre,	la vôtre,		les vôtres,	yours.
le leur,	la leur,		les leurs,	theirs.

63. Possessive pronouns agree in gender and number with the object possessed, and never, as in English, with the possessor ; as, *son mari*, her husband ; *sa sœur*, his *or* her sister.

64. *Mon, ton, son*, are used instead of *ma, ta, sa*, before nouns feminine beginning with a vowel or *h* mute; as, *mon âme*, my soul ; *son épouse*, his wife.

Relative Pronouns.

65. The relative pronouns are those which relate to a preceding noun or pronoun, which is called antecedent, and with which they agree in gender, number and person. They are :

qui, who, which, that.
de qui, of *or* from whom, whose ; *dont*, of *or* from whom, of *or* from which, whose ; *de quoi*, of *or* from what.
à qui, to whom ; *à quoi*, to what.
que, whom, which, that.
 lequel, m. s.; *laquelle*, f. s.; *lesquels*, m. pl.; *lesquelles*, f. pl.; which, whom, that.

66. The following are interrogative :

qui? who *or* whom? *qui est-ce qui? de qui?* etc.
quoi? que? qu'est-ce que? what? *de quoi?* etc.
lequel? m. s. *laquelle?* f. s. *lesquels?* m. pl. *lesquelles?* f. pl. which?

67. The following are always used with a substantive :

quel, m. s. *quelle*, f. s. *quels*, m. pl. *quelles*, f. pl., what? which?

Demonstrative Pronouns.

68. The demonstrative pronouns serve to point out

the thing or things spoken of. The following are called pronouns adjective :

SINGULAR.		PLURAL.
MASC.	FEM.	OF BOTH GENDERS.
ce, cet, }	*celle*, this, that.	*ces*, these, those.

69. *Cet* is used before a noun masculine beginning with a vowel or silent *h*.

70. *Ce* is much used with *est*, is, and corresponds with the English *it;* as, *C'est vous.* It is you. *C'est un livre.* It is a book.

71. *Ci*, here, and *là*, there, are sometimes added to the noun after *ce, cet, celle, ces ;* as, *ce livre-ci*, this book ; *celle plume-là*, that pen.

72. The following demonstrative pronouns refer to an object not named :

ceci, this ; as, *Ceci est utile,* This is useful.
cela, that ; *Cela est inutile,* That is useless.

73. The following point out an object previously mentioned :

celui, m. s., *celle*, f. s., this, that.
ceux, m. pl., *celles*, f. pl., these, those.

celui-ci, m. s. celle-ci, f. s. }	this one.	celui-là, m. s. celle-là, f. s. } that one.
ceux-ci, m. pl. celles-ci, f. pl. }	these.	ceux-là, m. pl. celles-là, f. pl. } those.

74. *Ce, celui, ceux,* and *celles,* are also used with a relative pronoun in reference to a noun previously expressed ; as, *Celui qui fait son devoir*—He who does his duty. *Celui que j'aime*—He whom I love.

Pronouns and Adjectives Indefinite.

75. Pronouns and adjectives indefinite have a vague and general signification ; as,

on, l' on, one, they, people.   *quiconque*, whoever
plusieurs, several.   *quelconque*, whatever, any.

autre, other.
autrui, other people, others.
chacun, each, every one.
personne, anybody.
personne (ne), nobody.
tel, he, who, such, such a one.
quelqu'un, somebody.
aucun, any one.
certain, certain.
chaque, each, every.
qui que ce soit, whoever.
quoi que ce soit, whatever.

quelque, } some, a few.
quelques,
quelques-uns, some.
quelque....que, however.
l'un l'autre, one another.
l'un et l'autre, both.
l'un ou l'autre, either.
ni l'un ni l'autre, neither.
nul, no one.
tout, everything.
tout....que, however.

76. *Autre, certain, chaque, quelque, quelconque, plu-sieurs, tel, tout, aucun, nul,* are used adjectively.

VERBS.

77. The verb *être*, to be, as it expresses existence, is called a verb substantive ; all other verbs, as they contain an attribute or quality, are called verbs attributive. These are divided into verbs active or transitive ; verbs passive ; verbs neuter or intransitive ; verbs reflective, and verbs unipersonal or impersonal.

Moods and Tenses.

78. A verb has five moods : 1. The infinitive, which denotes an action or state in an indefinite manner ; as, *aimer*, to love. 2. The indicative, which affirms positively ; as, *Je parle*—I speak. 3. The conditional, which affirms conditionally : as, *Je parlerais si*, etc.—I would speak, if etc. 4. The imperative, which implies command, request ; as *Parle*—Speak. 5. The subjunctive, which denotes an action or state in a manner dependent on a preceding verb, which implies doubt, fear, or desire, and to which it is connected by the conjunction *que;* as, *Je doute qu'il vienne*—I doubt whether he will come.

The tenses express the division of time. The simple tenses are expressed by a single word ; as, *Je travaille*

—I work. The compound are formed by the verbs *avoir*, to have, and *être*, to be, which are then called *auxiliary;* as, *J'ai travaillé*—I have worked.

79.—AVOIR.

INFINITIVE MOOD.

PRESENT.—*Avoir*, to have.
PAST.—*Avoir eu*, to have had.

PARTICIPLES.

PRESENT.—*Ayant*, having.
PAST.—*Eu*, had. *Ayant eu*, having had.
FUTURE.—*Devant avoir*, about to have.

INDICATIVE MOOD.

PRESENT.	80. IMPERFECT.
J'ai, I have.	*J'avais*, I had.
Tu as, thou hast.	*Tu avais*, thou hadst.
Il a, he has.	*Il avait*, he had.
Nous avons, we have.	*Nous avions*, we had.
Vous avez, you have.	*Vous aviez*, you had.
Ils ont, they have.	*Ils avaient*, they had.

81. PAST DEFINITE.	FUTURE.
J'eus, I had.	*J'aurai*, I shall have.
Tu eus, thou hadst.	*Tu auras*, thou wilt have.
Il eut, he had.	*Il aura*, he will have.
Nous eûmes, we had.	*Nous aurons*, we shall have.
Vous eûtes, you had.	*Vous aurez*, you will have.
Ils eurent, they had.	*Ils auront*, they will have.

Compound Tenses.

PAST INDEFINITE.	82. PLUPERFECT.
J'ai eu, I have had.	*J'avais eu*, I had had.

83. PAST ANTERIOR.	FUTURE ANTERIOR.
J'eus eu, I had had.	*J'aurai eu*, I shall have had

CONDITIONAL MOOD.

PRESENT.

J'aurais, I should have.	*Nous aurions*, we should have.
Tu aurais, thou wouldst have.	*Vous auriez*, you would have.
Il aurait, he would have.	*Ils auraient*, they would have.

PAST.

J'aurais eu, I should have had.

IMPERATIVE MOOD.

Aie, have thou.

Ayons, let us have.
Ayez, have ye.
Qu'il ait, let him have.
Qu'ils aient, let them have.

SUBJUNCTIVE MOOD.

84. PRESENT OR FUTURE.

Que j'aie, that I may have.
Que tu aies, that thou mayst have.
Qu'il ait, that he may have.
Que nous ayons, that we may have.
Que vous ayez, that you may have.
Qu'ils aient, that they may have.

86. PERFECT.

Que j'eusses, that I might have.
Que tu eusses, that thou mightest have.
Qu'il eût, that he might have.
Que nous eussions, that we might have.
Que vous eussiez, that you might have.
Qu'ils eussent, that they might have.

85. PAST PERFECT.

Que j'aie eu, that I may have had.

87. PLUPERFECT.

Que j'eusse eu, that I might have had.

INTERROGATION WITH VERBS.

88. To conjugate a verb interrogatively, the pronoun nominative is placed after the verb ; as, *Avez-vous de l'argent?* Have you any money?

89. If the nominative is a noun, it is placed at the head of the sentence, and *il, elle, ils,* or *elles,* after the verb, according to the preceding rule ; as, *Vos frères ont-ils de l'argent?* Have your brothers any money?

90. The interrogation can also be formed by *est-ce que* (is it that); as, *Est-ce que votre frère a de l'argent?* Has your brother any money? *Est-ce qu'il a de l'argent?* Has he any money?

91. The letter *-t-,* between two hyphens, is placed after a verb ending with a vowel and followed by *il, elle,* or *on,* in interrogations ; as, *A-t-il des plumes?* Has he any pens?

92.—ÊTRE.

INFINITIVE MOOD.

PRESENT.—*Etre*, to be.
PAST.—*Avoir été*, to have been.

PARTICIPLES.

PRESENT.—*Etant*, being.
PAST.—*Eté*, been. *Ayant été*, having been.
FUTURE.—*Devant être*, about to be.

INDICATIVE MOOD.

PRESENT.

Je suis, I am.
Tu es, thou art.
Il est, he is.
Nous sommes, we are.
Vous êtes, you are.
Ils sont, they are.

93. IMPERFECT.

J'étais, I was.
Tu étais, thou wast.
Il était, he was.
Nous étions, we were.
Vous étiez, you were.
Ils étaient, they were.

95. PAST DEFINITE.

Je fus, I was.
Tu fus, thou wast.
Il fut, he was.
Nous fûmes, we were.
Vous fûtes, you were.
Ils furent, they were.

FUTURE.

Je serai, I shall be.
Tu seras, thou wilt be.
Il sera, he will be.
Nous serons, we shall be.
Vous serez, you will be.
Ils seront, they will be.

Compound Tenses.

PAST INDEFINITE.

J'ai été, I have been.

94. PLUPERFECT.

J'avais été, I had been.

96. PAST ANTERIOR.

J'eus été, I had been.

FUTURE ANTERIOR.

J'aurai été, I shall have been.

CONDITIONAL MOOD.
PRESENT.

Je serais, I should be.
Tu serais, thou wouldst be.
Il serait, he would be.

Nous serions, we should be.
Vous seriez, you would be.
Ils seraient, they would be.

PAST.

J'aurais été, I should have been.

IMPERATIVE MOOD.

Sois, be (*thou*).

Soyons, let us be.
Soyez, be (ye).
Qu'il soit, let him be.   *Qu'ils soient*, let them be.

SUBJUNCTIVE MOOD.

97. PRESENT OR FUTURE.

Que je sois, that I may be.
Que tu sois, that thou mayst be.
Qu'il soit, that he may be.

Que nous soyons, that we may be
Que vous soyez, that you may be.
Qu'ils soient, that they may be.

98. PERFECT.

Que j'aie été, that I may have been.

99. IMPERFECT.

Que je fusse, that I might be.
Que tu fusses, that thou mightst be.
Qu'il fût, that he might be.

Que nous fussions, that we might be.
Que vous fussiez, that you might be.
Qu'ils fussent, that they might be.

100. PLUPERFECT.

Que j'eusse été, that I might have been.

Negation with Verbs.

101. A negation is generally expressed in French by two words :

ne...pas, } not.
ne...point, }
ne...personne, nobody.
ne...rien, nothing.
ne...jamais, never.
ne...nul, } no, none.
ne...aucun, }

ne...nullement, } in no manner,
ne...aucunement, } by no means.
ne...nulle part, nowhere.
ne...que, only, but, nothing but.
ne...ni, neither, nor.
ne...plus, no longer, no more.
ne...guère, but little.
ne...goutte, not a jot.

102. The negative *ne* always precedes the verb ; the other words, explanatory of the negation, generally follow the verb, but most of them may also be placed at the beginning of the sentence ; as,

Il n'est pas heureux.	He is not happy.
Il ne consentira jamais.	He will never consent.
Jamais il ne consentira.	Never will he consent.

Conjugation of Verbs.

French verbs are divided into four conjugations, distinguished by the termination of the infinitive mood:

The first conjugation ends in *er*, as *donner*, to give.
  second.................*ir*, *finir*, to finish.
  third.................*oir*, *recevoir*, to receive.
  fourth.................*re*, *vendre*, to sell.

The first conjugation has one model verb, the second has four, the third one, and the fourth four. A verb is said to be regular, when it is conjugated like one of those ten verbs.

103.—Model Verb of the First Conjugation.

(The first conjugation includes about 5,000 verbs conjugated like *donner*.)

INFINITIVE MOOD.
PRESENT.—*Donner, to give.*
PAST.—*Avoir donné, to have given.*

PARTICIPLES.
PRESENT.—*Donnant, giving.*
PAST.—*Donné, given.* *Ayant donné, having given.*
FUTURE.—*Devant donner, about to give.*

INDICATIVE.
PRESENT.

Je donne, *I give.* *	Nous donnons, *we give.*
Tu donnes, *thou givest.*	Vous donnez, *you give.*
Il donne, *he gives.*	Ils donnent, *they give.*

104. IMPERFECT.

Je donnais, *I was giving.* *	Nous donnions, *we were giving.*
Tu donnais, *thou wast giving.*	Vous donniez, *you were giving.*
Il donnait, *he was giving.*	Ils donnaient, *they were giving.*

Compound Tenses.

<table>
<tr><td>

PAST INDEFINITE.

J'ai donné, *I have given.*
</td><td>

105. PLUPERFECT.

J'avais donné, *I had given.*
</td></tr>
</table>

* 106. The simple tenses are formed in French with one word only. *Je donne*, is either I give, I do give, *or* I am giving. *Je donnais*, I was giving, *or* I used to give.

107. PAST DEFINITE.

Je donnai, *I gave.*	Nous donnâmes, *we gave.*
Tu donnas, *thou gavest.*	Vous donnâtes, *you gave.*
Il donna, *he gave.*	Ils donnèrent, *they gave.*

FUTURE.

Je donnerai, *I shall give.*	Nous donnerons, *we shall give.*
Tu donneras, *thou wilt give.*	Vous donnerez, *you will give.*
Il donnera, *he will give.*	Ils donneront, *they will give.*

PAST ANTERIOR.	**FUTURE ANTERIOR.**
J'eus donné, *I had given.*.	J'aurai donné, *I shall have given*

CONDITIONAL.

PRESENT.

Je donnerais, *I should give.*	Nous donnerions, *we should give.*
Tu donnerais, *thou wouldst give.*	Vous donneriez, *you would give.*
Il donnerait, *he would give.*	Ils donneraient, *they would give.*

PAST.

J'aurais donné, *I should have given.*	Nous aurions donné, *we should have given.*
Tu aurais donné, *thou wouldst have given.*	Vous auriez donné, *you would have given.*
Il aurait donné, *he would have given.*	Ils auraient donné, *they would have given.*

IMPERATIVE.

	Donnons, *let us give.*
Donne, *give (thou).*	Donnez, *give (ye).*
Qu'il donne, *let him give.*	Qu'ils donnent, *let them give.*

SUBJUNCTIVE.

PRESENT OR FUTURE.

Que je donne, *that I may give.*
Que tu donnes, *that thou mayst give.*
Qu'il donne, *that he may give.*

Que nous donnions, *that we may give.*
Que vous donniez, *that you may give.*
Qu'ils donnent, *that they may give.*

IMPERFECT.

Que je donnasse, *that I might give.*
Que tu donnasses, *that thou mightst give.*
Qu'il donnât, *that he might give.*

Que nous donnassions, *that we might give.*
Que vous donnassiez, *that you might give,*
Qu'ils donnassent, *that they might give.*

PERFECT.

Que j'aie donné, *that I may have given.*

PLUPERFECT.

Que j'eusse donné, *that I might have given.*

Orthographical Remarks.

108. In verbs ending in *ger*, the *e* is retained after *g* before *a, o*, to preserve the articulation of *g* soft ; as, *changer*, to change ; *nous changeons*, we change.

109. When *c* is pronounced like *s*, in the infinitive, it takes a *cedilla* before *a, o*, or *u*, to preserve its articulation ; as, *commencer*, to begin ; *commençant*, beginning.

110. Verbs which have *y* before the termination of the infinitive or participle present, generally change it into *i* before *e, es*, and *ent;* as, *employer*, to employ ; *j'emploie*, I employ.

111. Verbs which have *é* (with an acute accent) or *e* mute in the infinitive or participle present, require a grave accent on it (*è*) before a consonant followed by an *e* mute ; as, *espérer*, to hope ; *il espère*, he hopes ; *mener*, to lead ; *il mène*, he leads.

112. Verbs having *e* mute before the termination of the infinitive *ler* and *ter*, generally double *l* and *t*, when followed by *e, es*, and *ent;* as, *appeler*, to call ; *jeter*, to throw ; *j'appelle*, I call ; *je jette*, I throw. Some take the grave accent on the *e ; acheter*, to buy ; *il achète*, he buys.

Model Verbs of the Second Conjugation.

The second conjugation is divided into four classes. Their model verbs are :

1. FINIR, *to finish.* 2. SERVIR, *to serve.* 3. OUVRIR, *to open.*
4. TENIR, *to hold.*

The first class consists of about 300 verbs.

The second consists of the verbs *servir*, to serve ; *sentir*, to feel ; *sortir*, to go out ; *mentir*, to lie ; *dormir*, to sleep ; *partir*, to set out ; *se repentir*, to repent ; and their derivatives, such as *desservir*, etc.

The third consists of the verbs *ouvrir*, to open ; *couvrir*, to cover ; *offrir*, to offer ; *souffrir*, to suffer ; and their derivatives.

The fourth consists of the verbs *tenir*, to hold ; *venir*, to come ; and their derivatives.

113.—FINIR.

INFINITIVE.

PRESENT.—Fin*ir*, *to finish.* PAST.—Avoir fini, *to have finished.*

PARTICIPLES.

PRESENT.—Fin*issant*, *finishing.*
PAST.—Fin*i*, *finished.*   Ayant fini, *having finished.*
FUTURE.—Devant fin*ir*, *about to finish.*

INDICATIVE.

PRESENT. *I finish.*		PAST DEFINITE. *I finished.*	
Je finis.	Nous finissons.	Je finis.	Nous finîmes
Tu finis.	Vous finissez.	Tu finis.	Vous finîtes.
Il finit.	Ils finissent.	Il finit.	Ils finirent.

IMPERFECT.
I was finishing.
Je finissais. Nous finissions.
Tu finissais. Vous finissiez.
Il finissait. Ils finissaient.

FUTURE.
I shall finish.
Je finirai. Nous finirons.
Tu finiras. Vous finirez.
Il finira. Ils finiront.

PAST INDEFINITE.
I have finished,
J'ai fini, etc.

PAST ANTERIOR.
I had finished.
J'eus fini, etc.

PLUPERFECT.
I had finished,
J'avais fini, etc.

FUTURE ANTERIOR.
I shall have finished
J'aurai fini, etc.

CONDITIONAL.

SUBJUNCTIVE.

PRESENT.
I should finish.
Je finirais. Nous finirions.
Tu finirais, Vous finiriez.
Il finirait. Ils finiraient.

PRESENT OR FUTURE.
That I may finish.
Que je finisse. Que nous finis-
sions.
Que tu finisses. Que vous finis-
siez.
Qu'il finisse. Qu'ils finissent.

IMPERATIVE.

Finish (thou),
Finissons.
Finis. Finissez.
Qu'il finisse. Qu'ils finissent.

IMPERFECT.
That I might finish.
Que je finisse. Que nous finis-
sions.
Que tu finisses. Que vous finis-
siez.
Qu'il finît. Qu'ils finissent.

PAST COND.
I should have finished.
J'aurais fini, etc.

PAST SUBJ.
That I may have finished.
Que j'aie fini, etc.

PLUPERFECT SUBJ.
That I might have finished.
Que j'eusse fini, etc.

114.—SERVIR.

INFINITIVE.

PRESENT.—Servir, *to serve.* PAST.—Avoir servi, *to have served.*

PARTICIPLES.

PRESENT.—Servant, *serving.*
PAST.—Servi, *served.* Ayant servi, *having served.*
FUTURE.—Devant servir, *about to serve.*

INDICATIVE.

PRESENT.		PAST DEFINITE.	
I serve.		*I served.*	
Je sers*.	Nous servons.	Je servis.	Nous servîmes.
Tu sers.	Vous servez.	Tu servis.	Vous servîtes.
Il sert.	Ils servent.	Il servit.	Ils servirent.

IMPERFECT.		FUTURE.	
I was serving.		*I shall serve.*	
Je servais.	Nous servions.	Je servirai.	Nous servirons.
Tu servais.	Vous serviez.	Tu serviras.	Vous servirez.
Il servait.	Ils servaient.	Il servira.	Ils serviront.

PAST INDEFINITE.	PAST ANTERIOR.
I have served.	*I had served.*
J'ai servi, etc.	J'eus servi, etc.

PLUPERFECT.	FUTURE ANTERIOR.
I had served.	*I shall have served.*
J'avais servi, etc.	J'aurai servi, etc.

CONDITIONAL.

PRESENT.	
I should serve.	
Je servirais.	Nous servirions.
Tu servirais.	Vous serviriez.
Il servirait.	Ils serviraient.

PAST.
I should have served.
J'aurais servi, etc.

SUBJUNCTIVE.

PRESENT OR FUTURE.	
That I may serve.	
Que je serve.	Que nous servions.
Que tu serves.	Que vous serviez.
Qu'il serve.	Qu'ils servent.

IMPERFECT.	
That I might serve.	
Que je servisse.	Que nous servissions.
Que tu servisses.	Que vous servissiez.
Qu'il servît.	Qu'ils servissent.

IMPERATIVE.		SUBJUNCTIVE.	
		PAST.	PLUPERFECT.
Serve (*thou*).		*That I may*	*That I might*
		have served,	*have served.*
	Servons.	Que j'aie ser-	Que j'eusse ser-
Sers*.	Servez,	vi, etc.	vi, etc.
Qu'il serve.	Qu'ils servent.		

* The *v* of the verbal root *serv* is thrown away in the singular of the indicative and imperative. The same with *t* and *m* of *sentir*, *sortir*, *dormir*, *partir*, *se repentir*, and their derivatives.

115.—OUVRIR.

INFINITIVE.

PRESENT.—Ouvrir, *to open*.
PAST.—Avoir ouvert, *to have opened*.

PARTICIPLES.

PRESENT.—Ouvrant, *opening*.
PAST.—Ouvert, *opened*. Ayant ouvert, *having opened*
FUTURE.—Devant ouvrir, *about to open*.

INDICATIVE.

PRESENT.		PAST DEFINITE.	
I open.		*I opened.*	
J'ouvre.	Nous ouvrons.	J'ouvris.	Nous ouvrîmes.
Tu ouvres.	Vous ouvrez.	Tu ouvris.	Vous ouvrîtes.
Il ouvre.	Ils ouvrent.	Il ouvrit.	Ils ouvrirent.

IMPERFECT.		FUTURE.	
I was opening.		*I shall open.*	
J'ouvrais.	Nous ouvrions.	J'ouvrirai.	Nous ouvrirons.
Tu ouvrais.	Vous ouvriez.	Tu ouvriras.	Vous ouvrirez.
Il ouvrait.	Ils ouvraient.	Il ouvrira.	Ils ouvriront.

PAST INDEFINITE.	PAST ANTERIOR.
I have opened.	*I had opened.*
J'ai ouvert, etc.	J'eus ouvert, etc.

PLUPERFECT.
I had opened.
J'avais ouvert, etc.

FUTURE ANTERIOR.
I shall have opened.
J'aurai ouvert, etc.

CONDITIONAL.

PRESENT.
I should open.

J'ouvrirais.   Nous ouvririons.
Tu ouvrirais.   Vous ouvririez.
Il ouvrirait.   Ils ouvriraient.

SUBJUNCTIVE.

PRESENT OR FUTURE.
That I may open.

Que j'ouvre.   Que nous ou-
                vrions.
Que tu ouvres. Que vous ou-
                vriez.
Qu'il ouvre.   Qu'ils ouvrent.

PAST.
*1 should have
opened.*
J'aurais ouvert,
etc.

IMPERFECT.
That I might open.

Que j'ou-   Que nous ou-
vrisse.   vrissions.
Que tu ou-   Que vous ou-
vrisses.   vrissiez.
Qu'il ouvrît. Qu'ils ouvrissent.

IMPERATIVE.

Open (thou).
Ouvre.   Ouvrons.
Qu'il ouvre.   Ouvrez.
Qu'ils ouvrent.

PAST.
*That I may have
opened.*
Que j'aie ouvert,
etc.

PLUPERFECT.
*That I might have
opened.*
Que j'eusse ouvert,
etc.

116.—TENIR.

INFINITIVE.

PRESENT.—Tenir, *to hold.*   PAST.—Avoir tenu, *to have held.*

PARTICIPLES.

PRESENT.—Tenant, *holding.*
PAST.—Tenu, *held.*   Ayant tenu, *having held.*
FUTURE.—Devant tenir, *about to hold.*

INDICATIVE.

PRESENT.
I hold.

Je tiens.	Nous tenons.
Tu tiens.	Vous tenez.
Il tient.	Ils tiennent.

PAST DEFINITE.
I held.

Je tins.	Nous tînmes.
Tu tins.	Vous tîntes.
Il tint.	Ils tinrent.

IMPERFECT.
I was holding.

Je tenais.	Nous tenions.
Tu tenais.	Vous teniez.
Il tenait.	Ils tenaient.

FUTURE.
I shall hold.

Je tiendrai.	Nous tiendrons.
Tu tiendras.	Vous tiendrez.
Il tiendra.	Ils tiendront.

PAST INDEFINITE.
I have opened.

J'ai tenu, etc.

PAST ANTERIOR.
I had opened.

J'eus tenu, etc.

PLUPERFECT.
I had opened.

J'avais tenu, etc.

FUTURE ANTERIOR.
I shall have held.

J'aurai tenu, etc.

CONDITIONAL.

PRESENT.
I should hold.

Je tiendrais.	Nous tiendrions.
Tu tiendrais.	Vous tiendriez.
Il tiendrait.	Ils tiendraient.

PAST.
I should have held.

J'aurais tenu, etc.

SUBJUNCTIVE.

PRESENT OR FUTURE.
That I may hold.

Que je tienne.	Que nous tenions.
Que tu tiennes	Que vous teniez.
Qu'il tienne.	Qu'ils tiennent.

IMPERFECT.
That I might hold.

Que je tinsse.	Que nous tinssions.
Que tu tinsses.	Que vous tinssiez.
Qu'il tînt.	Qu'ils tinssent.

IMPERATIVE.

Hold (thou).	**PAST.**
Ti*ens.*	*That I may have held.*
Qu'il ti*enne.*	Que j'aie ten*u.* etc.
Ten*ons.*	
Ten*ez.*	**PLUPERFECT.**
Qu'ils ti*ennent.* ˙	*That I might have held.*
	Que j'eusse tenu, etc.

———

Model Verb of the Third Conjugation.

The third conjugation consists of the verbs *recevoir,* to re‹ ceive, *percevoir,* to collect (rents, taxes, income); *apercevoir,* to perceive ; *devoir,* to owe ; *redevoir,* to owe still ; *concevoir,* to conceive ; *décevoir,* to deceive.

117.—RECEVOIR.

INFINITIVE MOOD.
PRESENT.—Recevoir, *to receive.*
PAST.—Avoir reçu, *to have received.*

PARTICIPLES.

PRESENT.—Rece*vant, receiving.*
PAST.—Reçu, *received.*   Ayant reçu, *having received.*
FUTURE.—Devant rece*voir, about to receive.*

INDICATIVE.

PRESENT.		**PAST DEFINITE.**	
I receive.		*I received.*	
Je reç*ois.*	Nous recev*ons.*	Je reç*us.*	Nous reç*ûmes.*
Tu reç*ois.*	Vous recev*ez.*	Tu reç*us.*	Vous reç*ûtes.*
Il reç*oit.*	Ils reç*oivent.*	Il reç*ut.*	Ils reç*urent.*

IMPERFECT.		**FUTURE.**	
I was receiving.		*I shall receive.*	
Je rece*vais.*	Nous rece*vions.*	Je rece*vrai.*	Nous rece*vrons.*
Tu rece*vais.*	Vous rece*viez.*	Tu rece*vras.*	Vous rece*vrez.*
Il rece*vait.*	Ils rece*vaient.*	Il rece*vra.*	Ils rece*vront.*

PAST INDEFINITE.
I have received.
J'ai reçu, etc.

PAST ANTERIOR.
I had received.
J'eus reçu, etc.

PLUPERFECT.
I had received.
J'avais reçu, etc.

FUTURE ANTERIOR.
I shall have received.
J'aurai reçu, etc.

CONDITIONAL.

PRESENT.
I should receive.
Je recevrais. Nous recevrions.
Tu recevrais. Vous recevriez.
Il recevrait. Ils recevraient.

SUBJUNCTIVE.

PRESENT OR FUTURE.
That I may receive.
Que je reçoive. Que nous rece-
vions.
Que tu reçoi- Que vous rece-
ves. viez.
Qu'il reçoive. Qu'ils reçoivent.

PAST.
I should have received.
J'aurais reçu, etc.

IMPERFECT.
That I might receive.
Que je reçusse. Que nous reçus-
Que tu reçus- Que vous reçus-
ses. siez.
Qu'il reçût. Qu'ils reçussent.

IMPERATIVE.

Receive (thou).
Reçois.
Qu'il reçoive.
Recevons.
Recevez.
Qu'ils reçoivent.

PAST.
That I may have received.
Que j aie reçu, etc.

PLUPERFECT.
That I might have received
Que j'eusse reçu, etc.

Model Verb of the Fourth Conjugation.

The fourth conjugation is divided into four classes :

The first ends in *ndre, rdre* (not preceded by *i*), as *vendre,* to sell ; *perdre,* to lose.

The second ends in *aître, oître,* as *paraître,* to appear ; *croître,* to grow.

The third ends in *uire,* as *réduire,* to reduce.

The fourth ends in *indre,* as *plaindre,* to pity.

118.—VENDRE.

INFINITIVE MOOD.

PRESENT.—Vendre, *to sell.*   PAST.—Avoir vendu, *to have sold*

PARTICIPLES.

PRESENT.—Vendant, *selling.*
PAST.—Vendu, *sold.*   Ayant vendu, *having sold.*
FUTURE.—Devant vendre, *about to sell.*

INDICATIVE MOOD.

PRESENT. *I sell.*		PAST DEFINITE. *I sold.*	
Je vends.	Nous vendons.	Je vendis.	Nous vendîmes.
Tu vends.	Vous vendez.	Tu vendis.	Vous vendîtes.
Il vend.	Ils vendent.	Il vendit.	Ils vendirent.

IMPERFECT. *I was selling.*		FUTURE. *I shall sell.*	
Je vendais.	Nous vendions.	Je vendrai.	Nous vendrons.
Tu vendais.	Vous vendiez.	Tu vendras.	Vous vendrez.
Il vendait.	Ils vendaient.	Il vendra.	Ils vendront.

PAST INDEFINITE. *I have sold.*	PAST ANTERIOR. *I had sold.*
J'ai vendu, etc.	J'eus vendu, etc.

PLUPERFECT. *I had sold.*	FUTURE ANTERIOR. *I shall have sold.*
J'avais vendu, etc.	J'aurai vendu, etc.

CONDITIONAL.	SUBJUNCTIVE.
PRESENT. *I should sell.*	PRESENT OR FUTURE. *That I may sell.*
Je vendrais. Nous vendrions.	Que je vende. Que nous vendions.
Tu vendrais. Vous vendriez.	Que tu vendes. Que vous vendiez.
Il vendrait. Ils vendraient.	Qu'il vende. Qu'ils vendent.

	PAST.		IMPERFECT.	
	I should have sold.		*That I might sell.*	
	J'aurais vend*u*, etc.		Que je ven-dis*se.*	Que nous vend*is*-sions.
			Que tu ven-dis*ses.*	Que vous vend*is*-siez.
			Qu'il vend*ît.*	Qu'ils vend*is*-sent.

IMPERATIVE.

Sell (thou).

Vend*s.*
Qu'il vend*e*
Vend*ons.*
Vend*ez.*
Qu'ils vend*ent.*

PAST.
That I may have sold.
Que j'aie vend*u*, etc.

PLUPERFECT.
That I might have sold.
Que j'eusse vend*u*, etc.

119.—PARAÎTRE.

INFINITIVE MOOD.

PRESENT.—Para*î*tre, *to appear.*
PAST.—Avoir par*u*, *to have appeared.*

PARTICIPLES.

PRESENT.—Para*i*ssant, *appearing.*
PAST.—Par*u*, *appeared.* Ayant par*u*, *having appeared.*
FUTURE.—Devant para*î*tre, *about to appear.*

INDICATIVE MOOD.

PRESENT.		PAST DEFINITE.	
I appear.		*I appeared.*	
Je para*is.*	Nous para*i*ssons.	Je par*us.*	Nous par*û*mes.
Tu para*is.*	Vous para*i*ssez.	Tu par*us.*	Vous par*û*tes.
Il para*ît.*	Ils para*i*ssent.	Il par*ut.*	Ils par*u*rent.

IMPERFECT.		FUTURE.	
I was appearing.		*I shall appear.*	
Je para*i*ssais.	Nous para*i*ssions.	Je para*î*trai.	Nous para*î*trons
Tu para*i*ssais.	Vous para*i*ssiez.	Tu para*î*tras.	Vous para*î*trez.
Il para*i*ssait.	Ils para*i*ssaient.	Il para*î*tra.	Ils para*î*tront.

PAST INDEFINITE.	PLUPERFECT.
I have appeared.	*I had appeared.*
J'ai paru, etc.	J'avais paru, etc.

PAST ANTERIOR.	FUTURE ANTERIOR.
I had appeared.	*I shall have appeared.*
J'eus paru, etc.	J'aurai paru, etc.

CONDITIONAL.	SUBJUNCTIVE.
PRESENT.	PRESENT OR FUTURE.
I should appear.	*That I may appear.*
Je paraîtrais. Nous paraîtrions.	Que je parais- Que nous paraissions.
Tu paraîtrais. Vous paraîtriez.	se.
Il paraîtrait. Ils paraîtraient.	Que tu parais- Que vous paraissiez.
	ses.
	Qu'il paraisse. Qu'ils paraissent.

PAST.	IMPERFECT.
I should have appeared.	*That I might appear.*
J'aurais paru, etc.	Que je pa- Que nous parussions.
	russe.
	Que tu parus- Que vous parussiez.
	ses.
	Qu'il parût. Qu'ils parussent.

IMPERATIVE.

Appear (thou).
Parais.
Qu'il paraisse.
Paraissons.
Paraissez.
Qu'ils paraissent.

PAST.
That I may have appeared.
Que j'aie paru, etc.

PLUPERFECT.
That I might have appeared.
Que j'eusse paru, etc.

120.—RÉDUIRE.

INFINITIVE.

PRESENT.—Réduire, *to reduce.*
PAST.—Avoir réduit, *to have reduced.*

PARTICIPLES.

PRESENT.—Réduisant, *reducing*
PAST.—Réduit, *reduced.* Ayant réduit, *having reduced.*
FUTURE.—Devant réduire, *about to reduce.*

INDICATIVE.

PRESENT. *I reduce.*		PAST DEFINITE. *I reduced.*	
Je réduis.	Nous réduisons.	Je réduisis.	Nous réduisîmes.
Tu réduis.	Vous réduisez.	Tu réduisis.	Vous réduisîtes.
Il réduit.	Ils réduisent.	Il réduisit.	Ils réduisirent.

IMPERFECT. *I was reducing.*		FUTURE. *I shall reduce.*	
Je réduisais.	Nous réduisions.	Je réduirai.	Nous réduirons.
Tu réduisais.	Vous réduisiez.	Tu réduiras.	Vous réduirez.
Il réduisait.	Ils réduisaient.	Il réduira.	Ils réduiront.

PAST INDEFINITE. *I have reduced.*	PAST ANTERIOR. *I had reduced.*
J'ai réduit, etc.	J'eus réduit, etc.

PLUPERFECT. *I had reduced.*	FUTURE ANTERIOR. *I shall have reduced.*
J'avais réduit, etc.	J'aurai réduit, etc.

CONDITIONAL.

PRESENT. *I should reduce.*	
Je réduirais.	Nous réduirions.
Tu réduirais.	Vous réduiriez.
Il réduirait.	Ils réduiraient.

PAST. *I should have reduced.*
J'aurais réduit, etc.

SUBJUNCTIVE.

PRESENT OR FUTURE. *That I may reduce.*	
Que je réduise.	Que nous réduisions.
Que tu réduises.	Que vous réduisiez.
Qu'il réduise.	Qu'ils réduisent.

IMPERFECT. *That I might reduce.*	
Que je réduisisse.	Que nous réduisissions.
Que tu réduisisses.	Que vous réduisissiez.
Qu'il réduisît.	Qu'ils réduisissent.

IMPERATIVE.

Reduce (thou).	PAST.
Réduis.	*That I may have reduced.*
Qu'il réduise.	Que j'aie réduit, etc.
Réduisons.	
Réduisez.	PLUPERFECT.
Qu'ils réduisent.	*That I might have reduced.*
	Que j'eusse réduit, etc.

121—PLAINDRE.

INFINITIVE.

PRESENT.—Plaindre, *to pity.*
PAST.—Avoir plaint, *to have pitied.*

PARTICIPLES.

PRESENT.—Plaignant, *pitying.*
PAST.—Plaint, *pitied.* Ayant plaint, *having pitied.*
FUTURE.—Devant plaindre, *about to pity.*

INDICATIVE.

PRESENT. *I pity.*		PAST DEFINITE. *I pitied.*	
Je plains.	Nous plaignons.	Je plaignis.	Nous plaignîmes
Tu plains.	Vous plaignez.	Tu plaignis.	Vous plaignîtes.
Il plaint.	Ils plaignent.	Il plaignit.	Ils plaignirent.

IMPERFECT. *I was pitying.*		FUTURE. *I shall pity.*	
Je plaignais.	Nous plaignions.	Je plaindrai.	Nous plaindrons.
Tu plaignais.	Vous plaigniez.	Tu plaindras.	Vous plaindrez.
Il plaignait.	Ils plaignaient.	Il plaindra.	Ils plaindront.

PAST INDEFINITE. *I have pitied.*	PAST ANTERIOR. *I had pitied.*
J'ai plaint, etc.	J'eus plaint, etc.

PLUPERFECT.	FUTURE ANTERIOR.
I had pitied.	*I shall have pitied.*
J'avais plain*t*.	J'aurai plain*t*, etc.

CONDITIONAL.

PRESENT.
I should pity.
Je plain*drais*. Nous plain*drions*.
Tu plain*drais*. Vous plain*driez*.
Il plain*drait*. Ils plain*draient*.

SUBJUNCTIVE.

PRESENT OR FUTURE.
That I may pity.
Que je plai-gne. Que nous plai-gnions.
Que tu plai-gnes. Que vous plai-gniez.
Qu'il plaigne. Qu'ils plaignent.

PAST.
I should have pitied.
J'aurais plain*t*, etc.

IMPERFECT.
That I might pity.
Que je plai-gnisse. Que nous plai-gnissions.
Que tu plai-gnisses. Que vous plai-gnissiez.
Qu'il plaign*ît*. Qu'ils plaignis-sent.

IMPERATIVE.

Pity (thou).
Plai*ns*.
Qu'il plaig*ne*.
Plaig*nons*.
Plaig*nez*.
Qu'ils plaig*nent*.

PAST.
That I may have pitied.
Que j'aie plain*t*.

PLUPERFECT.
That I might have pitied.
Que j'eusse plain*t*.

Passive Verbs.

122. A verb passive consists of the verb *être*, and the PARTICIPLE PAST of a transitive verb. The participle agrees in gender and number with the nominative case, that is to say, the subject to which it relates ; as,

Je suis aimé or *aimée.* I am loved.
Tu es aimé or *aimée.* Thou art loved.
Il est aimé. He is loved.
Elle est aimée. She is loved.
Nous sommes aimés or *aimées*, etc.

Neuter or Intransitive Verbs.

123. The neuter or intransitive verbs are conjugated in their compound tenses with the auxiliary *avoir*, except the following, which are conjugated with *être* :

Aller, *to go.*
Arriver, *to arrive.*
Décéder, *to die.*
Éclore, *to blow, to hatch.*
Intervenir, *to intervene.*

Mourir, *to die.*
Naître, *to be born.*
Parvenir, *to attain.*
Revenir, *to come again.*
Venir, *to come.*

Some neuter verbs are conjugated with both *avoir* and *être*. With *avoir* they express an action, with *être* the state resulting from that action ; as,

Il a descendu au vestibule.   He went down to the hall
Maintenant, il est descendu.   Now he is downstairs.

Reflective Verbs.

They are conjugated with two pronouns, and their compound tenses are formed by means of the auxiliary *être* ; as,

Je me suis habillé or *habillée.*   I have dressed myself.
Tu t'es habillé or *habillée.*   Thou hast dressed thyself.
Il s'est habillé.   He has dressed himself.
Elle s'est habillée.   She has dressed herself.
Nous nous sommes habillés or   We have dressed ourselves,
    habillées, etc.   etc.

124.—Conjugation of a Reflective Verb.

INFINITIVE.

PRESENT.—Se lever (= *to raise one's self up*), *to rise.*
PAST.—S'être levé, *to have risen.*

PARTICIPLES.

PRESENT.—Se levant, *rising.*
PAST.—Levé, *risen.* S'étant levé, *having risen.*
FUTURE.—Devant se lever, *about to rise.*

INDICATIVE.

PRESENT.
I rise.

Je me lève.
Tu te lèves.
Il se lève.
Nous nous levons.
Vous vous levez.
Ils se lèvent.

IMPERFECT.
I was rising.

Je me levais.
Tu te levais.
Il se levait.
Nous nous levions.
Vous vous leviez.
Ils se levaient.

PAST DEFINITE.
I rose.

Je me levai.
Tu te levas.
Il se leva.
Nous nous levâmes.
Vous vous levâtes.
Ils se levèrent.

FUTURE.
I shall rise.

Je me lèverai.
Tu te lèveras.
Il se lèvera.
Nous nous lèverons.
Vous vous lèverez.
Ils se lèveront.

PAST INDEFINITE.
I have risen.

Je me suis levé.
Tu t'es levé.
Il s'est levé.
Nous nous sommes levés.
Vous vous êtes levés.
Ils se sont levés.

PLUPERFECT.
I had risen.

Je m'étais levé.
Tu t'étais levé.
Il s'était levé.
Nous nous étions levés.
Vous vous étiez levés.
Ils s'étaient levés.

PAST ANTERIOR.
I had risen.

Je me fus levé.
Tu te fus levé.
Il se fut levé.
Nous nous fûmes levés.
Vous vous fûtes levés.
Ils se furent levés.

FUTURE ANTERIOR.
I shall have risen.

Je me serai levé.
Tu te seras levé.
Il se sera levé.
Nous nous serons levés.
Vous vous serez levés.
Ils se seront levés.

CONDITIONAL.

PRESENT.	PAST.
I should rise.	*I should have risen.*
Je me lèverais.	Je me serais levé.
Tu te lèverais.	Tu te serais levé.
Il se lèverait.	Il se serait levé.
Nous nous lèverions.	Nous nous serions levés.
Vous vous lèveriez.	Vous vous seriez levés.
Ils se lèveraient.	Ils se seraient levés.

SUBJUNCTIVE.

PRESENT OR FUTURE.	IMPERFECT.
That I may rise.	*That I might rise.*
Que je me lève.	Que je me levasse.
Que tu te lèves.	Que tu te levasses.
Qu'il se lève.	Qu'il se levât.
Que nous nous levions.	Que nous nous levassions.
Que vous vous leviez.	Que vous vous levassiez.
Qu'ils se lèvent.	Qu'ils se levassent,

PAST.	PLUPERFECT.
That I may have risen.	*That I might have risen.*
Que je me sois levé.	Que je me fusse levé.
Que tu te sois levé.	Que tu te fusses levé.
Qu'il se soit levé.	Qu'il se fût levé.
Que nous nous soyons levés.	Que nous nous fussions levés.
Que vous vous soyez levés.	Que vous vous fussiez levés.
Qu'ils se soient levés.	Qu'ils se fussent levés.

IMPERATIVE.

Rise (thou).
Lève-toi.
Qu'il se lève.
Levons nous.
Levez-vous.
Qu'ils se lèvent.

125.—Conjugation of a Verb Impersonal.

(See *Falloir, pleuvoir, seoir,* in the list of irregular verbs, page 55.)

Y AVOIR (literally : *there to have*) is very frequently used :

INFINITIVE,
PRESENT.—Y avoir, *there to be.*
PAST.—Y avoir eu, *there to have been.*

PARTICIPLES.
PRESENT.—Y ayant, *there being.*
PAST.—Y ayant eu, *there having been.*
FUTURE.—Devant y avoir, (an idiom meaning, *As there is to be.*)

INDICATIVE.

PRESENT.
There is or *are.*
Il y a.

PAST DEFINITE.
There was or *were.*
Il y eut.

IMPERFECT.
There was or *were.*
Il y avait.

FUTURE.
There will be.
Il y aura.

PAST.
There has or *have been.*
Il y a eu.

PAST ANTERIOR.
There had been.
Il y eut eu.

PLUPERFECT.
There had been.
Il y avait eu.

FUTURE ANTERIOR.
There will have been.
Il y aura eu.

CONDITIONAL.

PRESENT.
There would be.
Il y aurait.

PAST.
There would have been.
Il y aurais eu.

SUBJUNCTIVE.

PRESENT OR FUTURE.
That there may be.
Qu'il y ait.

IMPERFECT.
That there might be.
Qu'il y eût.

PAST.
That there may have been.
Qu'il y ait eu.

PLUPERFECT.
That there might have been
Qu'il y eût eu.

126.—Synoptical Table of the Terminations of French Verbs.

To serve as a reference for the conjugation of all the verbs in the
language (except those parts of certain verbs which are irregular,
and which are pointed out in the list, pages 52–55.)

INFINITIVE.

er, ir, oir, re.

PARTICIPLES.

PRESENT.—ant, *in all verbs.* PAST.—é, i, u, s, t.

INDICATIVE.

PRESENT.

Je.	SINGULAR. tu.	il.	nous.	PLURAL. vous.	ils.
e,	es,	e.			
s,	s,	t.			
ds,	ds,	d.	ons,	ez,	ent.
es,	es,	e.			
x,	x,	t.			

IMPERFECT.

| ais, | ais, | ait. | ions, | iez, | aient. |

PAST DEFINITE.

ai,	as,	a.	âmes,	âtes,	erent.
is,	is, .	it.	îmes,	îtes,	irent.
us,	us,	ut.	ûmes,	ûtes,	urent.
ins,	ins,	int.	înmes,	întes,	inrent.

FUTURE.

| rai, | ras, | ra. | rons, | rez, | ront. |

CONDITIONAL.

PRESENT.

| rais, | rais, | rait. | rions, | riez, | raient. |

IMPERATIVE.

| | e *or* s, | e. | ons, | ez, | ent. |

SUBJUNCTIVE.

PRESENT OR FUTURE.

| e, | es, | e. | ions, | iez, | ent. |

IMPERFECT.

asse,	asses,	ât.	assions,	assiez,	assent.
isse,	isses,	ît.	issions,	issiez,	issent.
usse,	usses,	ût.	ussions,	ussiez,	ussent.
insse,	insses,	înt.	inssions,	inssiez,	inssent.

127.—General Rules for forming the Tenses.

From the participle present, form :

The three persons plural of the *Present of the Indicative* by changing the termination *ant* into *ons, ez, ent.**

The *Imperfect of the Indicative* by changing the *ant* into *ais, ais, ait, ions, iez, aient.*

The *Present of the Subjunctive* by changing the *ant* into *e, es, e, ions, iez,* and *ent.**

The *Future of the Indicative* and the *Conditional* are formed from the present of the Infinitive by changing the final *r, re,* or *oir,* for the future, into *rai, ras, ra, rons, rez, ront;†* for the conditional, into *rais, rais, rait, rions, riez, raient.†*

The *Imperfect of the Subjunctive* is formed from the second person singular of the past definite of the Indicative, by adding another *s* with *e, es, ions, iez,* and *ent;* the third person singular ends with *t (ât, ît, ût, înt).*

The *Imperative* is like the present of the Indicative, omitting the pronouns. The third persons are like those of the present Subjunctive. When the second person singular of the present of the Indicative ends with *es, s* is always suppressed in the Imperative, except in particular cases.

128.—An Alphabetical List of the Principal Irregular and Defective Verbs.

Throughout the list, wherever the first person is alone given, the other persons are regularly formed according to the synoptical table of terminations, page 50.

Note. The following is the order in which the tenses are given :—Infinitive present ; participle present ; participle past ; indicative present, imperfect, past definite, future ; conditional ; imperative ; subjunctive present, imperfect.

---

* Except verbs of Class IV. of the second conjugation, and verbs of the third conjugation.

† Except verbs of Class IV. of the second conjugation.

Note. Verbs compounded of a verb and a preposition are conjugated like the verb with which they correspond ; thus, *comprendre* like *prendre*, *conscrire* like *écrire* (the *é* of *écrire* is a euphonic letter), etc.

A verb preceded by an asterisk (*) is defective.

Etre added to the participle, signifies that the compound tenses are conjugated with that auxiliary ; as je *suis* allé, etc.

*ABSOUDRE, *to absolve.* Abso.*vant,* absous, *fem.* absoute— J'absous—J'absolv*ais*—J'absoudr*ai*—J'absoudr*ais*—Absous —Que j'absolve.

ACQUÉRIR, *to acquire.* Acqué*rant,* acquis—J'acquiers, *s, t ;* nous acqué*rons,* ez, ils acquiè*rent*—J'acqué*rais*—J'acquis— J'acquerr*ai*—J'acquerr*ais*—Acquiers—Que j'acquière, *es, e ,* acqué*rions,* iez, acquiè*rent*—Que j'acqui*sse.*

ALLER, *to go.* A.l*ant,* allé (*être*)—Je vais, vas, va ; nous all*ons,* ez, ils v*ont*—J'all*ais*—J'all*ai*—J'ir*ai*—J'ir*ais*—Va—Que j'aille, es, e ; all*ions,* ez, aill*ent*—Que j'all*asse.*

ASSAILLIR, *to assault.* Assaill*ant,* assailli—J'assaille—J'assaill-*ais*—J'assaill*is*—J'assaillir*ai*—J'assaillir*ais* — Assaille — Que j'assaille—Que j'assaill*isse.*

ASSEOIR (s'), *to sit down.* S'assey*ant,* assis (*être*)—Je m'assied*s* —Je m'assey*ais*—Je m'ass*is*—Je m'assié*rai*—Je m'assié*rais* Assied*s*-toi—Que je m'asseye—Que je m'ass*isse.*

BATTRE, *to beat.* Batt*ant,* batt*u*—Je bats—Je batt*ais*—Je batt*is*—Je batt*rai*—Je batt*rais*—Bats—Que je batte—Que je batt*isse.*

BOIRE, *to drink.* Buv*ant,* b*u*—Je bois, *s, t ;* buv*ons, ez,* boi-v*ent*—Je buv*ais*—Je b*us*—Je boir*ai*—Je boir*ais*—Bois—Que je boive, *es, e ;* buv*ions, iez,* boiv*ent*—Que je b*usse.*

BOUILLIR, *to boil.* Bouill*ant,* bouilli—Je bou*s*—Je bouill*ais*— Je bouill*is*—Je bouillir*ai*—Je bouillir*ais*—Bou*s*—Que je bouille—Que je bouill*isse.*

CONCLURE, *to conclude.* Conclu*ant,* concl*u*—Je conclus—Je conclu*ais*—Je conclu*s*—Je conclur*ai*—Je conclur*ais*—Con-clu*s*—Que je conclue—Que je conclu*sse.*

CONFIRE, *to pickle.* Confis*ant,* confi*t*—Je confis—Je confis*ais* Je confi*s*—Je confir*ai*—Je confir*ais*—Confis—Que je confis*e* Que je confi*sse.*

COUDRE, *to sew.* Cousant, cousu—Je couds—Je cousais—Je cousis—Je coudrai—Je coudrais—Couds—Que je couse—Que je cousisse.

COURIR, *to run.* Courant, couru—Je cours—Je courais—Je courus—Je courrai—Je courrais—Cours—Que je coure—Que je courusse.

CROIRE, *to believe.* Croyant, cru—Je crois—Je croyais—Je crus—Je croirai—Je croirais—Crois—Que je croie—Que je crusse.

CUEILLIR, *to gather.* Cueillant, cueilli—Je cueille—Je cueillais—Je cueillis—Je cueillerai—Je cueillerais—Cueille—Que je cueille—Que je cueillisse.

DIRE, *to tell.* Disant, dit—Je dis, s, t; disons, dites,† disent—Je disais—Je dis—Je dirai—Je dirais—Dis—Que je dise—Que je disse.

ÉCRIRE, *to write.* Écrivant, écrit—J'écris—J'écrivais—J'écrivis—J'écrirai—J'écrirais—Écris—Que j'écrive—Que j'écrivisse.

ENVOYER, *to send.* Envoyant, envoye—J'envoie—J'envoyais—J'envoyai—J'enverrai—J'enverrais—Envoie—Que j'envoie—Que j'envoyasse.

FAIRE, *to make, to do.* Faisant, fait—Je fais, s, t; faisons, faites, font—Je faisais—Je fis—Je ferai—Je ferais—Fais—Que je fasse—Que je fisse.

*FALLOIR, *to be necessary.* Fallu—Il faut—Il fallait—Il fallut—Il faudra—Il faudrait—Qu'il faille—Qu'il fallût.

FUIR, *to run away.* Fuyant, fui—Je fuis—Je fuyais—Je fuis—Je fuirai—Je fuirais—Fuis—Que je fuie—Que je fuisse

HAÏR, *to hate.* Haïssant, haï—Je hais, s, t; haïssons, haïssez, haïssent—Je haïssais—Je haïs—Je haïrai—Je haïrais—Hais Que je haïsse—Que je haïsse.

LIRE, *to read.* Lisant, lu—Je lis—Je lisais—Je lus—Je lirai—Je lirais—Lis—Que je lise—Que je lusse.

† *Dire* and *redire* make in the second person plural of the indicative present and of the imperative *dites* and *redites;* but the other verbs, compounded of *dire,* follow the general termination—*contredisez, dédisez, interdisez, médisez, prédisez.*

*LUIRE, *to shine.* Luisant, lui—Je luis—Je luisais—Je luirai
—Je luirais—Luis—Que je luise.

MAUDIRE, *to curse.* Maudissant, maudit—Je maudis—Je mau-
dissais—Je maudis—Je maudirai—Je maudirais—Maudis—
Que je maudisse—Que je maudisse.

METTRE, *to put.* Mettant, mis—Je mets—Je mettais—Je mis
—Je mettrai—Je mettrais—Mets—Que je mette—Que je
misse.

MOUDRE, *to grind.* Moulant, moulu—Je mouds—Je moulais
—Je moulus—Je moudrai—Je moudrais—Mouds—Que je
moule—Que je moulusse.

MOURIR, *to die.* Mourant, mort (*être*)—Je meurs, s, t; mou-
rons, ez, meurent—Je mourais—Je mourus—Je mourrai—
Je mourrais—Meurs—Que je meure, es, e; mourions, iez,
meurent—Que je mourusse.

MOUVOIR, *to move.* Mouvant, mu—Je meus, s, t; mouvons,
ez, meuvent—Je mouvais—Je mus—Je mouvrai—Je mouv-
rais—Meus—Que je meuve, es, e; mouvions, iez, meuvent—
Que je musse.

NAÎTRE, *to be born.* Naissant, né (*être*)—Je nais—Je naissais
—Je naquis—Je naîtrai—Je naîtrais—Nais—Que je naisse
—Que je naquisse.

NUIRE, *to hurt.* Nuisant, nui. The rest like *réduire*, page 35.

PLAIRE, *to please.* Plaisant, plu—Je plais—Je plaisais—Je
plus—Je plairai—Je plairais—Plais—Que je plaise—Que je
plusse.

PLEUVOIR, *to rain.* Pleuvant, · plu—Il pleut—Il pleuvait—Il
plut—Il pleuvra—Il pleuvrait—Qu'il pleuve—Qu'il plût.

POURVOIR, *to provide.* Pourvoyant, pourvu—Je pourvois—
Je pourvoyais—Je pourvus—Je pourvoirai—Je pourvoirais
—Pourvois—Que je pourvoie—Que je pourvusse.

POUVOIR, *to be able.* Pouvant, pu—Je puis *or* je peux, tu peux,
t: pouvons, ez, peuvent—Je pouvais—Je pus—Je pourrai—
Je pourrais—Que je puisse—Que je pusse.

PRENDRE, *to take.* Prenant, pris—Je prends, ds, d; prenons,
ez, prennent—Je prenais—Je pris—Je prendrai—Je prend-
rais—Prends—Que je prenne, es, e; prenions, iez, prennent
—Que je prisse.

PRÉVALOIR, *to prevail.* Like *valoir*, except subjunctive present, que je prévale, etc.

PRÉVOIR, *to foresee.* Like *voir*, except je prévoirai, je prévoirais.

RÉSOUDRE, *to resolve.* Résolvant, résolu and résous—Je résous—Je résolvais—Je resolus—Je résoudrai—Je résoudrais Résous—Que je résolve—Que je résolusse.

RIRE, *to laugh.* Riant, ri—Je ris—Je riais—Je ris—Je rirai—Je rirais—Ris—Que je rie—Que je risse.

ROMPRE, *to break.* Rompant, rompu—Je romps—Je rompais—Je rompis—Je romprai—Je romprais—Romps—Que je rompe—Que je rompisse.

SAVOIR, *to know.* Sachant, su—Je sais, s, t; savons, ez, savent—Je savais—Je sus—Je saurai—Je saurais—Sache; sachons, sachez—Que je sache—Que je susse.

*SEOIR, *to be becoming, suit.* Seyant—Il sied—Il seyait—Il siéra—Il siérait—Qu'il siée.

*SEOIR, *to sit.* Séant, sitting—Sis (situated).

SUFFIRE, *to suffice.* Suffisant, suffi. Like *confire.*

SUIVRE, *to follow.* Suivant, suivi—Je suis—Je suivais—Je suivis—Je suivrai—Je suivrais—Suis—Que je suive—Que je suivisse.

TAIRE, *to conceal* (SE TAIRE, *to be silent*). Like *plaire.*

*TRAIRE, *to milk.* Trayant, trait—Je trais—Je trayais—Je Trairai—Je trairais—Trais—Que je traie.

VAINCRE, *to vanquish.* Vainquant, vaincu—Je vaincs—Je vainquais—Je vainquis—Je vaincrai—Je vaincrais—Vaincs—Que je vainque—Que je vainquisse.

VALOIR, *to be worth.* Valant, valu—Je vaux—Je valais—Je valus—Je vaudrai—Je vaudrais. *No imperative.* Que je vaille, es, e; valions, iez, vaillent—Que je valusse.

VÊTIR, *to clothe.* Vêtant, vêtu—Je vêts—Je vêtais—Je vêtis—Je vêtirai—Je vêtirais—Vêts—Que je vête—Que je vêtisse.

VIVRE, *to live.* Vivant, vécu—Je vis—Je vivais—Je vécus—Je vivrai—Je vivrais—Vis—Que je vive—Que je vécusse.

VOIR, *to see.* Voyant, vu—Je vois—Je voyais—Je vis—Je verrai—Je verrais—Vois—Que je voie—Que je visse.

VOULOIR, *to be willing.* Je veux, x, t; voulons, ez, veulent—Je voulais—Je voulus—Je voudrai—Je voudrais—Veuille, veuillez—Que je veuille, es, e; voulions, iez, veuillent—Que je voulusse.

Agreement of the Participle Past. *

129. The past participle after the auxiliary *avoir* (or *être* in the compound tenses of reflective verbs), is declinable if the objective (accusative) case PRECEDES the participle, and the participle then agrees with the objective (accusative) in gender and number ; as,

La lettre que mon frère a écrite.	The letter which my brother has written.
Cette femme s'est proposée pour modèle à ses enfants.	That woman has proposed herself as a model to her children.

But if the objective (accusative) is placed AFTER the participle, the participle is indeclinable ; as,

Ma sœur a écrit la lettre.	My sister has written the letter.
Cette femme s'est proposé d'enseigner la géographie à ses enfants.	That woman has intended to teach geography to her children.

The past participle after *avoir* never agrees with its subject (nominative); as,

Ma sœur a par	My sister has spoken.
Elle a écrit.	She has written.

Adverbs of Quantity.

130. Adverbs of quantity, such as *autant, assez, combien, beaucoup, bien, guère, peu, que, tant,* and *trop,* are followed by the preposition *de* when used with substantives ; as,

autant d'amis, as or so many friends.

assez d'argent, money enough.

combien de livres ? how many books ?

beaucoup de richesses, many riches.

bien des peines, many troubles.

Il n'a guère de patience. He has but little patience.

peu de connaissances, few acquaintances.

que de travaux ! how many labors !

tant de soins, so much care.

trop d' occupation, too many occupations.

* See the rule 122.

When used in a general sense, after the above adverbs, the substantives are not preceded by the article ; as, *beaucoup d'argent.*

The adverb *bien* is, however, always followed by the article before a substantive ; as, *bien de l'argent, bien de la peine,* much money, much trouble.

Except when it precedes the word *autre,* other ; as *bien d'autres disent la même chose,* many others say the same thing.

THE END.